BASTEI
LÜBBE

Robert A. HEINLEIN

ZWISCHEN DEN PLANETEN

Roman

Ins Deutsche übertragen
von Edda Petri

BASTEI LÜBBE

BASTEI LÜBBE TASCHENBUCH
Band 23 263

1. Auflage: August 2003

Vollständige Taschenbuchausgabe

Bastei Lübbe Taschenbücher
ist ein Imprint der
Verlagsgruppe Lübbe

Titel der amerikanischen Originalausgabe:
Between Planets

Lektorat: Wolfgang Neuhaus/Stefan Bauer
Titelillustration: Jim Burns/Agentur Schlück, Garbsen
Umschlaggestaltung: QuadroGrafik, Bensberg
Satz: Wildpanner, München
Druck und Verarbeitung:
Maury Imprimeur, Frankreich
Printed in France
ISBN 3-404-23263-1

INHALT

1. New Mexico 7
2. »Mene mene tekel u-parsin ...« 21
3. Auf der Flucht 43
4. Die Glory Road 62
5. Circum-Terra 77
6. Das Zeichen am Himmel 98
7. Umleitung 112
8. »Die Füchse haben ihre Höhlen und die Vögel ihre Nester ...« 129
9. Knochengeld 145
10. »Bei meinem Grübeln entbrannte ein Feuer ...« 163
11. »Du könntest zur Erde zurück ...« 178
12. Wasserwüste 188
13. Nebelfresser 199
14. Stunde der Wahrheit 213
15. »Urteilt nicht nach dem Augenschein ...« 225
16. Multum in Parvo 242
17. Die Uhr zurückstellen 257
18. Little David 270

1.

NEW MEXICO

»Ruhig, mein Guter, ruhig!«

Don Harvey zügelte sein kleines dickes Pferd. Normalerweise machte Lazy, dieser Faulpelz, seinem Namen alle Ehre, heute jedoch schien er ausgesprochen unternehmungslustig zu sein. Don konnte es ihm nicht verdenken. Es war ein Tag, wie man ihn nur in New Mexico erleben kann: Der Himmel war nach einem Schauer makellos blau, der Boden bereits trocken, doch in der Ferne schimmerte noch ein Stück Regenbogen. Die Gipfel der Berge waren unglaublich deutlich zu sehen. Über dem atemlos auf ein Wunder wartenden Land lag unvorstellbarer Friede.

»Wir haben noch den ganzen Tag vor uns«, warnte er Lazy. »Übernimm dich nicht. Da vorn ist ein steiler Hang.« Don ritt allein, weil er Lazy den prächtigen mexikanischen Sattel aufgelegt hatte, den seine Eltern ihm zum Geburtstag geschickt hatten. Es war ein edles Teil, mit Silber verziert und so farbenprächtig wie ein Indianerkrieger, doch auf der Ranch-Schule, die Don besuchte, war dieser Sattel völlig unangebracht, was seine Eltern nicht bedacht hatten, denn dort trug man als Markenzeichen Anzug und Krawatte. Don war stolz auf den Sattel, aber die anderen Jungs, die normale Cowboysättel ritten, zogen ihn deshalb gnadenlos auf und hatten ihn von »Donald James Harvey« in »Don Jaime« umgetauft, als er zum ersten Mal mit dem Sattel aufgetaucht war.

Unvermittelt scheute Lazy. Don blickte sich um und sah den Grund. Blitzschnell zog er sein Gewehr heraus und schoss, schwang sich aus dem Sattel und warf die Zügel so nach vorn, dass Lazy stehen blieb. Dann begutachtete er sein Werk. Im Schatten eines Felsens lag eine ziemlich große Schlange mit sieben Klappern am Schwanzende, deren Körper immer noch zuckte. Der zerschmetterte Kopf lag daneben. Don beschloss, die Klappern nicht als Trophäe mitzunehmen. Hätte er dem Biest nur ein Loch in den Kopf geschossen, hätte er die ganze Schlange mitgenommen, um sich mit seiner Schießkunst zu brüsten. Aber er hatte von der Seite auf sie schießen müssen, und wenn er eine so stümperhaft erlegte Trophäe mit nach Hause brachte, würden die anderen ihn mit Sicherheit fragen, weshalb er die Schlange nicht gleich mit einem Gartenschlauch totgeschlagen hätte.

Er ließ die Schlange liegen und sprach mit Lazy. »Bloß so ein blöder Wurm«, sagte er. »Hatte mehr Angst vor dir als du vor ihm.«

Er schnalzte mit der Zunge, und Lazy trottete weiter. Nach wenigen hundert Metern scheute Lazy wieder, diesmal nicht wegen einer Schlange, sondern wegen eines unerwarteten Geräuschs. Don zog die Zügel an. »Du hirnamputierter Gaul!«, schimpfte er. »Wann lernst du endlich, nicht gleich durchzudrehen, wenn das Telefon klingelt!«

Lazy schnaubte empört. Don holte das Telefon

aus dem Sattelknopf und meldete sich. »Mobile 6-J-233309, Don Harvey.«

»Hier Mr Reeves, Don«, sagte der Direktor der Schule Ranchito Alegre. »Wo bist du?«

»Auf dem Weg zur Peddlers Grave Mesa, Sir.«

»Komm nach Hause, so schnell du kannst.«

»Was ist denn los, Sir?«

»Ein Telegramm von deinen Eltern. Ich schicke dir den Hubschrauber, sobald der Koch zurück ist – und jemanden, der dein Pferd zurückbringt.«

Don zögerte. Er wollte nicht, dass irgendjemand Lazy ritt, der ihn zu sehr ins Schwitzen brachte und dann nicht abrieb. Andererseits musste das Telegramm von seinen Eltern wichtig sein. Sie lebten auf Mars, und seine Mutter schrieb regelmäßig. Telegramme jedoch – abgesehen von Grüßen zu Weihnachten oder zum Geburtstag – waren völlig ungewöhnlich.

»Ich beeile mich, Sir.«

»Gut!« Mr Reeves legte auf. Don drehte Lazy herum und ritt zurück. Lazy schien enttäuscht zu sein, drehte den Kopf und schaute Don anklagend an.

Sie waren nur eine halbe Meile von der Schule entfernt, als der Hubschrauber der Ranch sie aufspürte. Don winkte ab und ritt Lazy selbst heim. Trotz seiner Neugier rieb er erst das Pferd trocken und gab ihm Wasser, ehe er hineinging. Mr Reeves wartete in seinem Büro und bat ihn einzutreten. Dann reichte er Don das Telegramm.

Er las: LIEBER SOHN. AM 12. APRIL FÜR DICH PASSAGE CIRCUM-TERRA AUF VALKYRIE

RESERVIERT – ALLES LIEBE MUTTER UND DAD.

Don schluckte. Er hatte Mühe, den Inhalt zu begreifen. »Aber das ist ja sofort!«

»Ja. Hast du nicht damit gerechnet?«

Don dachte nach. Er hatte mehr oder weniger erwartet, am Ende des Schuljahrs nach Hause zu fliegen – wenn man es ein Zuhause nennen konnte. Er hatte noch nie einen Fuß auf den Mars gesetzt. Hätten sie für ihn eine Passage auf der Vanderdecken in drei Monaten gebucht ... »Nein, eigentlich nicht. Ich habe keine Ahnung, warum sie mich vor dem Schulschluss zurückrufen.«

Mr Reeves legte bedächtig die Finger zusammen. »Meiner Meinung nach liegt das auf der Hand.«

Don blickte ihn erstaunt an. »Wirklich, Mr Reeves? Sie glauben doch nicht etwa, dass es Krieg gibt?«

»Don, ich bin kein Prophet«, erklärte der Direktor ernst. »Aber ich gehe davon aus, dass deine Eltern sich große Sorgen machen und dich so schnell es geht aus einem möglichen Kriegsgebiet herausholen wollen.«

Don hatte immer noch Schwierigkeiten, alles zu begreifen. Man studierte Kriege in Schulbüchern, aber man erlebte sie nicht persönlich. Selbstverständlich hatten sie sich in Gegenwartsgeschichte mit der derzeitigen Krise in Kolonialangelegenheiten befasst; trotzdem war das alles ungemein weit entfernt gewesen, sogar für ihn, der weit herumgekommen war. Das war eine Sache für Diplomaten und Politiker, nichts, was ihn unmittelbar berührte.

»Schauen Sie, Mr Reeves, vielleicht sind meine Eltern nervös, aber ich bin es nicht. Ich möchte ein Telegramm schicken und ihnen mitteilen, dass ich mit dem nächsten Schiff komme, sobald die Schule zu Ende ist.«

Mr Reeves schüttelte den Kopf. »Nein. Ich kann nicht zulassen, dass du dich dem ausdrücklichen Wunsch deiner Eltern widersetzt. Außerdem …«, der Direktor hatten offenbar Schwierigkeiten, die richtigen Worte zu finden, »könnte es sein, dass im Kriegsfall deine Position hier … wie soll ich sagen … unangenehm wird.«

Ein kalter Wind schien ins Zimmer zu wehen. Don kam sich einsam und älter vor, als er tatsächlich war. »Warum?«

Mr Reeves betrachtete seine Fingernägel. »Bist du ganz sicher, wo deine Loyalität liegt?«, fragte er bedächtig.

Don zwang sich nachzudenken. Sein Vater war auf Erde geboren, seine Mutter war Kolonistin der Venus in zweiter Generation. Doch keiner dieser beiden Planeten war ihr richtiges Zuhause. Sie hatten sich auf Luna kennen gelernt und dort auch geheiratet. Dann hatten sie ihre Forschungen in Planetologie in vielen Teilen des Sonnensystems betrieben. Don war draußen im All geboren. In seiner Geburtsurkunde, ausgestellt von der Föderation, war die Frage seiner Nationalität offen gelassen worden. Aufgrund der elterlichen Abstammung konnte er eine doppelte Staatsbürgerschaft beantragen. Er fühlte sich nicht als Kolonist auf Venus. Es war ewig her, dass seine Familie die Venus besucht hatte, sodass dieser Planet fremd, ja unwirklich für ihn geworden war. Andererseits war er schon elf gewesen, als er zum ersten Mal die wunderschönen Berge auf Erde gesehen hatte.

»Ich bin Bürger des Sonnensystems«, erklärte er.

»Hmmm ...«, meinte der Direktor. »Das klingt gut, und womöglich bedeutet es eines Tages etwas. Doch bis dahin, und ich spreche jetzt als Freund, stimme ich mit deinen Eltern überein. Mars wird wohl neutrales Territorium bleiben. Dort bist du in Sicherheit. Und ich sage dir – wieder als Freund –, dass es hier für jemanden, dessen Loyalität nicht eindeutig feststeht, ungemütlich werden könnte.«

»Niemand hat das Recht, an meiner Loyalität zu zweifeln! Laut Gesetz bin ich Erdenbürger.«

Der Direktor antwortete nicht.

»Das Ganze ist doch albern!«, platzte Don heraus. »Wenn die Föderation nicht Venus ausbluten würde, gäbe es überhaupt kein Gerede vom Krieg.«

Reeves stand auf. »Das wäre alles, Don. Ich werde mich nicht über Politik mit dir streiten.«

»Es stimmt aber! Lesen Sie Chamberlains Theorie der kolonialen Expansion!«

Reeves zuckte zusammen. »Wo ist dir denn das Buch in die Hände gefallen? Nicht in der Schulbibliothek, oder?«

Don antwortete nicht. Sein Vater hatte ihm das Buch geschickt, ihn aber gewarnt, es niemandem zu zeigen. Es war eines der verbotenen Bücher – zumindest auf Erde. Reeves fuhr fort: »Hast du dich bei Buchschmugglern herumgetrieben?«

Don schwieg verstockt.

»Antworte!«

Don schwieg.

Reeves holte tief Luft. »Also gut. Geh auf dein Zimmer und pack dein Sachen. Der Hubschrauber bringt dich um ein Uhr nach Albuquerque.«

»Jawohl, Sir.« Don wollte gehen, doch der Direktor rief ihn zurück.

»Einen Moment noch. In der Hitze unserer ... Diskussion habe ich ganz vergessen, dass noch eine zweite Nachricht gekommen ist.«

»Ach?« Don nahm das Papier entgegen und las: LIEBER SOHN, VERABSCHIEDE DICH UNBEDINGT VON ONKEL DUDLEY, EHE DU ABREIST – MUTTER.

Diese zweite Nachricht überraschte ihn noch mehr als die erste. Er musste nachdenken, ehe ihm klar wurde, dass seine Mutter Dr. Dudley Jefferson meinte, einen Freund der Eltern, aber kein Verwandter, und ein Mann, der für sein eigenes Leben keinerlei Bedeutung hatte. Reeves jedoch schien die Nachricht nicht merkwürdig zu finden, deshalb steckte Don sie in die Jeans und verließ das Zimmer.

Don machte sich ans Packen wie ein echter Weltraumreisender. Er wusste, dass er nur zweiundzwanzig Kilo mitnehmen durfte, deshalb sortierte er nach rechts und links Sachen aus. Nach kurzer Zeit hatte er zwei Haufen: einen großen auf den Bett seines Zimmergenossen, und einen ganz kleinen auf dem eigenen Bett – absolut notwendige Kleidung, etliche Kapseln mit Mikrofilmen, seinen Rechenschieber, einen Stift und eine vreetha, ein flötenähnliches Instrument vom Mars, das er seit langem nicht mehr gespielt hatte, weil seine Kameraden protestiert hatten.

Er nahm die vreetha und spielte ein wenig. Dann legte er das Instrument auf den größeren Haufen. Ein Produkt vom Mars zum Mars mitzunehmen, war wie Eulen nach Athen tragen. Sein Zimmergenosse Jack Moreau kam herein. »Was ist los? Frühjahrsputz?«

»Ich muss weg.«

Jack bohrte den Zeigefinger ins linke Ohr. »Offenbar werde ich taub. Ich könnte schwören, du hättest gesagt, du musst weg.«

»So ist es.« Don zeigte Jack das Telegramm seiner Eltern.

Jack blickte ihn verdutzt an. »Das gefällt mir überhaupt nicht. Ich wusste, dass es unser letztes Jahr sein würde, aber ich hätte nie geglaubt, dass du dich vorzeitig verdrückst. Wahrscheinlich kann ich ohne dein Schnarchen überhaupt nicht mehr schlafen. Was soll die Eile?«

»Keine Ahnung. Ehrlich nicht. Der Direktor sagt, meine Erzeuger haben Kriegsangst und wollen ihren kleinen Liebling in Sicherheit bringen. Albern, oder? Ich meine, die Menschen sind heutzutage doch zu zivilisiert, um Krieg zu führen.«

Jack antwortete nicht. Don wartete, dann fragte er schroff: »Du bist doch meiner Meinung, oder? Es wird keinen Krieg geben.«

»Vielleicht, vielleicht auch nicht«, antwortete Jack.

»Ach, du spinnst ja!«

»Soll ich dir beim Packen helfen?«, fragte sein Zimmergenosse.

»Es gibt nichts zu packen.«

»Und was ist mit all dem Zeug?«

»Es gehört dir, wenn du's willst. Such dir aus, was dir gefällt, dann sag den anderen Bescheid, damit die sich nehmen, was sie wollen.«

»He, ich will deine Sachen nicht, Don. Ich packe alles zusammen und schicke es dir nach.«

»Hast du schon mal etwas interplanetar verschickt? Es lohnt sich nicht.«

»Dann verkauf den Kram. Weißt du was? Wir machen heute nach dem Abendessen eine Versteigerung.«

Don schüttelte den Kopf. »Keine Zeit. Ich fliege um ein Uhr.«

»Was? Du haust einfach so ab? Ich fasse es nicht!«

»Ist leider nicht zu ändern.« Don wandte sich wieder seinen Sachen zu.

Mehrere Freunde schauten vorbei, um sich zu verabschieden. Don selbst hatte die Neuigkeit nicht verbreitet und nahm an, dass auch der Direktor nicht darüber geredet hatte. Trotzdem hatte sich alles wie ein Lauffeuer herumgesprochen. Don forderte alle auf, sich von seinen Sachen zu bedienen, nachdem Jack herausgesucht hatte, was er wollte.

Ihm fiel auf, dass keiner der anderen fragte, weshalb er die Schule so überstürzt verließ. Das quälte ihn mehr, als hätten sie ihn gefragt. Er wollte allen erklären, dass es lächerlich sei, an seiner Loyalität zu zweifeln – und überhaupt würde es keinen Krieg geben!

Rupe Salter, ein Junge aus einem anderen Flügel, steckte den Kopf ins Zimmer und betrachtete die Reisevorbereitungen. »Du läufst weg? Ich hab's gehört, aber ich wollte mich mit eigenen Augen davon überzeugen.«

»Ich verlasse euch, falls du das meinst.«

»Hör mal, ›Don Jaime‹, was ist mit deinem Zirkussattel? Den nehme ich dir ab, falls der Preis stimmt.«

»Der ist nicht zu verkaufen.«

»Was? Es gibt doch sicher keine Pferde da, wo du hinfliegst? Nenn mir einen Preis.«

»Er gehört Jack.«

»Und ich verkaufe ihn nicht«, erklärte Jack Moreau prompt.

»Ach ja? Wie du meinst. Und was ist mit deinem Gaul, Don?«, fuhr Salter fort. »Hast du den auch schon jemand vermacht?«

Abgesehen von wenigen Ausnahmen, gehörten die Pferde der Schule, doch es war ein langjähriges und sehr geschätztes Privileg, dass ein Schüler nach dem Abschluss seinen vorübergehenden Besitz eines Pferdes an einen Jungen seiner Wahl »vermachte«. Don blickte auf. Bis zu diesem Moment hatte er nicht an Lazy gedacht. Jetzt versetzte es ihm einen schmerzhaften Stich, dass er den kleinen fetten Kerl nicht mitnehmen konnte – und dass er noch keinerlei Vorkehrungen getroffen hatte, was Lazys Wohl betraf.

»Die Angelegenheit ist erledigt«, sagte er.

»Jack bekommt ihn?«, sagte Salter. »Ich würde mich sehr erkenntlich zeigen. Es ist zwar kein besonders gutes Pferd, aber ich will meinen alten Ziegenbock schon lange los werden.«

»Es ist alles erledigt!«

»Sei vernünftig. Ich kann mit dem Direktor reden. Ein Pferd vermachen darf man eigentlich erst nach dem Abschluss, aber du haust vorzeitig ab.«

»Raus!«

Salter grinste. »So empfindlich? Na ja, wie alle Nebelfresser. Die wissen alle nicht, was gut für sie ist. Aber man wird dir schon bald die Hammelbeine lang ziehen.«

Dons Nerven waren ohnehin angespannt, und jetzt war er zu wütend, um ein Wort herauszubringen. »Nebelfresser« war ein Spitzname für jemand, der von Venus kam. Eigentlich nicht schlimmer als »Limey« oder »Yankee«, aber auf die Betonung und den Zusammenhang kam es an: Es konnte eine absichtliche Beleidigung sein. Die Mitschüler schauten Don an und warteten auf seine Reaktion.

Jack stand hastig vom Bett auf und ging auf Salter zu. »Hau ab, Salty. Wir haben keine Zeit für deine Spielchen.« Salter blickte Don an, dann Jack und meinte achselzuckend: »Und ich will meine Zeit hier nicht vertrödeln ... aber ich bin nicht zu beschäftigt, falls du deine Meinung änderst.«

Die Mittagsglocke ertönte von der Messe, und die Spannung verflog. Mehrere Jungen gingen zur Tür. Salter mit ihnen. Don blieb zurück.

»Komm schon, Alter«, sagte Jack.

»Jack?«

»Ja?«

»Wie ist es, übernimmst du Lazy?«

»Ich würde dir ja gern den Gefallen tun, Don, aber was mache ich mit Lady Maude?«

»Ja, verstehe. Aber was soll ich machen?«

»Mal sehen …« Jacks Miene hellte sich auf. »Du kennst doch Squinty Morris. Der Neue aus Manitoba. Er hat noch kein eigenes Pferd und muss dauernd einen neuen Bock reiten. Er würde Lazy gut behandeln, da bin ich sicher. Ich habe ihn mal Maudie reiten lasse. Er hat sanfte Hände.«

Erleichtert schaute Don ihn an. »Regelst du das für mich? Und redest du mit Mr Reeves?«

»Warum? Du kannst mit Mr Reeves beim Essen sprechen. Komm.«

»Ich will nichts essen. Ich habe keinen Hunger, und mit dem Direktor will ich nicht darüber reden.«

»Warum nicht?«

»Ich weiß nicht. Als er mich heute Morgen zu sich rief, war er nicht gerade freundlich.«

»Was hat er denn gesagt?«

»Es waren nicht seine Worte, sondern sein Benehmen. Vielleicht bin ich empfindlich – aber ich hatte den Eindruck, dass er froh war, dass ich weggehe.»

Don erwartete, dass Jack ihm widersprach und ihm sagte, er irre sich. Doch sein Freund schwieg. »Nimm's nicht so schwer, Don«, sagte er schließlich. »Der Direktor ist wahrscheinlich auch nervös. Weißt du, dass er seine Befehle bekommen hat?«

»Welche Befehle?«

»Du weißt doch, dass er Reserveoffizier war. Er hat um seinen Einberufungsbefehl gebeten und hat ihn bekommen. Gleich nach dem Ende des Schuljahrs muss er weg. In der Zwischenzeit übernimmt Mrs Reeves die Schule.«

Don schwirrte der Kopf. Welche Zwischenzeit?

»Tatsache«, fuhr Jack fort. »Ich hab's vom Koch gehört.« Er machte eine Pause. »Hör zu, Alter, wir sind doch Freunde, oder?«

»Klar. Natürlich.«

»Dann raus mit der Sprache! Fliegst du wirklich zum Mars? Oder doch zur Venus, um dich freiwillig zu melden?«

»Wie kommst du denn auf den Blödsinn?«

»Vergiss es. Aber glaub mir, es würde zwischen uns nichts ändern. Mein alter Herr sagt, wenn die Zeit kommt, ist es wichtig, Manns genug zu sein, um sich zu stellen.« Er schaute Don in die Augen. »Was du tust, ist allein deine Angelegenheit. Du weißt, ich habe nächsten Monat Geburtstag.«

»Was? Ach ja, natürlich.«

»Dann komm. Ich will mich für die Pilotenausbildung einschreiben. Deshalb wollte ich wissen, was du vorhast.«

»Ach …«

»Aber das ändert nichts zwischen uns. Außerdem fliegst du ja zum Mars.«

»Ja, ja, das stimmt.«

»Gut.« Jack schaute auf die Uhr. »Ich muss los, sonst werfen sie mein Essen den Schweinen vor. Bist du sicher, dass du nicht mitkommen willst?«

»Ja.«

»Bis später.« Er ging hinaus.

Don stand da und ordnete seine Gedanken. Der alte Jack nahm die Lage offenbar ernst, wenn er

Yale für eine Ausbildung zum Piloten aufgeben wollte. Aber er irrte sich – er musste sich irren.

Don ging zur Koppel.

Lazy kam sofort zu ihm gelaufen, nachdem er ihn gerufen hatte. Don suchte in seinen Taschen nach Zucker. »Tut mir Leid, Alter«, sagte er traurig. »Nicht mal eine Mohrrübe. Ich hab's vergessen.« Er drückte das Gesicht an den Hals des Pferdes und kraulte es hinter den Ohren. Leise redete er auf Lazy ein und erklärte ihm alles, als könne das Pferd jedes Wort verstehen.

»So ist es also«, schloss er. »Ich muss weg und kann dich nicht mitnehmen.« Er dachte zurück an den Tag, als sie sich kennen gelernt hatten. Lazy war noch ziemlich jung gewesen. Don hatte sich vor ihm gefürchtet. Das Pferd sah so groß und wild aus, als wollte es ihn fressen. Ehe Don zur Erde kam, hatte er noch nie ein Pferd gesehen, schon gar nicht aus nächster Nähe.

Plötzlich war seine Kehle wie zugeschnürt. Er vermochte kein Wort herauszubringen. Er schlang die Arme um den Hals des Pferdes und weinte.

Lazy schnaubte leise. Das Tier merkte, dass etwas nicht stimmte, und wollte Don mit der weichen Schnauze trösten. Don hob den Kopf. »Lebwohl, mein Lieber. Pass gut auf dich auf.« Dann drehte er sich abrupt um und rannte zu den Schlafsälen.

2.

»Mene mene tekel u-parsin ...«
Daniel 5,25

Der Hubschrauber der Schule setzte ihn auf dem Flugplatz von Albuquerque ab. Er musste sich beeilen, wollte er seine Rakete noch erreichen, da die Flugkontrolle verlangte, einen großen Bogen um das Waffendepot Sandia zu fliegen. Als er sein Gepäck aufgab, überraschte ihn eine neue Sicherheitsmaßnahme. »Hast du eine Kamera dabei, Junge?«, fragte der Mann.

»Nein, warum?«

»Weil wir deinen Film belichten könnten, wenn wir die Taschen röntgen.« Offenbar zeigte der Röntgenschirm keine Bomben in seiner Unterwäsche. Man reichte ihm seine Taschen zurück, und er ging an Bord der Flügelrakete Santa Fé Trail, die zwischen dem Südwesten und New Chicago verkehrte. Drinnen schnallte er den Sicherheitsgurt fest, kuschelte sich in die Kissen und wartete.

Zuerst störte ihn der Lärm beim Start mehr als der Andruck bei der Beschleunigung. Doch als sie dann die Schallgeschwindigkeit überschritten, verstummte das Geräusch, während die Beschleunigung immer noch zunahm. Schließlich verlor er das Bewusstsein.

Er kam zu sich, als die Rakete in den freien Fall überging und in einem hohen Bogen über die Ebenen des Mittelwestens flog. Sofort fühlte er sich besser, weil das unerträgliche Gewicht von seiner Brust genommen war, das seine Rippen und das Herz zusammenpresste und seine Muskeln zu Wasser werden ließ. Doch ehe er die ungeheure Erleichterung genießen konnte, wurde ihm ein neuer Sinneseindruck bewusst: Sein Magen versuchte die Speiseröhre hinaufzukriechen.

Er war anfangs erschrocken, da er sich das unangenehme Gefühl nicht erklären konnte. Dann schoss ihm plötzlich eine Vermutung durch den Kopf – nein, das war unmöglich! Er und raumkrank? Niemals. Er war im freien Fall geboren. Raumkrankheit war etwas für Erdkriecher!

Doch der Verdacht wurde zur Gewissheit. Die Jahre unbeschwerten Lebens auf einem Planeten hatten seine Immunität zerstört. Peinlich, peinlich! Er benahm sich wie ein Erdkriecher. Ihm war nicht der Gedanke gekommen, vor dem Start um eine Anti-Übelkeit-Pille zu bitten. Er war schnurstracks an dem Schalter mit dem großen roten Kreuz vorbeimarschiert.

In letzter Minute gelang es ihm, nach dem Plastikbehälter zu greifen, der für derartige Zwecke vorgesehen war. Danach fühlte er sich zwar schwach, aber wohler und hörte über Lautsprecher die auf Band aufgezeichnete Beschreibung des Landes, über das sie gerade flogen. Jetzt, in der Nähe von Kansas City, färbte sich der Himmel von Schwarz in tiefes Purpur, die Tragflächen griffen wieder, und die Passagiere spürten wieder ihr Gewicht, als die Rakete den langen Gleitflug nach New Chicago begann. Don richtete die Sitzlehne auf.

Zwanzig Minuten später, als sie sich der Rollbahn näherten, sprangen die Raketenmotoren in der Nase des Schiffes an, ausgelöst vom Radar, und die Santa Fé Trail setzte zur Landung an. Der gesamte Flug hatte nicht so lang gedauert wie der Hubschrauberflug von der Schule nach Albuquerque – knapp eine Stunde für dieselbe Strecke nach Osten, welche die Pioniere mit ihren Planwagen in achtzig Tagen nach Westen bewältigt hatten, wenn sie Glück gehabt hatten. Die Rakete landete auf einem Flugplatz außerhalb der Stadt ganz in der Nähe des riesigen alten Flughafens, wo früher das alte Chicago gestanden hatte und wo jetzt der Hauptraumhafen war; hier gab es immer noch leichte radioaktive Strahlung.

Don hatte es nicht eilig und ließ vor sich eine Navajo-Familie aussteigen. Ein Rollband war herangefahren. Er betrat es und ließ sich ins Flughafengebäude tragen. Drinnen verwirrte ihn das rege Treiben in zahllosen Stockwerken nach oben und unten. Gary Station diente nicht nur der Santa Fé Trail, der Route 66 und etlichen weiteren Lokalraketen zum Südwesten, sondern auch einem Dutzend anderer Linien, ferner Interkontinentalschiffen, Frachtern und Raumschiffen, die zwischen Erde und Circum-Terra-Station flogen – und von dort weiter nach Luna, Venus, Mars und zu den Jupitermonden. Es war gleichsam das Rückenmark eines mehr als nur weltweiten Imperiums.

Nach dem langen Aufenthalt in der weiten Wüste in New Mexico und zuvor in den noch riesigeren Gefilden des Weltraums fühlte Don sich von den lärmenden, dichten Menschenmassen irritiert und erdrückt. Er spürte den Verlust der Würde bei diesen Menschen, die sich wie Ameisen verhielten, hätte dieses Gefühl aber nicht in Worte fassen können. Er sah die drei Kugeln der Interplanetarlinien und folgte den schimmernden Neonpfeilen zum Reservierungsbüro.

Ein ziemlich uninteressierter Angestellter erklärte ihm, dass keine Reservierung für die Valkyrie vorläge. Geduldig legte Don ihm dar, dass die Reservierung von Mars aus vorgenommen worden sei und zeigte ihm als Beweis das Telegramm von seinen Eltern. Unwirsch über die Mehrarbeit rief der Angestellte Circum-Terra an. Die Satelliten-Station bestätigte die Reservierung.

»Okay, Sie können hier bezahlen«, sagte er zu Don.

Don rutschte das Herz in die Hose. »Ich dachte, es wäre schon bezahlt.« Er hatte zwar den Kreditbrief seines Vaters, aber der reichte nicht, um die Passage zum Mars zu bezahlen.

»Von Vorauszahlung war nicht die Rede.«

Auf Dons beharrliche Bitte hin rief der Mann nochmals die Raumstation an. Ja, alles war bei der Reservierung auf Mars bezahlt worden. Wusste der Angestellte nicht, was in seinem Tarif-Buch stand? Völlig entnervt und verärgert stellte der Mann Don ein Ticket aus: Sitz 64, Raketenschiff Glory Road, das am folgenden Morgen von Erde zur Circum-Terra startete.

»Haben Sie den Nachweis der Sicherheitsüberprüfung?«, fragte der Mann.

»Wie bitte?«

Der Mann schien die Situation zu genießen. Jetzt konnte er dem Jungen doch die Tour vermasseln. Genüsslich lächelnd zog er das Ticket zurück. »Machen Sie sich nicht die Mühe, Nachrichten zu hören? Geben Sie mir Ihren Ausweis.«

Zögernd reichte Don den Ausweis hinüber. Der Angestellte machte eine Kopie davon und gab sie zurück. »Und jetzt Ihre Daumenabdrücke.«

Don drückte die Daumen auf und fragte: »Ist das jetzt alles? Kann ich mein Ticket haben?«

»Das ist noch nicht alles«, sagte der Angestellte. »Kommen Sie morgen eine Stunde früher. Dann können Sie Ihr Ticket abholen – vorausgesetzt, das IBI ist einverstanden.«

Dann wandte sich der Mann ab. Don fühlte sich verloren und wusste nicht, was er jetzt tun sollte. Er hatte dem Direktor, Mr Reeves, gesagt, er würde im Hilton Caravansary übernachten, da vor Jahren seine Familie dort gewohnt hatte und es das einzige Hotel war, das er namentlich kannte. Andererseits sollte er Dr. Jefferson aufspüren – »Onkel Dudley«. Seiner Mutter schien sehr viel daran zu liegen. Es war noch früher Nachmittag. Don stellte sein Gepäck ein und machte sich auf die Suche.

Er fand eine leere Kommunikationszelle, suchte den Code des Doktors heraus und gab die Nummern in den Apparat ein. Der Anrufbeantworter bedauerte höflich, dass der Doktor nicht daheim sei, man aber eine Nachricht hinterlassen könne. Kaum hatte Don die ersten Worte gesagt, unterbrach ihn eine warme Stimme. »Für dich bin ich zu

Hause, Don. Wo steckst du, Junge?« Der Bildschirm leuchtete auf, und er blickte in die vertraut wirkenden Züge von Dr. Dudley Jefferson.

»Ich bin auf dem Raumflughafen, Doktor – Gary Station. Gerade angekommen.«

»Dann nimm ein Taxi und komm sofort her.«

»Äh … ich will Ihnen keine Umstände machen, Doktor Jefferson. Ich habe angerufen, weil meine Mutter gesagt hat, ich solle mich von Ihnen verabschieden.« Insgeheim hatte er gehofft, Dr. Jefferson würde keine Zeit für ihn haben. Obwohl er große Städte hasste, hatte Don keine Lust, den letzten Abend auf Erde damit zu verbringen, mit einem Freund der Familie Höflichkeiten auszutauschen. Lieber wollte er umherstreifen und sehen, was dieses moderne Babylon an Zerstreuungen zu bieten hatte. Der Kreditbrief brannte ihm ein Loch in die Tasche, er wollte ihn ein bisschen anzapfen.

»Nein, überhaupt nicht! Wir sehen uns in ein paar Minuten. Inzwischen werde ich ein fettes Kalb schlachten. Hast du übrigens mein Päckchen erhalten?«

»Ein Päckchen? Nein.«

Dr. Jefferson murmelte etwas über die schlampige Post.

»Vielleicht kommt es noch. War es wichtig?«, fragte Don.

»Nein, eigentlich nicht. Wir sprechen später darüber. Hast du eine Nachsendeadresse hinterlassen?«

»Selbstverständlich, Sir. Das Hilton Caravansary.«

»Dann gib dem Pferd die Sporen und komm möglichst schnell her. Der Himmel ist offen.«

»Und sichere Landung, Sir.«

Beide schalteten ab. Don verließ die Zelle und suchte nach einem Taxistand. Das Flughafengebäude schien noch überfüllter als zuvor. Überall Uniformen. Nicht nur Piloten und Flugpersonal, auch militärische Uniformen – und allgegenwärtig der Sicherheitdienst. Don kämpfte sich durch die Menge, eine Rampe hinunter, dann durch einen Tunnel. Endlich fand er, wonach er gesucht hatte. Am Halteplatz der Selbstfahrtaxis wartete eine Schlange, er reihte sich ein.

Neben der Schlange lag lang ausgestreckt die riesige, unförmige Sauriergestalt eines venerianischen »Drachen«. Als Don in der Schlange neben ihm zu stehen kam, pfiff er höflich einen Gruß.

Der Drache drehte eines seiner Stielaugen in Dons Richtung. An seiner »Brust«, zwischen Vorderbeinen und unmittelbar in Reichweite der Tentakel, war ein Kästchen befestigt, eine Sprachbox. Die Fangarme glitten über die Tasten, und der Venerianer antwortete über die mechanische Sprachbox, anstatt in seiner eigenen Sprache zu pfeifen. »Ich grüße Sie, junger Herr. Es ist eine Freude, inmitten so vieler Fremder die Laute zu hören, die man schon im Ei vernahm.« Begeistert hörte Don, dass der Venerianer durch die Sprachbox mit deutlichem Cockney-Akzent sprach.

Er pfiff ihm Dank zu und gab der Hoffnung Ausdruck, der Drache möge einen angenehmen Tod haben.

Der Venerianer dankte ihm nochmals und fügte hinzu: »Ihr Akzent ist ausgesprochen reizend. Würden Sie mir den Gefallen tun und Ihre eigene Sprache benutzen, damit ich sie üben kann?«

Don vermutete, dass seine Aussprache so unerträglich schrecklich war, dass der Venerianer ihn kaum verstehen konnte. Sofort wechselte er in die menschliche Sprache. »Ich heiße Don Harvey«, sagte er, pfiff jedoch noch einmal, um seinem Namen die venerianische Bedeutung »Nebel über den Wassern« hinzuzufügen. Seine Mutter hatte ihn ausgesucht, und er empfand ihn keineswegs als komisch.

Der Drache ebenfalls nicht. Er pfiff zum ersten Mal, nannte seinen Namen und fügte mittels der Sprachbox hinzu: »Man nennt mich ›Isaac Newton‹.« Don wusste, dass der Drache – der weit verbreiteten Sitte nach – aus Bequemlichkeit den Namen eines Erdmenschen gewählt hatte, den er bewunderte.

Am liebsten hätte Don »Sir Isaac Newton« gefragt, ob er zufällig die Familie seiner Mutter kenne, aber die Schlange bewegte sich weiter, und der Drache blieb liegen. Don musste weitergehen, sonst verlor er den Platz. Der Venerianer folgte ihm mit einem kreisenden Stielauge und pfiff ihm hinterher, dass er hoffe, auch Don möge angenehm sterben.

Der ständige Fluss der Taxis kam zum Stillstand. Ein von einem Menschen gesteuerter Sattelschlepper kam herbei und senkte die Rampe herab. Der Drache erhob sich auf sechs massive Beine und schob sich an Bord. Don pfiff einen Abschiedsgruß – und bemerkte plötzlich, dass ein Sicherheitspolizist ihn bereits seit geraumer Zeit scharf beobachtete. Er war froh, schnell ins Taxi steigen und die Klappe schließen zu können.

Er wählte die Adresse und lehnte sich gemütlich zurück. Der kleine Wagen fuhr mit einem Satz an, kletterte eine Rampe hinauf, fuhr durch einen Lastentunnel und in einen Aufzug. Anfangs bemühte sich Don, die Orientierung zu behalten, doch die Windungen des Ameisenhaufens, der sich »New Chicago« nannte, hätten selbst einen Topologen zur Verzweiflung gebracht; daher gab er auf. Das automatische Taxi schien den Weg zu kennen, auf alle Fälle das Kontrollzentrum, das ihm Anweisungen erteilte. Den Rest der Fahrt machte Don sich Sorgen: dass man ihm das Ticket noch nicht gegeben hatte, und über die unangenehme Aufmerksamkeit des Sicherheitspolizisten, und schließlich über das Päckchen von Dr. Jefferson. Allerdings bereitete ihm Letzteres nicht allzu großes Kopfzerbrechen, nur dass Post verloren ging, störte ihn. Er hoffte, Mr Reeves würde wissen, dass eine Postsendung, die ihn bis morgen früh nicht erreichte, zum Mars nachgeschickt werden musste.

Dann dachte er an »Sir Isaac«. Es war schön, jemanden von zu Hause zu treffen.

Dr. Jeffersons Wohnung lag tief unter der Erde in einem teuren Stadtviertel. Das Taxi hielt vor der Wohnungstür, aber Don konnte die Tür nicht öffnen. Da fiel ihm ein, dass er zuerst den Fahrpreis auf dem kleinen Bildschirm bezahlen musste – doch er musste feststellen, dass er ein Münztaxi genommen hatte, ohne Münzen in der Tasche zu haben. Obwohl dieser kleine Wagen äußerst gewitzt war, würde er den Kreditbrief keines Blickes würdigen. Voller Panik rechnete Don schon damit, das Taxi würde ihn ins nächste Polizeirevier befördern, doch da nahte Rettung in Gestalt von Dr. Jefferson.

Der Arzt gab ihm die nötigen Münzen und bat ihn in die Wohnung. »Denk dir nichts dabei, Junge. Das passiert mir jede Woche mindestens einmal. Der Dienst habende Polizist hat eine Kiste mit Hartgeld, um mich aus den Klauen unserer mechanischen Gebieter zu befreien. Ich bezahle ihn pro Quartal und runde die Summe immer auf. Setz dich. Einen Sherry?«

»Nein, danke, Sir.«

»Dann Kaffee mit Sahne und Zucker. Was hast du von deinen Eltern gehört?«

»Ach, das Übliche. Beiden geht es gut, sie haben viel Arbeit …« Während Don sprach, blickte er sich um. Der Raum war groß, gemütlich, sogar luxuriös, obwohl Bücher aus den Regalen quollen und ungeordnet auf Tischen und Sesseln lagen, was die Schönheit des Zimmers beeinträchtigte. In einer Ecke schien ein echtes Kaminfeuer zu brennen. Durch eine offene Tür sah er weitere Zimmer. Er überschlug schnell die Kosten für eine derartige Luxuswohnung in New Chicago.

Vor ihnen war ein Panoramafenster, durch das man eigentlich in die Eingeweide der Stadt geblickt hätte, stattdessen sah man dort einen Bergbach und Tannen. Vor Dons Augen schnellte eine Forelle aus dem Bach.

»Ich bin sicher, dass deine Eltern hart arbeiten«, sagte sein Gastgeber. »Wie immer. Dein Vater versucht in einem einzigen kurzen Menschenleben Geheimnisse zu ergründen, die sich im Laufe von Millionen Jahren angesammelt haben. Das ist unmöglich – aber er gibt nicht auf. Sohn, ist dir klar, dass wir zu der Zeit, als dein Vater seine Karriere begann, nicht einmal in unseren kühnsten Träumen ahnten, dass das Imperium des ersten Sonnensystems existiert?« Nachdenklich fügte er hinzu: »Falls es das erste war.« Dann fuhr er fort: »Jetzt haben wir die Ruinen auf dem Grund zweier Ozeane erforscht – und sie mit Aufzeichnungen von vier anderen Planeten in Beziehung gebracht. Selbstverständlich hat dein Vater diese Arbeit nicht ganz allein geleistet, nicht einmal den Großteil, aber seine Arbeit war unentbehrlich. Dein Vater ist ein großer Mann, Don – und deine Mutter steht ihm in keiner Hinsicht nach. Für mich sind beide stets ein Team. – Nimm dir doch ein Sandwich.«

»Danke sehr«, sagte Don und drückte sich um eine direkte Antwort. Ihm wurde warm ums Herz, als er das Lob über seine Eltern hörte, aber er wusste nicht, wie er diese Gefühle zeigen sollte.

»Selbstverständlich werden wir nie sämtliche Antworten wissen«, fuhr Dr. Jefferson fort. »Wie kam es, dass der edelste Planet von allen, der Sitz der Regierung des Imperiums zerstört und zu Weltraummüll wurde? Dein Vater verbrachte vier Jahre im Asteroidengürtel – du warst ja dabei –, hat aber nie eine eindeutige Antwort gefunden. War es ein Doppelplanet wie Erde und Luna, der von der Kraft der

Gezeiten auseinander gerissen wurde? Oder explodierte er?«

»Explodiert?«, protestierte Don. »Aber das ist doch theoretisch unmöglich, oder?«

Dr. Jefferson winkte ab. »Theoretisch ist alles unmöglich, bis es einmal geschieht. Man könnte eine Geschichte der Naturwissenschaften schreiben, aber von hinten aufgezäumt, in der man die feierlich verkündeten Erklärungen der obersten Autoritäten zusammenstellt, in Bezug auf das, was unmöglich sei und nie geschehen könne. Hast du je mathematische Philosophie studiert, Don? Bist du mit der Theorie des unendlichen Universums und den offenen Postulaten vertraut?«

»Ich fürchte nein, Sir.«

»Eine ganz einfache Idee und äußerst verführerisch. Die Vorstellung, dass alles möglich ist – ich meine wirklich alles –, und dass alles schon einmal geschehen ist. Alles. Ein Universum, in dem du den Wein genommen und dich sinnlos betrunken hast. Ein anderes, in dem der fünfte Planet nie zerstört wurde. Und ein weiteres, in dem Atomkraft und Atomwaffen ebenso unmöglich sind, wie unsere Vorfahren einst glaubten ... dieses Universum könnte für Feiglinge wie mich durchaus attraktiv sein.«

Er stand auf. »Iss nicht zu viele Sandwiches. Ich will dich in ein Restaurant ausführen, wo es unter anderem auch etwas zu essen gibt ... und zwar Speisen, wie Zeus sie den Göttern versprach, aber nie auftischte.«

»Ich möchte aber nicht zu viel von Ihrer Zeit in Anspruch nehmen, Sir.« Don hoffte immer noch, allein durch die Stadt bummeln zu können. Aber jetzt sah er sich in einem langweiligen Club reicher Männer essen, die sich anschließend hochgestochen unterhielten. Es war doch sein letzter Abend auf Erde.

»Zeit? Was ist Zeit? Jede Stunde vor uns ist ebenso frisch wie die, welche wir gerade erlebt haben. Bist du im Caravansary abgestiegen?«

»Nein, Sir. Ich habe mein Gepäck im Flughafen gelassen.»

»Gut. Dann bleibst du heute Nacht hier. Wir lassen dein Gepäck später holen.» Dr. Jeffersons Tonfall änderte sich. »Aber deine Post wird doch ins Hotel nachgeschickt?»

»Ja.«

Überrascht stellte Don fest, dass Dr. Jefferson sich offensichtlich Sorgen machte. »Na schön, darum kümmern wir uns später. Würde man dieses Päckchen, das ich dir geschickt habe, gleich weitersenden?«

»Das weiß ich nicht, Sir. Normalerweise kommt die Post zweimal täglich. Wenn das Päckchen nach meiner Abreise gekommen ist, würde es bis morgen früh liegen bleiben. Aber wenn der Direktor auf Draht ist, schickt er es vielleicht mit Eilboten hinterher, damit ich es habe, ehe ich morgen an Bord gehe.«

»Das heißt, dass ihr in der Schule keine Rohrpost habt?«

»Nein, Sir. Der Koch bringt morgens die Post, wenn er einkauft, und nachmittags wird sie vom Hubschrauberbus von Roswell geliefert.«

»Eine Oase in der Wüste! Mal sehen ... na gut, wir

erkundigen uns gegen Mitternacht im Hotel. Wenn es dann noch nicht da ist, auch egal.« Trotzdem schien er verstört zu sein und sprach auf der Fahrt ins Restaurant kaum ein Wort.

Das Restaurant hieß fälschlicherweise Das Hinterzimmer. Es gab nämlich vorne nichts, nicht mal ein Schild. Es war nur eine der vielen Türen in einem Seitentunnel. Trotzdem schienen viele Menschen das Lokal zu kennen und erpicht zu sein, es zu besuchen. Aber ein gewichtiger Türsteher bewachte mit strenger Miene den Eingang hinter der Samtkordel. Dieser erkannte Dr. Jefferson und schickte nach dem maitre d'hotel. Der Doktor machte eine Geste, die auch von Oberkellnern seit Anbeginn der menschlichen Geschichte verstanden wird. Die Kordel senkte sich, und man geleitete sie feierlich zu einem Tisch direkt vor der Bühne. Die Höhe des Trinkgelds hatte Don den Atem verschlagen – genau wie der Anblick der Kellnerin.

Für ihn war sie die schönste Frau, eine Prinzessin, die er je gesehen hatte, auch ihr Kostüm war atemberaubend. Dr. Jefferson fing seinen Blick auf und lachte. »Spar dich noch ein bisschen Begeisterung auf, mein Junge. Die, für die wir bezahlt haben, kommen noch.« Er deutete zur Bühne. »Einen Cocktail zum Auftakt?«

Don lehnte höflich ab.

»Wie du willst. Du bist ein Mann, strotzend vor Kraft, und eine kleine Kostprobe der Fleischtöpfe würde dir keinen bleibenden Schaden zufügen. Was hältst du davon, wenn ich unser Essen bestelle?« Don stimmte zu.

Während Dr. Jefferson mit der Prinzessin über die Speisenfolge sprach, blickte Don sich um. Der Raum sollte einen lauen Abend im Freien darstellen. Soeben gingen die Sterne auf. Eine hohe Backsteinmauer verlief ringsum, um den nicht existierenden Zwischenraum zu verbergen und den Fußboden mit der Himmelsimitation zu verbinden. Apfelbäume ragten über die Mauer und rauschten in einer leichten Brise. Ein altmodischer Brunnen stand jenseits der Tische am anderen Ende. Don sah, wie eine andere »Prinzessin« dorthin ging, den Pumpenschwengel betätigte und einen silbernen Kühler mit einer Flasche heraufzog.

An der Bühne, ihnen gegenüber, hatte man einen Tisch beiseite gestellt, um für eine große durchsichtige Plastikkapsel mit Rädern Platz zu schaffen. Don hatte so etwas noch nie gesehen, wusste aber sofort, um was es sich handelte. Das war ein »Perambulator«, die fahrbare Klimaanlage eines Marsianers, welche die dünne kalte Luft lieferte, wie ein Ureinwohner des Mars sie brauchte. Man konnte den Insassen nur undeutlich sehen. Ein Metallgerüst mit Servomotoren stützte den gebrechlichen Körper und half ihm, mit der brutalen Schwerkraft des dritten Planeten zurecht zu kommen. Seine Pseudoflügel hingen schlaff herunter, und er bewegte sich nicht. Er tat Don Leid.

Als Kind hatte er auf Luna Marsianer kennen gelernt, aber das geringe Schwerkraftfeld des Mondes war sogar schwächer als das auf Mars; deshalb lähmte es die Marsianer nicht wie das Schwerefeld der Erde, das für ihre evolutionäre Entwicklung viel zu stark und sehr schmerzhaft war. Für einen Marsianer war es schwierig und gefährlich, zur Erde zu kommen. Don fragte sich, weshalb dieser hier war. Vielleicht eine diplomatische Mission?

Dr. Jefferson entließ die Kellnerin, schaute auf und sah, dass Don den Marsianer anstarrte. »Ich frage mich, was er hier macht«, sagte Don. »Bestimmt ist er nicht hier, um etwas zu essen.«

»Wahrscheinlich möchte er sich die Fütterung der Raubtiere anschauen. Das ist auch ein Grund, weshalb ich hier bin. Schau dich gut um, Don, so etwas wirst du nie wiedersehen.«

Unvermittelt hörte das Orchester zu spielen auf, und eine Lautsprecherstimme verkündete: »Sondermeldung.« Gleichzeitig wurde der simulierte Nachthimmel über ihnen schwarz, und Leuchtbuchstaben glitten darüber hinweg:

BERMUDA: DAS KOLONIALAMT HAT SOEBEN BEKANNT GEGEBEN, DASS DAS PROVISORISCHE KOMITEE DER VENUSKOLONIEN UNSERE NOTE ABGELEHNT HAT. EINE DEM VORSITZENDEN DER FÖDERATION NAHESTEHENDEN QUELLE SAGT, MAN HABE MIT DIESER ENTWICKLUNG GERECHNET, UND ES BESTEHE KEIN GRUND ZUR SORGE.

Die Lichter flammten wieder auf, die Musik spielte weiter. Dr. Jefferson hatte die Lippen zu einem traurigen Lächeln verzogen. »Wie passend!«, meinte er. »Genau zum richtigem Zeitpunkt. Die Schrift an der Wand. Das Menetekel!«

Don wollte etwas sagen, aber da begann die Show. Während der Sondermeldung war die Bühne versenkt worden. Jetzt quoll aus der Versenkung eine zarte, von innen heraus purpurrot leuchtende Wolke herauf. Die Wolke löste sich auf, und Don konnte erkennen, dass die Bühne wieder am alten Platz war. Tänzer und Tänzerinnen waren darauf, und im Hintergrund erhob sich ein Berg.

Dr. Jefferson hatte Recht gehabt. Die Personen auf der Bühne waren das Hinsehen wert, nicht die Bedienungen an den Tischen. Don war so beeindruckt, dass er das Essen gar nicht bemerkte, das man ihm vorgesetzt hatte. Sein Gastgeber tippte ihm auf den Arm. »Iss etwas, ehe du in Ohnmacht fällst.«

»Wie? O ja, Sir!« Mit gesundem Appetit begann er zu essen, ließ jedoch die Show nicht aus den Augen. Ein Schauspieler fiel ihm besonders auf; er stellte Tannhäuser dar, was Don allerdings nicht wusste, und es war ihm auch egal. Ebenso egal war ihm, was er auf dem Teller hatte. Zwei Drittel seines Essens hatte er bereits verschlungen.

»Na, alles bestens?«, fragte Dr. Jefferson.

Don zuckte zusammen, dann wurde ihm klar, dass der Doktor vom Essen, nicht von der Show gesprochen hatte. »O ja! Es schmeckt köstlich.« Dann betrachtete er seinen Teller. »Aber was ist das?«

»Erkennst du es nicht? Gebackener Jungfaun.«

Don brauchte etliche Sekunden, um sich darüber klar zu werden, was ein Faun war. Als kleiner Junge hatte Hunderte der kleinen satyrähnlichen Zweibeiner gesehen – Faunus gregarius veneris Smythii –, aber zuerst brachte er die übliche Bezeichnung nicht in Verbindung mit den freundlichen komischen Wesen, die er und seine Spielkameraden – wie alle Kolonisten auf Venus – immer »Hauabs« genannt hatte, weil sie die Angewohnheit hatten, sich ständig an einen zu hängen, einem auf die Füße zu steigen und auf die Schultern zu klettern, sich anzuschmiegen und abzuküssen und auch auf andere Weise ihren unersättlichen Appetit auf körperliche Zärtlichkeit zu zeigen.

Einen Hauab essen? Er kam sich wie ein Kannibale vor. Zum zweiten Mal an diesem Tag benahm er sich wie ein Erdling im All. Er schluckte und versuchte sich zusammenzunehmen, brachte aber keinen Bissen mehr herunter.

Wieder schaute er zur Bühne. Der Venusberg verschwand und machte einem Mann mit müden Augen Platz, der ununterbrochen Witze erzählte und gleichzeitig mit Fackeln jonglierte. Don gefiel das nicht besonders, und er ließ den Blick durch den Raum schweifen. Drei Tische von ihnen entfernt fing ein Mann seinen Blick auf und schaute dann betont gleichgültig weg. Don dachte nach; dann musterte er den Mann genauer und erkannte ihn. »Dr. Jefferson.«

»Ja, Don.«

»Kennen Sie zufällig einen Drachen von Venus, der sich ›Sir Isaac Newton‹ nennt?« Don fügte noch die gepfiffene Version des wahren Namens des Drachen hinzu.

»Lass das!«, fuhr Dr. Jefferson ihn an.

»Was?«

»Lautstark deine Herkunft verkünden. Vor allem nicht jetzt. Warum erkundigst du dich nach diesem

›Sir Isaac Newton‹?« Er sprach ganz leise und bewegte kaum die Lippen.

Donald berichtete ihm von dem zufälligen Treffen bei der Gary Station. »Ich bin ganz sicher, dass ein Mann von der Sicherheitspolizei mich dabei beobachtet hat. Und jetzt sitzt derselbe Mann dort drüben, aber nicht in Uniform.»

»Bist du sicher?«

»Ich glaube schon.«

»Hmmm ... du könntest dich irren. Vielleicht hat er heute Abend zufällig frei. Ignoriere ihn einfach und rede nicht mehr von ihm. Und sprich auch nicht von dem Drachen oder von irgendetwas von Venus. Benimm dich so, als würdest du dich prächtig amüsieren. Und pass gut auf, was ich dir jetzt sage ...«

Don bemühte sich, die Anweisungen zu befolgen, doch es fiel ihm schwer, sich auf die Bühne zu konzentrieren. Selbst als die Tänzerinnen wieder auftraten, hätte er am liebsten den Mann weiter beobachtet, der ihm den schönen Abend verdorben hatte. Der Teller mit dem gebackenen Jungfaun wurde abgetragen. Dr. Jefferson bestellte für ihn einen »Ätna«. Tatsächlich kam etwas, das wie ein Vulkan aussah. Ein Rauchwölkchen kräuselte sich aus der Spitze. Don nahm einen Löffel. Es schmeckte tatsächlich nach Feuer und Eis zugleich. Wie konnte jemand das essen? Aus Höflichkeit nahm er noch einen Bissen. Gleich darauf hatte er alles verputzt und bedauerte, dass nicht noch mehr »Ätna« da war.

Während einer Pause auf der Bühne versuchte

Don Dr. Jefferson zu fragen, was er von der Kriegsangst hielte. Aber der Doktor lenkte das Gespräch beharrlich auf die Arbeit seiner Eltern und setzte sich mit Vergangenheit und Zukunft des Sonnensystems auseinander. »Mach dir keine Sorgen um die Gegenwart, Junge. Das sind vorübergehende Störungen, die für die Konsolidierung des Systems nötig sind. In fünfhundert Jahren werden die Historiker nicht mehr davon reden. Es wird ein zweites Imperium geben – auf sechs Planeten.«

»Sechs? Glauben Sie ernsthaft, dass wir je imstande sein werden, irgendetwas mit Jupiter und Saturn anzufangen? Oder meinen Sie die Jupitermonde?«

»Nein, ich meine die sechs Hauptplaneten. Wir schieben Pluto und Neptun näher ans Feuer und schleppen Merkur ein bisschen nach außen, damit er abkühlt.«

Die Vorstellung, Planeten umherzuschieben, verblüffte Don. Es klang absurd und unmöglich, doch er widersprach nicht, da sein Gastgeber ein Mann war, der immer wieder behauptete, dass alles und jedes möglich sei. »Die Menschheit braucht viel Platz«, fuhr Dr. Jefferson fort. »Und auf Mars und Venus gibt es eigene intelligente Rassen. Wir können sie nicht noch weiter einengen, als wir es ohnehin schon tun. Aber die Rekonstruktion dieses Sonnensystems ist eine rein technische Frage – kein Problem verglichen mit den Fragen, die ansonsten noch gelöst werden müssen. In einem halben Millenium wird es mehr Erdmenschen außerhalb des Systems geben als darin. Dann werden wir mit

Sicherheit auf den Planeten eines jeden Sterns vom G-Typ umherwimmeln, der in erreichbarer Nähe der Sonne ist. Weißt du, was ich tun würde, wenn ich so alt wäre wie du, Don? Ich würde mir einen Platz in der Pathfinder besorgen.«

Don nickte. »Das würde ich auch gern.« Schon vor seiner Geburt hatte man auf Luna und in seiner Umlaufbahn mit dem Bau des Raumschiffs Pathfinder begonnen. Fast alle in Dons Generation hatten davon geträumt, mit ihm den Flug ins All – ohne Rückkehr – anzutreten.

»Selbstverständlich müsstest du eine Braut mitnehmen«, fügte Dr. Jefferson hinzu. Er deutete auf die Bühne. »Schau mal die Blonde da oben. Ein gut aussehendes Mädel.«

Don lächelte und kam sich wie ein Mann von Welt vor. »Vielleicht hast sie keine Lust auf ein Pionierleben«, sagte er. »Sie sieht glücklich aus.«

»Das weißt du erst, nachdem du sie gefragt hast. Moment mal.« Dr. Jefferson rief den Oberkellner. Geld wanderte von einer Hand in die andere. Gleich darauf kam die Blonde an ihren Tisch, setzte sich aber nicht. Sie sang mit Unterstützung des Orchesters zu einer Bongotrommel Liebesworte, die Don selbst dann peinlich gewesen wären, hätte sie ihm diese Worte unter vier Augen ins Ohr geflüstert. Mit einem Schlag war er nicht mehr Mann von Welt, sondern fühlte, wie er heiße Ohren bekam. Nein, er war fest entschlossen, kein weibliches Wesen mit zu den Sternen zu nehmen.

Dann verschwanden die Tänzerinnen von der Bühne. Die Lichter blitzten auf, und aus dem Lautsprecher schallte es: »Angriff aus dem Weltraum! Weltraumangriff!« Dann erloschen sämtliche Lichter.

3.

AUF DER FLUCHT

Einen unendlich langen Augenblick lang herrschten völlige Dunkelheit und Schweigen, nicht einmal das Surren der Ventilatoren war zu hören. Dann erschien in der Mitte der Bühne ein schwaches Licht und erhellte die Züge des Witzeerzählers. Er verkündete mit betont näselnder Stimme: »Das nächste Geräusch, das Sie hören werden, ist die Posaune des Weltuntergangs!« Er kicherte. »Nur die Ruhe, Leute! Passt auf euer Geld auf – einige Angestellte sind Familienmitglieder der Geschäftsführung. Es ist nur eine Übung. Außerdem haben wir mehr als dreißig Meter Beton über uns – und dazu eine Hypothek, die noch schwerer wiegt. Und jetzt wollen wir Sie in die richtige Stimmung für die nächste Nummer bringen, nämlich meine. Deshalb geht die nächste Runde aufs Haus.« Er beugte sich vor und rief: »Gertie! Hol das Zeug, das wir Silvester nicht losgeworden sind.«

Don spürte, wie die Spannung im Raum nachließ, und auch er entspannte sich. Deshalb erschrak er umso mehr, als sich plötzlich eine Hand um sein Handgelenk schloss. »Kein Wort!«, flüsterte Dr. Jefferson.

Don ließ sich in der Dunkelheit führen. Offenbar kannte der Doktor die Örtlichkeiten. Sie gelangten aus dem Restaurant, ohne gegen die Tische zu stoßen. Dann gingen sie einen langen Korridor entlang. Es war dunkel wie im Bauch einer Kuh. Dr. Jefferson bog um eine Ecke und blieb stehen.

»Aber Sie dürfen nicht hinaus, Sir«, hörte Don eine Stimme. Dr. Jefferson antwortete kaum hörbar. Don verstand kein Wort. Rascheln. Dann gingen sie weiter, durch eine Tür und dann nach links.

Sie waren immer noch in dem Tunnel. Don war sicher, dass es der Gang vor dem Restaurant war, aber irgendwie schien er sich um neunzig Grad gedreht zu haben. Dr. Jefferson zerrte ihn am Handgelenk weiter, ohne zu sprechen. Wieder gingen sie um eine Biegung, dann kam eine Treppe.

Jetzt waren andere Leute in der Nähe, allerdings nicht viele. Jemand griff in der Dunkelheit nach Don. Er schlug wild um sich, schmetterte die Faust gegen etwas Weiches und hörte ein unterdrücktes Grunzen. Der Doktor zerrte ihn rasch weiter.

Endlich blieb Dr. Jefferson stehen und tastete in der Dunkelheit umher. Der Schrei eines weiblichen Wesens erklang. Hastig zog der Doktor die Hand zurück und ging einige Schritte weiter, ehe er wieder stehen blieb. »Hier«, sagte er schließlich. »Steig ein.« Don legte die Hand auf ein geparktes automatisches Taxi, dessen Einstiegsluke offen war. Er kletterte hinein. Dr. Jefferson nahm hinter ihm Platz und schloss das Verdeck. »Jetzt können wir reden«, sagte er. »Jemand hat uns das erste Taxi weggeschnappt. Aber wir fahren nirgendwohin, solange es keinen Strom gibt.«

Don bemerkte erst jetzt, dass er am ganzen Leib vor Aufregung zitterte. Als er wieder sprechen konnte, sagte er: »Doktor, ist das tatsächlich ein Angriff?«

»Das bezweifle ich«, antwortete Dr. Jefferson. »Es ist mit an Sicherheit grenzender Wahrscheinlichkeit eine Übung – hoffe ich zumindest. Aber es hat uns die Gelegenheit verschafft, auf die ich gehofft hatte, das Lokal unbemerkt zu verlassen.«

Don begriff nicht sofort. Jefferson fuhr fort: »Was macht dir Kopfzerbrechen? Die Rechnung? Ich hab da ein Konto.«

Don hatte keine Sekunde daran gedacht, dass sie weggegangen waren, ohne die Rechnung zu begleichen. »Ist es wegen des Sicherheitspolizisten, den ich erkannt habe?«, fragte er.

»Ja, leider.«

»Aber ich glaube, ich habe mich geirrt. Der Mann hat zwar so ausgesehen, aber er kann mir doch unmöglich gefolgt sein, selbst wenn er am Flughafen das nächste Taxi genommen hätte. Ich erinnere mich genau, dass mein Taxi das einzige im Aufzug war. Damit ist diese Theorie vom Tisch. Wenn es derselbe Polizist war, dann war es purer Zufall, dass er dort war. Er hat mich nicht beschattet.«

»Vielleicht war er hinter mir her.«

»Wie bitte?«

»Schon gut. Was eine mögliche Verfolgung betrifft – hast du eine Ahnung, Don, wie diese Autotaxis funktionieren?«

»Ja ... so ungefähr.«

»Wenn dieser Sicherheitspolizist dich observieren wollte, musste er nicht das nächste Taxi nehmen. Er braucht nur die Nummer deines Taxis zu melden.

Diese Nummer wird dann in der Zentrale auf einem Monitor verfolgt. Falls du nicht ausgestiegen bist, ehe die Überwachung eingeschaltet wurde, kann man den Code für dein Ziel direkt vom Taxi abrufen. Dort wartet dann ein anderer Sicherheitspolizist auf dich und übernimmt die weitere Beschattung. Als ich ein Autotaxi bestellt habe, war meine Leitung bereits angezapft – und die des angerufenen Taxis ebenfalls. Folglich sitzt der erste Polizist an einem Tisch im Hinterzimmer, noch ehe wir dort eintreffen. Aber sie haben einen Fehler gemacht, indem sie den Mann einsetzten, den du gesehen hast. Doch wir können es ihnen verzeihen, wenn man bedenkt, wie überarbeitet sie zurzeit sind.«

»Aber warum sind sie hinter mir her? Selbst wenn man mich für – na ja, illoyal hält, bin ich doch nicht interessant.«

Dr. Jefferson zögerte, ehe er weitersprach. »Don, ich weiß nicht, wie viel Zeit uns zum Reden bleibt. Im Moment können wir offen sprechen, weil die Stromzufuhr gestört ist. Das bedeutet, dass sie uns nicht abhören können. Sobald wieder Energie da ist, geht es nicht mehr, und ich habe dir eine Menge zu sagen.«

»Warum geht es dann nicht mehr?«

»Die Öffentlichkeit soll es nicht wissen, aber alle diese Taxis haben eingebaute Mikrofone. Die Kontrollfrequenz des Taxis kann Sprachmodulation senden, ohne die Fahrt zu stören. Deshalb können wir nicht mehr offen reden, sobald wieder Strom da ist. Ja, ich weiß, es ist eine Schande, dass es so etwas gibt. Im Restaurant habe ich nicht gewagt, offen zu reden, obwohl das Orchester gespielt hat. Durchaus möglich, dass sie ein Richtmikrofon einsetzen. Hör mir genau zu. Wir müssen das Päckchen finden, das ich dir geschickt habe. Unbedingt. Du musst es deinem Vater bringen … beziehungsweise den Inhalt. Punkt zwei: Du musst morgen früh diese Shuttle-Rakete nehmen, selbst wenn der Himmel einstürzt. Punkt drei: Du kannst heute Abend nicht bei mir übernachten. Tut mir Leid, aber es ist besser so. Punkt vier: Sobald wieder Strom da ist, fahren wir eine Weile umher und reden belangloses Zeug, vor allem nennen wir keine Namen. Irgendwann bringe ich uns zu einer öffentlichen Telefonzelle. Von dort aus rufst du das Caravansary an. Ist das Päckchen dort, verlässt du mich, fährst zum Flughafen und holst dein Gepäck. Dann fährst du zum Hotel, nimmst ein Zimmer und holst deine Post ab. Morgen früh steigst du in die Rakete und fliegst los. Ruf mich nicht an. Hast du alles kapiert?«

»Ja, Sir, ich glaube schon.« Don wartete, dann platzte es aus ihm heraus: »Aber warum? Vielleicht habe ich nicht das Recht zu fragen, aber ich finde, ich sollte wissen, warum wir das tun.«

»Was willst du wissen?«

»Was ist in dem Päckchen?«

»Das wirst du sehen. Du kannst es öffnen, dir den Inhalt ansehen und dann selbst entscheiden, ob du es überbringen willst. Das ist dein gutes Recht. Und was das Übrige betrifft – welche politische Ansicht vertrittst du, Don?«

»Das ist schwer zu sagen.«

»Hmmm – ich konnte das in deinem Alter auch

nicht. Aber wärst du bereit, dich eine Zeit lang den Ansichten deiner Eltern anzuschließen? Bis du dir eine eigene Meinung gebildet hast?«

»Ja, natürlich.«

»Hast du es nicht eigenartig gefunden, dass deine Mutter dich gebeten hat, mich aufzusuchen? Raus mit der Sprache. Ich weiß, dass ein junger Mann, der in eine große Stadt kommt, keine Lust hat, Menschen zu besuchen, die er kaum kennt. Daher muss deine Mutter es für äußerst wichtig halten, dass du mich aufsuchst, richtig?«

»Ja, das glaube ich auch.«

»Gibst du dich damit zufrieden? Was du nicht weißt, kannst du nicht ausplaudern – und dich nicht in Schwierigkeiten bringen.«

Don dachte nach. Die Worte des Doktors ergaben Sinn, aber es ging ihm sehr gegen den Strich, dass er etwas so Mysteriöses tun sollte, ohne sämtliche Gründe zu kennen. Andererseits, hätte er das Päckchen einfach bekommen, hätte er es seinem Vater gebracht, ohne groß darüber nachzudenken.

Er wollte gerade noch eine Frage stellen, als die Lichter wieder aufflammten und der kleine Wagen zu schnurren anfing. Dr. Jefferson sagte: »Los geht's!« Er beugte sich vor und wählte ein Ziel. Das Autotaxi setzte sich in Bewegung. Don wollte etwas sagen, aber der Doktor schüttelte den Kopf.

Das Taxi fuhr durch etliche Tunnel, dann eine Rampe hinunter und hielt auf einem großen unterirdischen Platz. Dr. Jefferson bezahlte und führte Don über den Platz zu einem Personenaufzug. Auf dem Platz waren viele Menschen. Man konnte die

Spannung spürten, die durch den Alarm ausgelöst worden war. Jefferson und Don mussten sich mühsam einen Weg durch die Menge bahnen, die sich vor einem riesigen Bildschirm im Zentrum drängte. Don war froh, endlich im Aufzug zu sein, obgleich dieser ebenfalls überfüllt war.

Dr. Jefferson hatte als nächstes Ziel einen Taxistand auf einem Platz im Auge, der sich mehrere Stockwerke höher befand. Sie stiegen in ein Taxi, fuhren ein paar Minuten und wechselten erneut das Fahrzeug. Don war völlig verwirrt. Er hatte keine Ahnung, wo Norden, Süden, Osten oder Westen war. Der Doktor schaute auf die Uhr, als sie das letzte Autotaxi verließen und sagte: »Wir haben jetzt genügend Zeit tot geschlagen. Dort.« Er deutete auf eine Kommunikationszelle neben ihnen.

Don ging hinein und rief das Caravansary an. Hatte er Post? Nein, nichts. Er erklärte, dass er sich noch nicht im Hotel eingetragen habe. Der Angestellte schaute noch einmal nach. Nein, bedaure.

Don berichtete Dr. Jefferson. Dieser kaute auf der Unterlippe. »Meine Junge, ich glaube, ich habe einen schweren Fehler gemacht«, sagte er schließlich. Dann blickte er besorgt umher. Niemand war in der Nähe. »Außerdem habe ich Zeit vergeudet.«

»Kann ich irgendwie helfen, Sir?«

»Ja, ich glaube schon. Ja, ganz bestimmt.« Er machte eine Pause und dachte nach. »Wir fahren zurück zu meiner Wohnung, aber wir werden nicht dort bleiben. Wir suchen uns ein Hotel, aber nicht das Caravansary. Ich fürchte, wir müssen die ganze Nacht durcharbeiten. Schaffst du das?«

»Selbstverständlich.«

»Ich habe ein paar ›Zeitdehner‹-Pillen, die werden helfen. – Don, was immer auch passiert, du musst morgen die Rakete nehmen, verstanden?«

Don nickte. Er wollte das Raumschiff unter allen Umständen nehmen und sah keinen Grund, es zu verpassen. Insgeheim fragte er sich, ob Dr. Jefferson noch ganz richtig im Kopf war.

»Gut. Wir gehen zu Fuß. Es ist nicht weit.«

Eine halbe Meile Tunnel und eine Fahrt mit dem Lift nach unten brachte sie ans Ziel. Als sie in den Tunnel einbogen, in dem sich die Wohnung des Doktors befand, schaute Don sich um. Niemand zu sehen. Schnell gingen sie hinein. Zwei fremde Männer saßen im Wohnzimmer.

Dr. Jefferson warf einen Blick auf sie und sagte: »Guten Abend, Gentlemen.« Dann wandte er sich wieder Don zu. »Gute Nacht, Don. Es war schön, dich zu sehen. Grüß deine Eltern herzlich von mir.« Dann schob er Don zur Tür.

Die beiden Männer standen auf. Einer sagte: »Sie haben lange gebraucht, um nach Hause zu kommen, Dr. Jefferson.«

»Ich hatte die Verabredung vergessen, Gentlemen. So, und jetzt Lebwohl. Don – ich will nicht, dass du zu spät kommst.» Er drückte Dons Hand.

»Gute Nacht, Dr. Jefferson. Und vielen Dank.«

Don wollte gehen, aber der Mann, der den Doktor angesprochen hatte, stellte sich rasch zwischen ihn und die Tür. »Einen Moment, bitte.«

»Wirklich, Gentlemen, es gibt keinen Grund, den Jungen aufzuhalten«, protestierte Dr. Jefferson.

»Lassen Sie ihn gehen, damit wir unsere Sache erledigen können.«

Der Mann antwortete nicht, sondern rief: »Elkins! King!« Zwei weitere Männer tauchten aus dem Nebenzimmer auf. Der Mann, der offenbar der Anführer war, befahl: »Schafft den Jungen ins Schlafzimmer und macht die Tür zu.«

»Komm mit, Freundchen.«

Don hatte bis jetzt geschwiegen und versucht, die verwirrende Situation zu begreifen. Nun aber wurde er wütend. Er war ziemlich sicher, dass die Männer Sicherheitspolizisten waren, obwohl sie keine Uniform trugen. Allerdings war er in dem Glauben erzogen worden, dass ehrliche Bürger nichts von ihnen zu befürchten hätten. »Moment mal!«, protestierte er. »Ich gehe nirgendwohin. Was soll das?«

Der Anführer kam zu ihm und packte ihn am Arm. Don schüttelte ihn ab. »Don Harvey ...«, sagte der Mann.

»Ja ...?«

»Ich könnte Ihnen alle möglichen Antworten geben. Eine davon ist das hier.« Er zeigte ihm seine Dienstmarke. »Aber die könnte gefälscht sein. Ich könnte auch – wenn ich mir die Mühe machen wollte – ein gestempeltes Blatt Papier vorlegen, von wichtigen Leuten unterschrieben. Alles ganz legal.« Don fiel auf, dass die Stimme des Mannes kultiviert und leise war.

»Aber rein zufällig bin ich sehr müde und habe es eilig. Daher will ich meine Zeit nicht mit einem Rotzjungen vertun. Wie du siehst, sind wir vier bewaffnet. Also, was ist nun? Gehst du mit oder möchtest du, dass wir dich zusammenschlagen und wegschaffen?«

Don wollte schon den Helden spielen, wie in der Schule, aber Dr. Jefferson war schneller. »Tu, was er sagt, Donald.«

Don folgte einem Mann nach hinten ins Schlafzimmer. Der Mann schloss die Tür. »Setz dich«, sagte er freundlich. Don rührte sich nicht. Sein Bewacher legte ihm die Hand auf die Brust. Don setzte sich.

Der Mann drückte auf einen Knopf am Schaltbrett des Bettes, worauf sich dieses in Lesestellung aufrichtete. Dann legte er sich darauf. Er schien zu schlafen, aber jedes Mal, wenn Don zu ihm hinüberschaute, begegnete ihm sein Blick. Don spitzte die Ohren, um zu hören, was im Wohnzimmer geschah, doch es war sinnlos – das Schlafzimmer war absolut schalldicht.

Er saß da und bemühte sich, seine irrwitzige Situation zu ergründen. Er vermochte es kaum zu glauben, dass er noch an diesem Morgen mit Lazy zum Peddler's Grave geritten war. Was sein Pferd jetzt wohl machte? Ob Lazy ihn vermisste?

Wahrscheinlich nicht, gestand er sich traurig ein.

Wieder warf er einen Blick auf seinen Bewacher. Dann zog er ganz langsam die Beine an.

Der Mann schüttelte den Kopf. »Versuch das lieber nicht!«, warnte er.

»Was?«

»Versuch nicht, mich zu überrumpeln. Du könntest ernsthaft Schaden nehmen.« Nach diesen Worten schien der Mann wieder in Schlaf zu sinken.

Don versank in Apathie. Selbst wenn es ihm gelänge, diesen Kerl zu überwältigen, warteten draußen drei andere auf ihn. Und angenommen, er könnte ihnen entkommen? Eine seltsame Stadt, wo sie alles organisiert und unter Kontrolle hatten! Wohin könnte er da schon fliehen?

Vor einiger Zeit hatte er gesehen, wie die Stallkatze mit einer Maus spielte. Obwohl seine Sympathie der Maus galt, hatte er einen Moment lang fasziniert zugeschaut, bis er dem Leiden des armen Tierchens ein Ende bereitete. Die Katze hatte die Maus nie weiter entkommen lassen, als sie mit den Tatzen zuschlagen konnte. Und jetzt war er die Maus …

»Aufstehen!«

Don sprang auf. Er war benommen; einen Moment lang wusste er nicht, wo er war. »Ich wünschte, ich hätte dein ruhiges Gewissen«, sagte sein Bewacher bewundernd. »Es ist wirklich eine seltene Gabe, jederzeit schlafen zu können. Komm jetzt, der Boss will dich sprechen.«

Don folgte dem Mann ins Wohnzimmer. Dort war nur der Kollege seines Bewachers. »Wo ist Dr. Jefferson?«, fragte Don.

»Das ist doch egal«, sagte sein Bewacher und ging zur Tür. »Der Lieutenant hasst es, wenn man ihn warten lässt.«

Don blieb zurück, aber da packte der andere Mann seinen Arm. Don verspürte einen schmerzhaften Stich, der sich bis in die Schulter zog.

Draußen stand ein manuell gesteuertes Auto, größer als die Taxis. Der zweite Mann setzte sich hinters Steuer, der andere schob Don auf den Rücksitz. Er setzte sich und wollte sich umdrehen, musste jedoch feststellen, dass er nicht dazu imstande war. Er konnte nicht einmal die Hände heben. Er konnte nur da sitzen und atmen. Jeder Versuch, sich zu bewegen, erweckte ein Gefühl in ihm, als würde er unter einem Berg dicker Wolldecken ersticken.

»Ganz ruhig«, sagte der Mann. »Wenn du gegen das Kraftfeld kämpfst, kannst du dir eine Sehnenzerrung holen. Und es nützt überhaupt nichts.«

Don musste selbst herausfinden, dass der Mann Recht hatte. Je mehr er sich gegen die unsichtbaren Fesseln wehrte, desto fester zogen sie sich zusammen. Sobald er sich aber entspannte, spürte er sie nicht. »Wohin bringen Sie mich?«, fragte Don.

»Weißt du das nicht? Natürlich ins IBI-Büro.«

»Warum? Ich habe nichts verbrochen.«

»In dem Fall wirst du nicht lange bleiben müssen.»

Das Auto fuhr in eine große Tiefgarage. Alle drei stiegen aus und warteten vor einer Tür. Don hatte das Gefühl, dass sie scharf gemustert wurden. Gleich darauf öffnete sich die Tür, und sie traten ein.

Es roch nach Bürokratie. Sie gingen einen endlosen Korridor entlang, vorbei an Büros mit Angestellten, Fernschreibern, Aktenordnern und surrenden Kartensortierern. Ein Aufzug brachte sie in ein anderes Stockwerk. Sie gingen durch weitere Korridore, bis zu einer Tür. »Hinein«, befahl der erste Bewacher. Don gehorchte. Hinter ihm schloss sich die Schiebetür automatisch. Die Männer blieben draußen.

»Setzen Sie sich, Don.« Es war der Anführer der Gruppe, jetzt in der Uniform eines Sicherheitspolizisten. Er saß hinter einem hufeisenförmigen Schreibtisch.

»Wo ist Dr. Jefferson? Was haben Sie mit ihm gemacht?«, fragte Don.

»Setzen, habe ich gesagt.« Don rührte sich nicht. Der Lieutenant fuhr fort: »Warum machen Sie es sich so schwer? Sie wissen doch, wo Sie sich befinden. Sie wissen, dass ich Sie auf jede Art und Weise, die mir richtig erscheint, gefügig machen kann – und einige Methoden sind ziemlich unangenehm. Also, setzten Sie sich bitte, und ersparen Sie uns beiden Ärger.«

Don setzte sich. »Ich möchte einen Anwalt.«

Langsam schüttelte der Lieutenant den Kopf, wie ein müder, geduldiger Oberlehrer. »Junger Freund, Sie haben zu viele Kitschromane gelesen. Sie hätten sich besser mit der Dynamik der Geschichte befassen sollen. Dann würden Sie wissen, dass sich die Logik des Rechtschaffenheit mit der Logik der Gewalt abwechselt, je nach der betreffenden Kultur. Jede Kultur ruft ihre eigene Logik hervor. Können Sie mir geistig folgen?«

Don schwieg. Der Mann fuhr fort: »Spielt auch keine Rolle. Der Punkt ist – Ihr Wunsch nach einem Anwalt kommt zweihundert Jahre zu spät. Der Verbalismus hinkt den Fakten hinterher. Nichtsdestotrotz sollen Sie Ihren Anwalt haben – oder einen

Dauerlutscher, was Ihnen lieber ist, aber erst, nachdem ich das Verhör mit Ihnen beendet habe. Wenn ich Sie wäre, würde ich den Lutscher nehmen. Ist nahrhafter.«

»Ohne Anwalt sage ich überhaupt nichts«, erklärte Don trotzig.

»Nein? Tut mir Leid. Don, für dieses Verhör habe ich elf Minuten für Schwachsinn eingeplant. Sie haben bereits vier – nein, fünf – aufgebraucht. Wenn Sie nach Ablauf der elf Minuten Ihre eigenen Zähne spucken, sollten Sie sich erinnern, dass ich Ihnen gegenüber nicht von Anfang an feindlich eingestellt war. Es gibt mehrere unterschiedliche Methoden, einen Menschen zum Sprechen zu bringen, und jede Methode hat ihre Anhänger, die darauf schwören. Drogen zum Beispiel. Lachgas, Scopolamin, Pentothalnatrium ... ganz zu schweigen von neuen, subtileren, relativ ungiftigen Präparaten. Selbst Alkohole wurden mit großem Erfolg von den Geheimdiensten eingesetzt. Ich mag Drogen nicht. Sie beeinflussen den Intellekt, führen zu dümmlichen Behauptungen, die das Verhör unbrauchbar machen. Sie wären verblüfft, wie viel Müll ein menschliches Hirn speichern kann, Don. Ich spreche aus Erfahrung. Dann gibt es noch die Hypnose und ihre vielen Varianten. Außerdem die künstliche Stimulation eines unstillbaren Bedürfnisses, so wie bei der Morphiumsucht. Und schließlich gibt es noch die altmodische Methode, den Schmerz. Ich kenne einen Künstler – ich glaube, er ist jetzt im Gebäude –, der die widerspenstigsten Fälle nur mithilfe seiner bloßen Hände binnen kürzester Zeit erfolgreich zu einer Aussage bewegt. Ebenfalls in diese Kategorie fällt die Gewaltanwendung – nicht gegen die betreffende Person, sondern gegen eine andere, die ihm nahe steht und bei der er nicht ertragen kann, sie leiden zu sehen. Zum Beispiel seine Frau, den Sohns oder die Tochter. Bei Ihnen dürfte diese Methode schwierig anzuwenden sein, da Sie keinerlei nahe Verwandte auf diesem Planeten haben.« Der Lieutenant schaute auf die Uhr und fügte hinzu: »Nur noch dreißig Sekunden Zeit für Schwachsinn, Don. Sollen wir anfangen?«

»Moment mal. Sie haben die ganze Zeit geredet, ich habe kaum ein Wort sagen können.«

»Ich habe keine Zeit, fair zu sein. Tut mir Leid. Aber während Ihrer kurzen Bewusstlosigkeit in Dr. Jeffersons Wohnung konnten wir herausfinden, dass es doch eine Person gibt, die Ihnen sehr am Herzen liegt. Sie werden lieber reden als dulden, dass man diesem Wesen Schmerzen zufügt.«

»Wie bitte?«

»Ein Pferd namens Lazy.«

Der Name traf Don völlig unerwartet, wie ein Schlag in die Magengrube.

»Wenn Sie weiterhin die Aussage verweigern, werde ich Ihr Pferd herschaffen lassen. Es dürfte Sie interessieren, dass wir diese Methode noch nie bei einem Pferd angewendet haben. Meines Wissens sind die Ohren besonders empfindlich. Ich muss Ihnen aber sagen, dass wir das Tier bestimmt nicht zurückschicken, falls wir uns die Mühe machen, es herzuschaffen. Nein, dann wandert der Gaul direkt in die Fleischfabrik. In New Chicago sind Pferde ein Anachronismus, nicht wahr?«

In Dons Kopf schwirrten die grauenvollsten Bilder. Er war nicht imstande, vernünftig zu antworten. Schließlich platzte er heraus: »Das können Sie nicht machen!«

»Die Zeit ist abgelaufen, Don.«

Don holte tief Luft. »Also gut, fragen Sie.«

Der Lieutenant holte eine Filmspule aus der Schreibtischschublade und schob sie in einen Projektor, dessen Bildschirm ihm zugewandt war. »Ihr Name, bitte.«

»Donald James Harvey.«

»Und Ihr venerianischer Name?«

Don pfiff »Nebel über den Wassern«.

»Wo sind Sie geboren?«

»Im Raumschiff Outward Bound, auf dem Flug zwischen Luna und Ganymed.« Die Fragen zogen sich endlos hin. Dons Inquisitor schien sämtliche Antworten auf dem Bildschirm vor sich zu haben. Ein paar Mal verlangte er von Don nähere Erklärungen oder verbesserte ihn in Kleinigkeiten. Nachdem er Dons gesamte Vergangenheit durchleuchtet hatte, forderte er ihn auf, detailliert über alles zu berichten, was geschehen war, seit er das Telegramm seiner Eltern mit der Reservierung zum Mars auf der Valkyrie erhalten hatte.

Don ließ nur die Bemerkung Dr. Jeffersons über das Päckchen weg. Nervös wartete er und rechnete damit, jeden Moment danach gefragt zu werden. Doch falls der Sicherheitspolizist von dem Päckchen wusste, ließ er es sich nicht anmerken. »Dr. Jefferson schien zu glauben, dass dieser so genannte Sicherheitsbeamte Ihnen gefolgt sei? Oder ihm?«

»Keine Ahnung. Ich glaube nicht, dass er es wusste.«

»›Nur ein Bösewicht ergreift die Flucht, obgleich niemand ihn verfolgt‹«, zitierte der Lieutenant. »Sagen Sie mir genau, was Sie getan haben, nachdem Sie das Hinterzimmer verließen.«

»War der Mann hinter mir her?«, fragte Don. »Ich schwöre, ich habe diesen Drachen nie zuvor gesehen. Ich habe ihn nur höflich gegrüßt.«

»Das glaube ich. Aber die Fragen stelle ich. Sie antworten nur.«

»Na ja, wir haben zweimal das Taxi gewechselt – vielleicht dreimal. Ich weiß nicht genau, wohin wir gefahren sind. Ich kenne die Stadt nicht und hatte völlig die Orientierung verloren. Aber schließlich landeten wir vor Dr. Jeffersons Wohnung.« Er ließ den Anruf im Caravansary aus. Sein Gegenüber ließ wieder nicht erkennen, ob er davon wusste.

»Nun, damit wären wir in der Gegenwart angelangt.« Der Lieutenant schaltete den Projektor aus und schwieg eine Zeit lang. »Junger Mann, für mich besteht nicht der leiseste Zweifel, dass Sie potenziell illoyal sind.«

»Warum sagen Sie das, Sir?«

»In Ihrer Vergangenheit spricht nichts für Loyalität. Aber das ist kein Grund zur Aufregung. In meiner Position muss man die Dinge praktisch sehen. Sie haben vor, morgen zum Mars zu fliegen?«

»Allerdings.«

»Gut. Ich glaube nicht, dass Sie in Ihrem Alter viel

Unheil angerichtet haben, nachdem Sie so isoliert auf der Ranch gelebt haben. Aber Sie sind in schlechte Gesellschaft geraten. Verpassen Sie das Raumschiff nicht. Sollten Sie morgen noch hier sein, muss ich meine Meinung womöglich revidieren.«

Der Lieutenant stand auf, Don ebenfalls. »Ich werde das Schiff ganz bestimmt nehmen«, versicherte Don. »Es sei denn …«

»Es sei denn?«, fragte der Lieutenant.

»Na ja, sie haben mein Ticket wegen der Sicherheitsüberprüfung einbehalten.«

»Ach ja? Das ist reine Routine. Ich werde mich darum kümmern. Jetzt können Sie gehen. Freier Himmel.«

Don gab nicht die traditionelle Antwort.

»Nun spielen Sie nicht den Beleidigten. Ich hätte Sie vor dem Verhör windelweich prügeln können. Aber das habe ich nicht getan, weil ich selbst einen Sohn in Ihrem Alter habe. Außerdem wollte ich Ihrem Pferd nie etwas antun – rein zufällig liebe ich Pferde. Ursprünglich stamme ich vom Land. Nichts für ungut, ja?«

»Ja, alles klar.«

Der Lieutenant hielt ihm die Hand hin. Unwillkürlich ergriff Don sie – irgendwie mochte er den Mann. Dann wagte er noch eine Frage. »Dürfte ich mich von Dr. Jefferson verabschieden?«

Die Miene des Lieutenants veränderte sich abrupt. »Ich fürchte nein.«

»Warum nicht? Sie könnten doch dabei sein.«

Der Mann zögerte. »Es gibt keinen Grund, weshalb Sie es nicht wissen sollten. Dr. Jeffersons Gesundheit ließ sehr zu wünschen übrig. Er hat sich aufgeregt und starb heute Abend an Herzversagen.«

Don starrte ihn fassungslos an.

»Reißen Sie sich zusammen«, sagte der Lieutenant. »Irgendwann müssen wir alle sterben.« Er drückte auf einen Knopf an seinem Schreibtisch. Ein Sicherheitspolizist trat ein. Der Lieutenant befahl ihm, Don hinauszubringen. Man führte ihn auf einem anderen Weg hinaus, als der, auf dem sie gekommen waren, doch Don war zu verwirrt, als dass er es bemerkt hätte. Dr. Jefferson tot? Das war unmöglich! Ein Mann, der so lebendig war, der das Leben so offensichtlich liebte …

Plötzlich erinnerte er sich an einen Satz, den er von seinem Biologielehrer gehört hatte: »Am Ende kann man alle Formen des Todes als Herzversagen bezeichnen.« Don hob die rechte Hand und starrte sie an. Er würde sie so schnell wie möglich waschen.

4.

DIE GLORY ROAD

Er konnte nicht die ganze Nacht hier stehen bleiben. Es gab viel zu tun. Als Erstes sollte er wohl zum Flughafen und sein Gepäck holen. Während er überlegte, wie er dorthin kam, wühlte er in der Tasche nach dem Aufbewahrungsschein. Er hatte immer noch kein Kleingeld, um ein Autotaxi zu bezahlen.

Der Gepäckschein war nirgendwo. Er leerte die Tasche. Alles da: sein Kreditbrief, sein Ausweis, die Telegramme seiner Eltern, ein Foto von Lazy, seine Geburtsurkunde, aller möglicher Krimskrams – aber kein Gepäckaufbewahrungsschein. Doch er erinnerte sich genau, dass er ihn hineingesteckt hatte.

Er fragte sich, ob er zurück zum IBI gehen sollte. Er war sicher, dass man ihm den Schein dort abgenommen hatte, als er schlief. Verdammt komisch, in solcher Situation einzuschlafen. Hatten sie ihm Drogen gegeben? Don beschloss, doch nicht wieder zum IBI zu gehen. Er wusste ja nicht einmal den Namen des Lieutenants, der ihn verhört hatte, und er besaß auch sonst keine Möglichkeit, den Mann zu identifizieren. Nein, kein Gepäck der Welt war es wert, dorthin zu gehen. Morgen konnte er vor dem Start ein bisschen Unterwäsche und Socken kaufen.

Er beschloss, ins Caravansary zu gehen. Zuerst musste er herausfinden, wo sich das Hotel befand.

Langsam schlenderte er umher und sucht nach jemandem, der weder zu beschäftigt noch zu wichtig aussah, um ihn zu fragen. Er fand eine solche Person in Gestalt eines Losverkäufers an der nächsten Kreuzung.

Der Mann musterte ihn. »Sie wollen doch nicht etwa in diesen Schuppen, Mac. Ich kann Ihnen was richtig Gutes besorgen.« Er zwinkerte Don zu.

Don bestand auf dem Caravansary. Der Mann zuckte mit den Schultern. »Okay, Kumpel. Geradeaus, bis zu einem Platz mit einem elektrischen Brunnen, dann das Rollband nach Süden. Frag einfach, wo du absteigen musst. In welchem Monat bist du geboren?«

»Juli.«

»Juli! Mann, bist du ein Glückspilz – ich habe gerade noch ein einziges Los mit deiner Horoskop-Kombination. Hier.« Don hatte nicht die Absicht, ein Los zu kaufen. Lieber hätte er dem Halunken erklärt, dass Horoskope so dämlich waren wie eine Brille für eine Kuh – aber da hatte er das Los schon gekauft. Der Losverkäufer sagte: »Ungefähr eine halbe Meile auf dem Rollband. Nimm aber die Eierschalen hinter den Ohren ab, ehe du hineingehst.«

Don fand das Rollband ohne Schwierigkeiten, doch man musste bezahlen, ehe man es betreten durfte. Da der Automat an Lotterielosen nicht interessiert war, ging Don auf dem Gehsteig neben dem Band zum Hotel. Die grellen Leuchtbuchstaben über dem Eingang waren schon von weitem im Tunnel zu sehen.

Niemand kam ihm entgegen, um ihm behilflich

zu sein. Er ging zum Empfangsschalter und verlangte ein Zimmer. Der Mann musterte ihn misstrauisch. »Hat sich bereits jemand um Ihr Gepäck gekümmert, Sir?«

Don erklärte ihm, dass er keins habe. »Nun ... das wären zweiundzwanzigfünfzig im Voraus. Bitte, tragen Sie sich hier ein.«

Don unterschrieb und stempelte mit seinem Daumenabdruck, dann holte er den Kreditbrief seines Vaters heraus. »Kann ich hier Bargeld dafür bekommen?«

»Wieviel ist es?« Der Mann an der Rezeption nahm das Papier, dann sagte er: »Selbstverständlich, Sir. Würden Sie mir bitte Ihren Ausweis geben?« Don reichte ihn das Gewünschte. »Der Mann verglich den Daumenabdruck auf dem Ausweis mit dem frischen auf der Anmeldung in einem Gerät. Nachdem das Gerät zufrieden gepiept hatte, gab er Don den Ausweis zurück. »Sie sind tatsächlich Sie.« Er blätterte ihm das Geld hin, zog den Zimmerpreis aber gleich ab. »Kommt Ihr Gepäck später, Sir?« Sein Verhalten zeigte, dass Dons gesellschaftliche Stellung soeben beträchtlich gestiegen war.

»Nein, aber es könnte Post für mich da sein.» Don erklärte, dass er morgen früh mit der Glory Road abfliegen würde.

»Ich frage im Postraum nach.«

Aber die Antwort lautete Nein. Don war enttäuscht. »Ich werde im Postraum Ihren Namen hinterlassen. Sollte vor Ihrer Abreise etwas eintreffen, wird es Ihnen sofort gebracht, selbst wenn wir einen Boten zur Startbahn schicken müssen.«

»Vielen Dank.«

»Keine Ursache.« Ein Page führte Don auf sein Zimmer. Plötzlich bemerkte er, wie todmüde er war. Die große Uhr im Foyer zeigte an, dass es bereits morgen war – und zwar seit Stunden. Ja, er zahlte siebenfünfzig pro Stunde für ein Bett, aber er hätte auch mehr bezahlt, nur um in ein Loch zu kriechen.

Dennoch ging er nicht sofort ins Bett. Das Caravansary war ein Luxushotel. Selbst die »billigen« Zimmer verfügten über ein Minimum an Zivilisation. Don ließ heißes Wasser in die Wanne, zog sich aus und versank im sprudelnden Schaumbad. Nach einiger Zeit schaltete er die Wassermassage aus und döste ein.

Mit einem Ruck erwachte er und stieg aus der Wanne. Zehn Minuten später war er abgetrocknet und fühlte sich nach der prickelnden Massage beinahe wie neu. Das Leben auf der Ranch-Schule war absichtlich ziemlich spartanisch gewesen. Harte Betten und nur Duschen. Allein das Bad war den Zimmerpreis wert.

Da leuchtete die Lampe über der Rohrpostanlage grün auf. Don öffnete die Klappe und fand drei Dinge: Eine große Plastiktasche mit der Aufschrift CARAVANSARY. Darin waren ein Kamm, eine Zahnbürste, eine Schlaftablette, ein Pulver gegen Kopfschmerzen und ein Spielfilm für den Projektor, die Zeitung New Chicago News und eine Speisekarte fürs Frühstück. Als Zweites war da eine Postkarte von seinem Schulfreund. Und dann lag ein Päckchen da, ein ganz normaler Rohrpostbehälter. Auf der Postkarte stand: Lieber Don, um sechs Uhr abends ist ein Päckchen für dich gekommen. Der Direktor hat mir erlaubt, es nach Albuquerque zu bringen. Squinty nimmt Lazy. Muss jetzt Schluss machen. Alles Gute – Jack.

Guter alter Jack. Don nahm den Rohrpostbehälter. Er schaute auf den Absender. Ja, das war das Päckchen, das Dr. Jefferson solche Kopfschmerzen bereitet und offenbar zu seinem Tod geführt hatte. Er betrachtete es nachdenklich und fragte sich, ob es sein durfte, dass man einen Bürger aus seinem Heim holte und dann so misshandelte, dass er starb.

War der Mann, mit dem er erst vor wenigen Stunden zu Abend gegessen hatte, wirklich tot? Oder hatte der Sicherheitspolizist ihn angelogen.

Möglich war beides. Er hatte die Männer gesehen, die Dr. Jefferson verhaftet und abgeführt hatten, ja, er selbst war festgenommen und verhört worden. Und hatten sie ihm sein Gepäck nicht praktisch gestohlen? Er hatte sich nichts zu schulden kommen lassen, hatte nur zu den Eltern fliegen wollen.

Plötzlich zitterte er vor Wut. Er hatte sich herumschubsen lassen. Er schwor sich feierlich, so etwas nie wieder zuzulassen. Ihm wurde jetzt klar, dass es mehrere Gelegenheiten gegeben hatte, wo er seinen Kopf hätte durchsetzen müssen. Hätte er gleich von Anfang an gekämpft, würde Dr. Jefferson womöglich noch leben – falls er überhaupt tot war.

Aber er hatte sich von der Überzahl einschüchtern lassen. Nie wieder würde er sich von einem Zahlenverhältnis beeinflussen lassen, ganz gleich, wie schlecht die Chancen standen.

Er riss sich zusammen und öffnete den Behälter.

Der Inhalt verblüffte ihn. Es war nur ein Herrenring darin, ein billiges Plastikding, wie man es in einem Souvenirstand fand. Ein Altenglisches »H« in einen Kreis gepresst, die Rillen mit weißer Glasur gefüllt. Der Ring war auffällig, aber ohne jeden Wert und ziemlich vulgär.

Dieser Ring war offensichtlich nicht der Grund für die Aufregung. Es gab nur zwei Möglichkeiten: Entweder hatte die Sicherheitspolizei ihm ein anderes Päckchen untergeschoben – wenn ja, konnte er nichts dagegen tun –, oder der Ring war unwichtig, nicht aber der Rest der Sendung. Allerdings war das nur leeres weißes Papier.

Da kam ihm der Gedanke, dass es vielleicht um eine Nachricht mit unsichtbarer Tinte ging. Wie aufregend! Wie konnte er die Schrift sichtbar machen? Mit Wärme? Durch chemische Reaktion? Strahlung? Aber da wurde es ihm bewusst, dass er nicht das Recht hatte, die Nachricht lesbar zu machen. Seine Aufgabe bestand lediglich darin, seinem Vater das Päckchen zu bringen.

Ben dachte nach. Es war am wahrscheinlichsten, dass die Polizei ihm ein falsches Päckchen untergeschoben hatte. Er wusste nicht, was sie aus Dr. Jefferson herausgepresst hatten. Es war zwar sinnlos, aber er wollte es probieren. Er rief in Dr. Jeffersons Wohnung an. Der Doktor hatte ihm zwar verboten anzurufen, aber die Umstände hatten sich geändert.

Er musste ein bisschen warten, dann leuchtete der Bildschirm auf – er blickte direkt ins Gesicht des Lieutenants, der ihn verhört hatte. »Ach du liebe Güte«, sagte der Polizist mit müder Stimme. »Sie haben mir also nicht geglaubt? Gehen Sie wieder ins Bett. Sie müssen in ungefähr einer Stunde schon wieder aufstehen.«

Wortlos schaltete Don aus.

Dr. Jefferson war demnach tot oder noch in den Händen der Sicherheitspolizei. Na schön, er ging einfach davon aus, das Papier stammte von Dr. Jefferson – und er würde es trotz der gesamten Polizeimacht New Chicagos abliefern. Aber wie konnte er die Bedeutung verschleiern? Er holte seinen Stift heraus, strich das Blatt glatt und schrieb einen Brief. Das Papier sah wie Schreibpapier aus, deshalb würde ein Brief darauf kein Aufsehen erregen. Er fing mit »Liebe Mutter, lieber Vater« an. »Heute bekam ich euer Telegramm und war ganz aufgeregt.« Er schrieb groß und belanglose Sätze, um das ganze Blatt zu bedecken. Er erwähnte seine Absicht, den Brief sofort abzuschicken, sobald sie in Radioreichweite des Mars seien. Dann faltete er das Blatt zusammen und steckte es in seine Brieftasche.

Ein Blick auf die Uhr. Du lieber Himmel! In einer Stunde musste er bereits wieder aufstehen. Es lohnte sich kaum, ins Bett zu gehen. Aber ihm fielen die Augen zu. Er stellte den Wecker im Bett von »Sanftes Wecken« auf »Erdbeben« und legte sich schlafen.

Er wurde umhergeschleudert, blendendes Licht stach ihm in die Augen, eine Sirene heulte laut. Langsam kam Don zu sich und kroch aus dem Bett. Sofort trat Ruhe ein.

Er beschloss, nicht im Zimmer zu frühstücken, weil er Angst hatte, wieder einzuschlafen. Daher zog er sich schnell an und ging in den Frühstücksraum des Hotels. Nach vier Tassen Kaffee und einem üppigen Frühstück verließ er das Hotel, versicherte sich, genügend Münzen bei sich zu haben, und machte sich auf den Weg zur Gary Station. Am Flugschalter der Interplanet Lines bat er um sein Ticket. Der Angestellte suchte, sagte dann aber: »Tut mir Leid, ich kann es nicht finden. Es ist nicht bei denen, die von der Sicherheitsbehörde genehmigt wurden.«

Das war das Letzte! »Schauen Sie noch mal genau nach. Es muss da sein!«

»Moment mal.« Der Mann nahm ein Blatt Papier in die Hand. »Donald James Harvey? Sie sollen Ihr Ticket in Zimmer 4012 im Zwischengeschoss abholen.«

»Warum?«

»Keine Ahnung. Ich arbeite hier bloß. Aber das steht hier.«

Verärgert und verwirrt ging Don in das betreffende Zimmer. Auf der Tür hing ein Schild mit der Aufschrift: »Eintreten ohne zu klopfen«. Das tat Don – und sah sich wieder dem Lieutenant von der Sicherheitspolizei gegenüber.

Der blickte auf. »Machen Sie kein so mürrisches Gesicht, Don«, fuhr er ihn an. »Ich habe auch kaum geschlafen.«

»Was wollen Sie von mir?«

»Ziehen Sie sich aus.«

»Warum?«

»Weil wir Sie durchsuchen wollen. Sie haben doch nicht wirklich geglaubt, dass wir Sie ohne weiteres losfliegen lassen, oder?«

»Ich lasse mich nicht mehr herumkommandieren«, erklärte Don trotzig. »Wenn Sie mich nackt sehen wollen, müssen Sie mir die Kleider vom Leib reißen.«

»Ich wüsste da eine Menge überzeugender Argumente«, meinte der Lieutenant mit finsterer Miene. »Aber jetzt bin ich mit meiner Geduld am Ende. Kelly! Arteem! Zieht ihn aus!«

Drei Minuten später hatte Don ein blaues Auge und hielt sich einen verletzten Arm, der allerdings nicht gebrochen war. Der Lieutenant und seine beiden Helfer waren mit seinen Sachen in einem Nebenraum verschwunden. Die Tür war wohl nicht abgeschlossen, doch eine Flucht war sinnlos. Er konnte nicht splitterfasernackt auf dem Flughafen erscheinen.

Trotz seiner offensichtlichen Niederlage fühlte er sich selbstbewusster als gestern.

Der Lieutenant kam zurück und schob ihm seine Sachen hin. »Hier. Und hier ist Ihr Ticket. Vielleicht möchten Sie saubere Sachen anziehen. Ihre Taschen stehen hinter dem Schreibtisch.«

Don nahm sie stumm in Empfang, ignorierte aber den Vorschlag, sich umzuziehen, weil er Zeit sparen wollte. Während er die alten Sachen anzog, fragte der Lieutenant plötzlich: »Seit wann haben Sie diesen Ring?«

»Den hat man mir von der Schule nachgeschickt.«

»Zeigen Sie mal her.«

Don nahm den Ring ab und warf ihn hinüber. »Behalten Sie ihn, Sie Dieb!«

Der Lieutenant fing den Ring auf und sagte ganz ruhig: »Aber, Don, das ist doch nicht persönlich gemeint.« Er betrachtete den Ring eingehend, dann sagte er: »Fang!« Don fischte den Ring aus der Luft und steckte ihn wieder an den Finger. Dann nahm er die Taschen hoch und wollte gehen. »Freier Himmel!«, sagte der Lieutenant.

Don strafte ihn mit Nichtachtung.

»Ich habe gesagt: ›Freier Himmel!‹«

Don drehte sich um und schaute ihm in die Augen. »Ich hoffe, dass wir uns eines Tages mal ganz privat treffen.« Dann ging er hinaus. Sie hatten das Papier entdeckt, denn es fehlte, wie er festgestellt hatte.

Diesmal war er so vorsichtig und ließ sich vor dem Start eine Anti-Übelkeit-Spritze geben. Dazu musste er so lange in der Schlange warten, dass ihm kaum noch Zeit blieb, das Gepäck wiegen zu lassen. Da ertönte schon das Warnsignal. Gerade wollte er in den Aufzug steigen, als er auf einem Lastenaufzug eine bekannte Gestalt erblickte: »Sir Isaac Newton«. Zumindest sah er so aus wie der Drache, den er gestern zufällig getroffen hatte. Allerdings musste er zugeben, dass es für das menschliche Auge schwierig war, Unterschiede zwischen Drachen zu erkennen.

Er pfiff aber diesmal keinen Gruß. Die Ereignisse der letzten Stunden hatten ihn weniger naiv und vorsichtiger gemacht. Er dachte über diese Ereignisse nach, als der Aufzug an der Raumschiffseite emporglitt. Es war unglaublich. Nicht mal vierundzwanzig Stunden waren vergangen, seit er die Telegramme erhalten hatte. Ihm kam es wie ein Monat vor, und er hatte das Gefühl, zehn Jahre gealtert zu sein.

Verbittert musste er sich eingestehen, dass sie ihn letztendlich doch ausgetrickst hatten. Welche Botschaft auch auf dem weißen Papier gestanden hatte – sie war jetzt für immer verloren.

Liegesitz 64 war in der Glory Road in einem kleinen, fast leeren Abteil im dritten Deck. Don sah am Boden Halterungen, wo andere Liegen festgeschraubt gewesen waren. Don fand seinen Platz und schnallte das Gepäck auf das Gestell am Fußende. Während er damit beschäftigt war, hörte er die vertraute Cockney-Stimme hinter sich. Er drehte sich um und pfiff einen Gruß.

»Sir Isaac Newton« wurde mithilfe von sechs Raumfahrthafenarbeitern durch die Ladeluke vorsichtig ins Abteil befördert. Voller Staunen kommentierte der Drache die Operation mittels der Sprachbox. »Langsam, Freunde, immer mit der Ruhe! Und wenn ihr beide jetzt die Freundlichkeit besitzen würdet, mein linkes Mittschiffsbein auf die Leiter zu stellen. Aber denkt daran, dass ich nicht sehen kann – hoppla! Passt auf eure Finger auf. So, jetzt schaffe ich es allein. Ist irgendwas Zerbrechliches in Reichweite meines Schwanzes?«

Der Boss der Stauer antwortete: »Alles klar, Chef. Ab geht's!«

»Wenn das heißt, was ich glaube, dass es heißt, dann: auf die Plätze, fertig – LOS!«, befahl der Drache. Dann ertönte ein scharrendes metallisches Geräusch, Glas splitterte, und der riesige Saurier schob sich aus der Luke.

Dann drehte er sich vorsichtig um und ließ sich auf dem für ihn frei gemachten Platz nieder. Die Stauer folgten ihm und laschten ihn mit Stahlbändern fest. Sir Isaac Newton richtete ein Stielauge auf den Vorarbeiter. »Ich nehme an, Sie sind der Häuptling dieser Bande?«

»Ja, ich bin der Vorarbeiter.«

Die Tentakel des Venerianers ließen die Tasten des Sprechapparats los, griffen in einen Beutel, der daneben hing, und holte ein Bündel Geldscheine heraus. Er legte es aufs Deck. »Sir, würden Sie mir die Freude machen, dies als kleinen Beweis meiner Dankbarkeit für hervorragend geleistete schwierige Arbeit anzunehmen und es gerecht und Ihren Sitten gemäß unter Ihren Helfern zu verteilen, ganz gleich, wie diese Sitten sein mögen?«, fragte er mittels der Sprachbox.

Der Vorarbeiter nahm das Geld. »Geht klar, Sir. Vielen Dank.«

»Die Ehre ist ganz auf meiner Seite.« Die Stauer verschwanden, und der Drache wandte seine Aufmerksamkeit Don zu. Doch ehe sie ein Wort wechseln konnten, kam der Rest der Passagiere vom oberen Deck herunter. Es war eine Familie. Das weibliche Oberhaupt warf einen Blick ins Abteil und stieß einen schrillen Schrei aus.

Sie kletterte blitzschnell die Leiter wieder nach

oben und verursachte damit einen Stau mit ihrem Nachwuchs und dem Gatten. Der Drache drehte zwei Stielaugen in ihre Richtung, die anderen richtete auf Don. »Ach du meine Güte!«, ertönte aus der Sprachbox. »Meinst du, es würde helfen, wenn ich der Dame versichere, dass ich keinerlei menschenfresserische Neigungen hege?«

Don war die Situation ausgesprochen peinlich. Er wünschte sich sehnlichst, diese Frau als Rassegenossin zu verleugnen. »Sie ist eine blöde Kuh«, erklärte er. »Bitte, kümmern Sie sich nicht um sie.«

»Ich fürchte, dass eine rein negative Einstellung uns nicht weiter bringt.«

Don pfiff einen nicht übersetzbaren Fluch in der Drachensprache, gefolgt von: »Möge ihr Leben lang und beschwerlich sein.«

»Nein, nein«, erwiderte der Drache. »Auch ungerechtfertigte Angst ist wirklich. ›Alles verstehen heißt alles verzeihen‹, sagt schon einer deiner Philosophen.«

Don kannte das Zitat nicht. Es kam ihm ziemlich überzogen vor. Er war sicher, dass es Dinge gab, die er nie und nimmer verzeihen würde, ganz gleich, wie gut er sie verstand – zum Beispiel einige Ereignisse der letzten Stunden. Gerade wollte er das sagen, als Laute von oben durch die Luke drangen. Zwei, vielleicht auch mehr, Männerstimmen stritten, und eine schrille weibliche Stimme übertönte sie. Anscheinend wollte die Frau (a) den Kapitän sprechen, (b) behauptete sie, vornehm erzogen worden zu sein und derartige Frechheiten nicht hinzunehmen, (c) dass diesen scheußlichen Ungeheuern niemals ein Besuch auf Erde gestattet werden dürften, (d) dass, wenn Adolf ein richtiger Mann wäre, er nicht dulden würde, dass seine Gattin so behandelt würde, (e) dass sie sich bei der Fluggesellschaft schriftlich beschweren würde und dass ihre Familie großen Einfluss habe und schließlich (f), dass sie unbedingt sofort mit dem Kapitän sprechen müsse.

Don wollte etwas sagen, um die Wogen zu glätten, war aber zu fasziniert von diesem Auftritt. Dann verstummten die Stimmen abrupt, ein Schiffsoffizier kam durch die Luke herab und schaute sich um. »Ist alles zu Ihrer Bequemlichkeit, Sir Isaac Newton?«, fragte er.

»Durchaus, vielen Dank.«

Er wandte sich an Don. »Nehmen Sie Ihr Gepäck, junger Mann, und folgen Sie mir. Der Kapitän hat entschieden, seinem Freund hier ein eigenes Abteil zu geben.«

»Aber warum?«, fragte Don. »Auf meinem Ticket steht vierundsechzig, und mir gefällt es hier.«

Der Offizier kratzte sich am Kinn, dann blickte er den Venerianer an. »Ist Ihnen das Recht?«

»Aber gewiss. Die Anwesenheit dieses jungen Gentlemans ist eine Ehre für mich.«

»Na schön«, meinte der Offizier und schaute auf seine Uhr. »Wenn ich mich nicht beeile, verpassen wir den Start und müssen einen Tag länger bleiben.« Im nächsten Moment war er verschwunden.

Über Lautsprecher erklang der letzte Aufruf. Dann ertönte eine heisere Stimme. »An alle. Anschnallen! Fertig machen zum Start.» Dem Befehl folgte die Blasorchesterversion von Le Comptes

Raise Ship. Dons Puls schlug schneller. Er war schrecklich aufgeregt und spürte das Hochgefühl, endlich wieder im All zu sein, wohin er gehörte. Die üblen, verwirrenden Ereignisse des vergangenen Tages verblassten, sogar die Ranch und Lazy.

Die Musik war zeitlich so abgestimmt, dass der Schlussakkord mit dem Raketenabschuss gleichzeitig erfolgte. Die Glory Road erbebte und jagte hinaus ins All.

5.
CIRCUM-TERRA

Der Andruck bei der Beschleunigung war nicht schlimmer als gestern in der Santa Fé Trail, doch der Antrieb brannte länger als fünf Minuten – Minuten, die Don wie eine Stunde vorkamen. Nachdem sie die Schallmauer durchbrochen hatten, war es in der Kabine relativ ruhig. Don bemühte sich angestrengt, den Kopf zu drehen. »Sir Isaac Newtons« Körpermasse war dicht auf den Boden gepresst. Unwillkürlich musste Don an eine Eidechse denken, die man auf der Straße überfahren hatte. Die Stielaugen hingen wie welker Spargel herab. Er sah aus wie tot.

Don holte mühsam Luft und rief: »Alles in Ordnung, Sir Isaac Newton?«

Der Venerianer rührte sich nicht. Der Sprechapparat war unter den dicken Hautfalten am Hals verborgen. Aber vermutlich hätten die Tentakel die Tasten nicht betätigen können, selbst wenn sie frei dagelegen hätten. Er antwortete auch nicht in seiner Pfeifsprache.

Don wollte zu ihm gehen, war aber selbst vom Anpressdruck wie gelähmt. Es hatte das Gefühl, der unterste Footballspieler zu sein, auf dem die anderen Spieler lagen. Er drehte den Kopf wieder nach vorn, um ohne Schmerzen atmen zu können, und wartete.

Als der Andruck aufhörte, machte Dons Magen noch einen letzten Purzelbaum, dann beruhigte er sich. Entweder hatte die Spritze geholfen, oder er hatte sich inzwischen wieder ans Weltall gewöhnt – oder beides. Ohne auf Erlaubnis von der Steuerkanzel zu warten, löste er den Sicherheitsgurt und schwebte zum Drachen. Dort hielt er sich mit einer Hand an den Stahlbändern fest, mit denen sein Reisegefährte festgelascht war, sodass er nicht frei durch die Kabine schwebte. Sein mächtiger Schwanz wedelte haltlos umher und schlug gegen die Wände der Kabine.

Die Stielaugen waren immer noch schlaff, jedes Auge mit einem Film überzogen. Nichts wies bei dem hilflosen Drachen darauf hin, dass er noch lebte. Don ballte eine Faust und schlug sie dem Tier auf den flachen Schädel. »Können Sie mich hören? Ist alles in Ordnung?«, rief er.

Das Ergebnis dieser Tat war eine verstauchte Hand. Sir Isaac reagierte nicht. Don fragte sich, was er tun könne. Er war sicher, dass es dem Drachen schlecht ging, aber seine Ausbildung in Erster Hilfe erstreckte sich nicht auf Pseudo-Saurier. Dann kramte er in der Erinnerung. Aber es fiel ihm nichts ein.

Da tauchte der Schiffsoffizier, der für die Platzverteilung gesorgt hatte, an der vorderen, »oberen« Luke auf und schwebte mit dem Kopf »nach unten« herab. »Alles in Ordnung auf diesem Deck?«, fragte er lakonisch und wollte gleich weiter.

»Nein!«, brüllte Don. »Andruckschock.«

»Wie bitte?« Der Offizier fluchte und betrachtete

den Venerianer besorgt. »Das ist mir zu hoch. So einen Passagier habe ich noch nie befördert. Wie, zum Teufel, kann man bei so einem Monstrum Mund-zu-Mund-Beatmung machen?«

»Überhaupt nicht«, erklärte Don. »Seine Lunge ist von einem Knochenpanzer umschlossen.«

»Anscheinend ist er tot. Ich glaube, er atmet nicht mehr.«

Unvermittelt erinnerte Don sich an etwas. »Haben Sie eine Zigarette?«

»Was soll der Unsinn? Außerdem sind die Rauchverbotslampen noch an.«

»Sie verstehen nicht«, erklärte Don. »Wenn Sie eine Zigarette haben, zünden Sie sie bitte an. Dann blasen Sie in ein Nasenloch Rauch, und wir wissen, ob er noch atmet.«

»Aha. Vielleicht eine gute Idee.» Der Offizier holte eine Zigarette heraus und steckte sie an.

»Seien Sie vorsichtig, Drachen können Rauch nicht ausstehen«, warnte Don. »Ein Rauchstoß und dann die Zigarette gleich ausmachen.«

»Vielleicht ist es doch keine gute Idee«, meinte der Offizier. »Sagen Sie mal, Sie klingen wie ein Kolonist von Venus.«

Nach kurzem Zögern antwortete Don: »Ich bin Bürger der Föderation.« Der Augenblick schien ihm nicht für eine politische Diskussion geeignet. Er bewegte sich zum Kinn des Drachen, stemmte die Füße gegen die Deckplatten und drückte den Kopf zur Seite, bis die Nase des Venerianers zum Vorschein kam, die in den Hauptlappen am Hals verborgen gewesen war. Hätten sie sich nicht in

Schwerelosigkeit befunden, hätte Don das nie und nimmer geschafft. Doch hier war die Masse gewichtlos.

Der Offizier blies Rauch in eine Nasenöffnung. Er kräuselte sich und wurde eingesogen. Der Drache lebte noch.

Und er war sehr lebendig! Jedes Stielauge stellte sich auf. Er hob das Kinn und nieste. Die Explosion war so stark, dass Don umhergewirbelt wurde, bis er an einer Leiter Halt fand.

Der Schiffsoffizier rieb sich ein Handgelenk. »Der Mistkerl hat auch mich erwischt«, beklagte er sich. »Das mach ich nicht so bald wieder. Ich schätze, es geht ihm wieder gut.«

Sir Isaac pfiff traurig. Don antwortete ihm. Der Raumfahrer schaute ihn an. »Verstehen Sie das Kauderwelsch?«

»Teilweise.«

»Gut, dann sagen Sie ihm, er soll seine Sprachbox benutzen.«

»Sir Isaac, bitte benutzen Sie die Sprachbox«, bat Don.

Der Venerianer bemühte sich, den Wunsch zu erfüllen. Seine Tentakel suchten die Tasten des Geräts und berührten sie. Aber es kam kein Laut. Der Drache richtete ein Auge auf Don und pfiff mehrere Sätze.

»Er bedauert, sagen zu müssen, dass der Apparat den Geist aufgegeben hat«, dolmetschte Don.

Der Schiffsoffizier seufzte. »Warum bin ich nur aus dem Gemüsehandel ausgestiegen! Aber schön, wenn wir das Ding abmachen können, kann unser

Funker sich mal anschauen, ob er es reparieren kann.«

»Lassen Sie mich das machen«, sagte Don und zwängte sich zwischen den Kopf des Drachen und die Bodenplatten. Das Sprechgerät war mit vier Ringen an die Schuppen des Venerianers angeschraubt. Er fand die Kombination nicht, um es zu lösen, aber da schoben die Tentakel seine Finger sanft beiseite, lösten den Apparat und reichten ihn ihm. Er kroch zurück und übergab es dem Offizier. »Sieht aus, als hätte er darauf geschlafen«, meinte er.

»Schöne Schweinerei«, sagte der Mann. »Sagen Sie ihm, dass wir es reparieren wollen und dass ich froh bin, dass er unverletzt ist.«

»Sagen Sie's ihm selbst. Er versteht Englisch.«

»Ach ja? Oh, natürlich, natürlich.« Er blickte den Venerianer an, der sofort schrill zu pfeifen begann. »Was sagt er?«

Don hörte zu. »Er bedankt sich für Ihre guten Wünsche, aber er muss Ihnen leider widersprechen. Es geht ihm gar nicht gut. Er sagt, er brauche unbedingt ...« Don hielt inne und schaute verwirrt drein. Dann pfiff er auf Venerianisch: »Bitte wiederholen Sie das.«

Sir Isaac antwortete. Don fuhr fort: »Er sagt, er müsse unbedingt Zuckersirup haben.«

»Was? Sirup?«

»Das hat er gesagt.«

»Ich fasse es nicht. Und wie viel?«

Wieder aufgeregtes Pfeifen. Don antwortete: »Er sagt, mindestens ein Viertel von – dafür gibt es kein entsprechendes Wort in Englisch. Meiner Meinung nach ungefähr ein halbes Fass.«

»Wollen Sie damit sagen, er will ein halbes Fass Waffelsirup?«

»Nein, nein, ein Viertel davon entspricht ungefähr einem Achtel eines Fasses. Wie viele Liter sind das?«

»Dazu brauche ich einen Rechenschieber. Ich bin völlig durcheinander. Ich habe keine Ahnung, ob wir das an Bord haben.« Sir Isaac pfiff verzweifelt. »Aber ich werde auf alle Fälle den Koch bitten, etwas zusammen zu brauen. Sagen Sie unserem Freund, er soll ruhig bleiben und sich keine Sorgen machen.« Er warf noch einen verstörten Blick auf den Drachen und verschwand.

Don hielt sich an einem Stahlband fest und fragte: »Wie fühlen Sie sich jetzt?«

Der Drache entschuldigte sich und meinte, im Augenblick würde er am liebsten zurück ins Ei kriechen. Don sagte nichts und wartete.

Da erschien der Kapitän, um nach dem kranken Passagier zu sehen. Das Schiff befand sich im freien Fall zur Satellitenstation; seine Anwesenheit in der Kanzel war erst wieder gegen Mittag nach Chicago-Zeit erforderlich. Daher konnte der Kapitän sich frei im Schiff bewegen. Er hatte den Schiffsarzt mitgebracht und einen Mann, der einen großen Metallbehälter trug.

Der Kapitän diskutierte mit dem Arzt und schien Dons Anwesenheit zu ignorieren. Aber sie verstanden nicht die Pfeifsprache des Drachenvolks. Sie waren gezwungen, sich an Don zu wenden.

Durch ihn beteuerte Sir Isaac nochmals, dass er als Stimulans Zuckerlösung brauchte. Der Kapitän blickte besorgt drein. »Irgendwo habe ich gelesen, dass Zucker sie ebenso betrunken macht, wie uns Alkohol.«

Don übersetzte erneut, doch der Venerianer meinte, er habe lediglich um eine medizinische Dosis gebeten.

Der Kapitän wandte sich an den Schiffsarzt: »Was meinen Sie, Doktor?«

Der Arzt starrte ihn an. »Das liegt ebenso weit außerhalb meiner Pflichten wie Stepptanz, Herr Kapitän.«

»Das ist mir egal, Mann! Ich habe um Ihre professionelle Meinung gebeten!«, fuhr der Kapitän ihn an.

»Na schön, Sir. Meiner Meinung nach würde es sehr schlecht aussehen, wenn Ihr Passagier stirbt, weil Sie ihm eine Bitte abgeschlagen haben«, erklärte der Arzt.

Der Kapitän biss sich auf die Lippe. »Das stimmt, Doktor. Aber ich komme in Teufels Küche, wenn ein betrunkener Drache mit etlichen Tonnen Gewicht durch mein Schiff tobt. Gut, geben Sie ihm die Dosis.»

»Ich, Sir?«

»Jawohl, Sie, Doktor!«

Da das Raumschiff sich im freien Fall befand, konnte man den Sirup nicht ausgießen und den Venerianer auflecken lassen. Es gab auch keine »Babyflasche« an Bord, wie Menschen sie im schwerelosen Zustand verwendeten. Aber der Arzt hatte sich bereits eine Lösung überlegt. Der Behälter mit dem Sirup, den er mitgebracht hatte, wurde in der Kombüse dazu verwendet, in Schwerelosigkeit Kaffee oder Suppe auszuschenken. Deshalb hatte er einen Schlauch und eine Handpumpe.

Mit Sir Isaacs Zustimmung kam man überein, das Ende des Schlauchs in seinen Schlund einzuführen. Aber niemand wollte das tun. Zugegeben, Draco Veneris Wilsonii war eine zivilisierte Spezies, aber den Kopf zwischen diese scharfen Zahnreihen zu stecken hieß, das Schicksal herauszufordern.

Don meldete sich freiwillig für diese Aufgabe, war aber nicht begeistert, dass man ihn beim Wort nahm. Er traute Sir Isaac, aber erinnerte sich auch, dass Lazy ihm mehrmals aus Versehen auf den Fuß gestiegen war. Er hoffte, dass der Drache keine unangenehmen Reflexe hatte. Entschuldigungen helfen einer Leiche auch nichts mehr.

Er war froh, die Anti-Übelkeit-Spritze bekommen zu haben, als er den Atem anhielt, das Schlauchende fest in der Hand. Sir Isaac litt zwar nicht an Mundfäule, aber die Grenze dazu ist bei Drachen fließend. Als Don seine Aufgabe hinter sich gebracht hatte, war er heilfroh.

Sir Isaac dankte allen, besonders Don, und versicherte ihnen, dass er sich jetzt schnell erholen würde. Mitten im Pfeifen schlief er ein. Der Schiffsarzt öffnete ein Stielauge und leuchtete mit der Taschenlampe darauf. »Ich glaube, das Zeug wirkt schon. Lassen wir ihn ruhig liegen und hoffen auf das Beste.«

Dann ging der Kapitän mit dem Arzt und dem

Helfer davon. Don blickte zu seinem Freund hinüber. Offenbar war es nicht nötig, bei ihm zu bleiben; deshalb folgte er den anderen. In seinem Abteil war kein Bullauge. Er wollte aber noch einen letzten Blick auf Erde werfen, solange sie in der Nähe waren. Drei Decks weiter vorn fand er, was er suchte.

Sie waren erst fünfzehntausend Meilen weit geflogen. Don musste sich ans Bullauge drängen, um die Erde als Ganzes zu sehen. Er musste zugeben, dass sie ein wunderschöner Planet war. Es tat ihm Leid, ihn zu verlassen. Da hing Erde vor schwarzem Samt und glitzernden Sternen und wurde von der Sonne so grell beschienen, dass es einem den Atem raubte.

Die Sonnenaufgangslinie zog sich über den Pazifik und Hawaii hinweg über Nordamerika. Sturmwolken bedeckten den Nordwesten, aber der Mittelwesten war aufgeheitert, und der Südwesten war ganz klar. Mühelos erkannte Don New Chicago und den Grand Canyon. Von dort aus war es nicht weit zur Ranch. Er war sicher, dass er sie mit einem Fernrohr sehen könnte.

Schließlich gab er seinen Fensterplatz auf und versank in der angenehmen Melancholie des Heimwehs. Die Bemerkungen einiger anderer Passagier gingen ihm auf die Nerven. Nein, nicht die fröhlichen Belanglosigkeiten der Touristen, sondern die supergescheiten Kommentare der selbst ernannten Raumflug-Veteranen, die den Flug zum zweiten Mal machten. Er schwebte zurück in seine Kabine.

Jemand rief seinen Namen. Verblüfft drehte er sich um. Der Schiffsoffizier kam ihm mit Sir Isaacs

Sprachbox entgegen. »Sie scheinen sich ja mit diesem übergescheiten Krokodil angefreundet zu haben. Könnten Sie ihm das bringen?«

»Selbstverständlich, gern.«

»Der Funker sagt, das Gerät muss dringend generalüberholt werden, aber fürs Erste funktioniert es.« Don nahm die Sprachbox und schwebte nach hinten. Der Drache schien zu schlafen; dann aber wedelte Sir Isaac mit einem Stielauge in Dons Richtung und pfiff einen Gruß.

»Ich habe Ihre Sprachbox«, sagte Don. »Soll ich sie befestigen?«

Sir Isaac lehnte höflich ab. Don reichte ihm das Gerät, und der Drache brachte sie geschickt mit den Tentakeln an. Dann probierte er sie aus und quakte wie eine verängstigte Ente. Zufrieden wechselte er ins Englische. »Ich stehe tief in deiner Schuld, doch ich fühle mich dadurch bereichert.«

»Ach, habe ich gern getan«, sagte Don. »Ich habe den Offizier vorn getroffen. Er hat mich gebeten, Ihnen das Gerät zu bringen.«

»Ich beziehe mich nicht auf diese künstliche Stimme, sondern auf deine Bereitschaft, mir zu helfen, als ich mich in Gefahr befand und verzweifelt war. Ohne deinen scharfen Verstand und deine Bereitwilligkeit, mit einem Fremden Schlamm zu teilen, ferner ohne deine Kenntnis der wahren Sprache hätte ich leicht die Chance verloren, eines glücklichen Todes zu sterben.«

»Ach, Scheiße«, erwiderte Don, dem so viel Dank peinlich war. »War mir ein Vergnügen.« Ihm fiel auf, dass der Drache etwas schleppend und undeutlich sprach, als fehlte den Tentakeln die vorherige Geschicklichkeit. Außerdem wählte er die Worte noch pedantischer und der Cockney-Akzent war stärker ausgeprägt – die Sprachbox gab das Th wie ein »f« wieder.

Außerdem bemerkte er, dass sein Freund sich offenbar nicht entscheiden konnte, welches Auge er auf ihn heften wollte. Er wechselte ständig, als suchte er nach dem, mit welchem er Don schärfer sehen konnte. Don fragte sich, ob Sir Isaac die medizinische Dosis korrekt angegeben hatte.

»Gestatte mir«, fuhr der Venerianer mit gestelzter Ausdrucksweise fort, »den Wert deines Dienstes richtig einzuschätzen.« Dann wechselte er das Thema. »Dieses Wort ›Scheiße‹ – ich verstehe die korrekte Verwendung nicht. Stammt es aus dem Pflanzenreich?»

Don geriet ins Stottern bei dem Versuch, »Scheiße« zu erklären. Der Drache dachte nach und tippte die Antwort ein. »Ich glaube, ich erreiche ein gewisses Maß an Verständnis. Der semantische Inhalt dieses Wortes ist emotionell und variabel, weniger klar einzuordnen. Es beschreibt einen Gemütszustand, ja?«

»So ist es«, stimmte Don ihm zu. »Es bedeutet das, was man damit meint. Je nach Aussprache und Betonung.«

»Scheiße«, sagte der Drache probeweise. »Scheiße. Ja, ich scheine das richtige Gefühl zu entwickeln. Ein großartiges Wort. Scheiße.« Dann fuhr er fort: »Die Feinheiten der Sprache kann man nur von lebenden Benutzern erlernen. Vielleicht könnte ich mich für deine Hilfe geringfügig erkenntlich zeigen, indem ich dir ein ganz kleines bisschen mit meiner Sprache helfe, obgleich du sie bereits hervorragend meisterst. Scheiße.«

Damit bestätigte er Dons Vermutung, dass sein Pfeifen so grauenvoll geworden war, dass es vielleicht zum Verkauf von Popcorn reichte, nicht jedoch für eine reguläre Unterhaltung. »Gewiss wäre ich für eine Chance dankbar, meine Sprachkenntnisse zu verbessern. Seit Jahren hatte ich keine Gelegenheit, die ›wahre‹ Sprache zu sprechen – nicht seit ich ein Kind war. Ein Historiker hatte mich unterrichtet, der mit meinem Vater an den (gepfiffenen) Ruinen gearbeitet hat. Vielleicht kennen Sie ihn? Er hieß ›Professor Charles Darwin‹.« Don fügte die gepfiffene oder wahre Version des venerianischen Namen des Gelehrten hinzu.

»Ob ich ihn kenne? (Pfiff.) Er ist mein Bruder. Seine Großmutter neunten Grades und meine Großmutter siebten Grades waren dasselbe Ei. Scheiße!« Dann fügte er hinzu: »Für eine so junge Person war er sehr gelehrt.«

Don war verblüfft, dass man »Professor Darwin« als jung beschrieb. Als Kind hatte er ihn und die Ruinen als ungefähr gleich alt eingeschätzt.

»Wie schön!«, sagte Don. »Sagen Sie, kannten Sie vielleicht auch meine Eltern? Dr. Jonas Harvey und Dr. Cynthia Harvey?«

Der Drache richtete sämtliche Stielaugen auf ihn. »Deren Ei bist du? Bis jetzt hatte ich noch nicht die Ehre, ihre Bekanntschaft zu machen, aber alle zivilisierten Personen kennen sie und ihre Arbeit. Jetzt verwundert mich deine Außergewöhnlichkeit nicht mehr. Scheiße!«

Don fühlte sich stolz und zugleich beschämt. Da ihm die richtigen Worte nicht gleich einfielen, bat er Sir Isaac nochmals, ihm in der »wahren« Sprache Nachhilfe zu erteilen. Der Drache erklärte sich mit Freuden einverstanden. In diesem Moment ertönte das Warnsignal, und eine Stimme aus der Führerkanzel forderte alle auf: »Bitte anschnallen. Wir nehmen jetzt eine Kursanpassung vor.«

Don legte die Hände an den Panzer des Freundes und stieß sich ab. Dann erreichte er seinen Platz. »Werden Sie das gut überstehen?«, fragte er.

Der Drache gab ein Geräusch von sich, das in Dons Ohren wie ein gewaltiger Rülpser klang. »Ganz bestimmt. Diesmal habe ich mich ja gestärkt.«

»Ich hoffe es. Soll ich Ihre Sprachbox abnehmen, damit Sie sie nicht wieder beschädigen?«

»Das wäre äußerst zuvorkommend.«

Don holte das Gerät und befestigte es an seinem Gepäck. Kaum hatte er sich angeschnallt, als der erste Beschleunigungsstoß sie traf. Diesmal war es nicht so schlimm und bei weitem nicht so stark wie beim Start von Erde. Es dauerte auch nicht so lange, da sie sich nicht aus dem Würgegriff der Erde befreien mussten, sondern lediglich eine Kursänderung durchführten – das äußere Ende der elliptischen Bahn der Glory Road wurde so geändert, dass es genau mit dem kreisförmigen Orbit von Circum-Terra übereinstimmte, ihrem Ziel im Weltall.

Der Kapitän gab einen langen kräftigen Düsenstoß ab, wartete, ließ die Raketen dann noch zweimal kurz hintereinander feuern. Dabei fiel Don auf, dass er es für nötig fand, Gegenschub zu geben. Er nickte zustimmend. Ein guter Pilot! Der Kapitän verstand sein Geschäft. Dann dröhnte es aus dem Lautsprecher: »Kontakt! Sie können sich abschnallen. Bitte fertig machen zum Aussteigen.«

Don gab Sir Isaac die Sprachbox zurück und pfiff ihm eine Abschiedsgruß zu. Dann verlor er ihn aus den Augen, weil man den Drachen wieder durch die Ladeluke befördern musste. Don verließ das Raumschiff durch die Passagierröhre.

Circum-Terra war eine riesige verwirrende Konstruktion im All. Sie war im Lauf der Jahre immer wieder umgebaut und modifiziert worden. Eine Wetterbeobachtungsstation war hinzugekommen, das Observatorium, die Meteorzählstation, Fernsehrelais, Kontrollstation für Fernlenkraketen, eine biologische Versuchsstation und vieles andere mehr.

Vor allem aber diente Circum-Terra als Umschlagstation für Frachten und Passagiere im Weltraum, wo Kurzstreckenraketen von der Erde die Raumschiffe trafen, welche zwischen den Planeten umherflogen. Zu diesem Zweck verfügte die Station über Treibstofftanks, Werkstätten, Reparaturdocks, welche die größten Raumschiffe ebenso wie kleine Raketen aufnehmen konnten, und schließlich eine rotierende, mit Atmosphäre gefüllte Trommel – »Hotel Goddard« –, die den Passagieren und der ständigen Besatzung auf Circum-Terra künstliche Schwerkraft und Erdatmosphäre lieferte.

Hotel Goddard ragte aus einer Seite von Circum-Terra wie ein Wagenrad aus einem Müllberg heraus. Die Nabe, auf der es sich drehte, führte durch seine Mitte und reichte ins Weltall hinaus. An dieser Nabe dockten die Schiffe ihre Passagierröhre an, wenn sie menschliche Ladung löschten oder an Bord nahmen. Anschließend wurde das Schiff in den Frachthafen im nicht rotierenden Teil der Station befördert. Als die Glory Road andockte, waren noch drei weitere Schiffe auf Circum-Terra, die Valkyrie, mit der Don Harvey zum Mars fliegen sollte, die Nautilus, gerade zurück von der Venus – das Schiff, in dem Sir Isaac heimkehren wollte – und die Spring Tide, der Luna-Shuttle, der sich mit dem Schwesterschiff Neap Tide ablöste.

Die beiden Linienschiffe und das Mondschiff hatten bereits am Hauptteil der Station festgemacht. Die Glory Road dockte an der Nabe des Hotels an und begann sofort die Passagiere zu entladen. Don wartete, bis er an der Reihe war, und zog sich dann an Handgriffen nach vorn. Das Gepäck schleppte er hinterher. Gleich darauf war er im Hotel, aber immer noch in der zylinderförmigen Nabe des Goddard, wo ebenfalls Schwerelosigkeit herrschte.

Ein Mann in einem Overall führte Don und das Dutzend Passagiere, mit dem er eingetroffen war, zu einem Punkt etwa in der Mitte der Nabe, wo sich ein großer Aufzug befand. Seine kreisrunden Türen standen offen und drehten sich ganz langsam, ebenso wie das Hotel. »Einsteigen«, befahl der Mann. »Und achten Sie darauf, dass Ihre Füße nach unten gerichtet sind.«

Don ging mit den anderen hinein. Die innere Kabine war würfelförmig. Auf einer Wand stand in Großbuchstaben: FUSSBODEN. Don fand den Handgriff und richtete sich so aus, dass seine Füße die Bodenwand trafen, sobald die Schwerkraft einsetzte. Der Mann stieg ein und setzte die Kabine in Richtung auf die Außenwand in Bewegung.

Anfangs spürte Don kein Gewicht, jedenfalls keinen Druck auf den »Boden« zu. Ihm wurde leicht übel, als die Flüssigkeit im Innern seiner Ohren durcheinander gewirbelt wurde. Er wusste, dass er mit elf Jahren, auf dem Weg zur Erde und zur Schule, schon einmal in diesem Aufzug gefahren war. Diese unangenehme Nebenwirkung hatte er völlig vergessen.

Die Kabine hielt, und der Boden wurde tatsächlich zum Boden, allerdings herrschte hier sehr viel weniger Druck als auf Erde. Die Übelkeit verging schnell. Der Mann öffnete den Aufzug und rief: »Alles aussteigen!«

Don ging mit seinem Gepäck in eine geräumige Innenhalle. Die Hälfte sämtlicher Passagiere des Schiffes drängte sich dort. Don blickte sich um und suchte seinen Freund, den Drachen, aber dann fiel ihm ein, dass Sir Isaac mit dem Schiff zum Frachthafen gebracht würde, ehe man ihn ausladen konnte. Er setzte sich auf seine Taschen.

Aus irgendeinem Grund war die Menge unruhig. Don hörte eine Frau sagen: »Das ist eine Unverschämtheit! Wir sind schon mindestens eine Stunde hier, und keiner hat es für nötig gehalten, uns zu sagen, weshalb wir hier sind.«

»Bleib ruhig, Martha.«

»Was heißt hier ›bleib ruhig‹? Nur eine Tür in diesem Laden, und die ist verschlossen! Was passiert, wenn es brennt?«

»Wohin würdest du denn laufen, Liebes? Draußen gibt es nur luftleeren Raum.«

»Wir hätten in Bermuda bleiben sollen, wie ich es wollte«, kreischte die Frau leicht hysterisch.

»Wie du wolltest?«

»Sei nicht so pingelig!«

Wieder entließ der Aufzug Passagiere, dann noch einmal. Die Unruhe nahm weiter zu. Auch Don wunderte sich über den Service in diesem Hotel. Dann öffnete sich die Aufzugstür. Statt eines Angestellten des Hotels kamen drei Männer in Uniform heraus. Die beiden, die außen gingen, trugen Maschinenpistolen, der Mann in der Mitte eine Handfeuerwaffe, allerdings noch im Holster. Er trat vor und stemmte die Fäuste in die Hüften.

»Achtung! Ruhe!«, sagte er mit einer Kommandostimme, der unwillkürlich alle gehorchten. »Ich bin Sergeant McMasters der Hohen Garde der Venusrepublik. Mein Kommandant hat mich angewiesen, Sie über die gegenwärtige Situation aufzuklären.«

Ein paar Augenblicke herrschte völliges Schweigen, dann hörte man aufgeregtes Raunen, Erstaunen, Angst, Ungläubigkeit und Unmut. »Ruhe!«, rief der Sergeant. »Bewahren Sie Ruhe! Niemandem passiert etwas, wenn Sie sich ruhig verhalten. Die Republik hat diese Raumstation übernommen und wird sie jetzt evakuieren. Erdlinge fliegen sofort zurück zur Erde. Auch die von Venus werden heimfliegen, vorausgesetzt, sie bestehen die Loyalitätsüberprüfung. So, dann wollen wir mal sortieren.«

Ein dicker kleiner Mann schob sich nach vorn. »Ist Ihnen klar, was Sie da sagen, Sir? ›Venusrepublik‹! Das ist Piraterie.«

»Stell dich zu den anderen, Fettwanst.«

»Das können Sie nicht machen! Ich verlange, mit Ihrem kommandierenden Offizier zu sprechen.«

»Hör zu, Fettwanst«, sagte der Sergeant. »Zieh dich zurück, oder du bekommst meinen Stiefel in den Balg.« Der Mann blickte ihn fassungslos an, ging aber zurück in die Menge.

Der Sergeant fuhr fort: »Diejenigen von Ihnen, die zur Venus wollen, stellen sich hier bei der Tür an. Halten Sie Ihre Ausweise und Geburtsurkunden bereit.«

Bis jetzt waren die Passagiere eine freundliche Gruppe gewesen, die einander wohlgesonnen war. Nun aber standen sich zwei feindliche Lager gegenüber. Jemand rief: »Lang lebe die Republik!« Darauf hörte man einen dumpfen Schlag. Einer der Gardesoldaten warf sich in die Menge und verhinderte einen Aufruhr. Der Sergeant zückte seine Pistole und erklärte mit kalter Stimme: »Keine Politik, bitte! Los, aufstellen!«

Eine Schlange bildete sich bei der Tür. Zweiter in dieser Schlange war der Mann, der die Republik hatte hochleben lassen. Aus seiner Nase quoll Blut, doch seine Augen glänzten. Als er dem Sergeant seine Papiere reichte, sagte er: »Das ist ein großer Tag! Mein ganzes Leben habe ich darauf gewartet.«

»Wer nicht?«, meinte der Sergeant. »Okay – durch die Tür gehen. Der Nächste!«

Don bemühte sich, Ordnung in seine Gedanken zu bringen. Jetzt musste auch er zugeben, dass der Ernstfall eingetreten war. Es herrschte Krieg. Der Krieg, von dem er sich hatte einreden wollen, dass er undenkbar sei. Städte waren nicht bombardiert worden – noch nicht, aber dies hier war das Fort Sumter eines neuen Krieges. Das erkannte er jetzt klar, dazu musste man ihm nicht mit einem Stiefel im Bauch drohen.

Schockhaft wurde er sich bewusst, dass er gerade noch mal davongekommen war. Die Valkyrie war vielleicht auf sehr lange Zeit das letzte Raumschiff zum Mars. Wenn die Umsteigestation in den Händen der Rebellen war, könnte es der letzte Flug auf Jahre hinaus sein.

Der Sergeant hatte noch nicht von den Passagieren zum Mars gesprochen. Don vermutete, der Sergeant wollte als Erstes die Bürger der beiden feindlichen Mächte trennen. Deshalb hielt er es für das Beste, den Mund zu halten und abzuwarten.

In der Schlange gab es eine Unterbrechung. Don hörte den Sergeant sagen: »Du bist in der falschen Schlange, Freundchen. Du gehst zurück zur Erde.«

Der Mann, zu dem er sprach, antwortete: »Nein, nein! Sehen Sie sich meine Papiere an. Ich wandere auf die Venus aus.«

»Für eine Auswanderung bist du einen Tick zu spät gekommen. Die Situation hat sich verändert.«

»Natürlich hat sie sich verändert! Ich habe mich für Venus entschieden!«

Der Sergeant kratzte sich den Kopf. »Der Fall steht nicht in meinem Buch. Atkinson! Lassen Sie den Mann durch. Der Lieutenant soll das entscheiden.«

Nachdem der Sergeant mit der Gruppe zur Venus fertig war, ging er zu einem Telefon an der Wand. »Jim? Hier Mac. Ist der Drache schon raus? Nein? Sag Bescheid, wenn die Road wieder am Schacht ist. Ich will laden.« Dann wandte er sich wieder an die Menge. »So, ihr Erdschweine – es gibt eine Verzögerung. Ich bringe Sie in einen anderen Raum, bis wir Sie zurück zur Erde schicken können.«

»Einen Moment, Sergeant«, rief ein Mann.

»Was wollen Sie?«

»Wo warten die Passagiere für Luna?«

»Hm, dieser Dienst wurde eingestellt. Sie fliegen zurück zur Erde.«

»Aber Sergeant, seien Sie doch vernünftig. Ich interessiere mich überhaupt nicht für Politik. Mir ist es völlig egal, wer diese Raumstation verwaltet. Aber ich habe auf dem Mond Geschäfte zu erledigen. Es ist für mich lebenswichtig, dass ich zum Mond komme. Eine Verzögerung kann mich Millionen kosten.«

Der Sergeant blickte ihn an. »Mir kommen gleich die Tränen. Ich habe noch nie im Leben mehr als tausend besessen. Der Gedanke, Millionen zu verlieren, macht mir Angst.« Plötzlich veränderte sich seine Miene. »Du dämlicher Hund, hast du dir nie überlegt, was eine Bombe auf Tycho City anrichten könnte? So, und jetzt aufstellen. Alle. In einer Doppelreihe.«

Don hörte das alles und war zutiefst beunruhigt. Der Sergeant hatte Mars immer noch nicht erwähnt. Er stellte sich an, aber ganz am Ende. Als er zur Tür kam, blieb er stehen. »Geh weiter, Junge«, sagte der Sergeant.

»Ich will aber nicht zur Erde«, erklärte Don.

»Was?«

»Ich bin auf dem Weg zum Mars, mit der Valkyrie.«

»Oh, verstehe. Das hast du dir so gedacht. Jetzt fliegst du mit der Glory Road zurück zur Erde.«

»Sir, ich muss zum Mars!«, sagte Don aufgeregt. »Da sind meine Eltern. Sie erwarten mich.«

Der Sergeant schüttelte den Kopf. »Junge, du tust mir Leid. Ehrlich. Aber die Valkyrie fliegt nicht zum Mars.»

»Was?«

»Sie steht jetzt in den Diensten der Hohen Garde und fliegt zur Venus. Deshalb fliegst du zurück zur Erde. Tut mir Leid, dass du nicht zu deinen Eltern kannst, aber so ist es nun mal im Krieg.«

Don atmete langsam durch und zwang sich, bis zehn zu zählen. »Ich fliege nicht zurück zur Erde. Ich werde hier warten, bis ein Schiff zum Mars fliegt.«

Der Sergeant seufzte. »In dem Fall musst du dich an einen Stern ketten, während du wartest.«

»Was meinen Sie damit?«

»Kurz nach Verlassen dieser Station jagen wir alles in die Luft. Dann gibt es hier nur noch eine hübsche radioaktive Wolke. Möchtest du in einem Geigerzähler eine wichtige Rolle spielen?«

6.

DAS ZEICHEN AM HIMMEL

Don vermochte nicht zu antworten. Seine Vorfahren der Gattung Affen hatten jeden Moment im Leben mit Gefahr verbracht, vielleicht wären sie in dieser Situation ruhig geblieben. Dons weiches Leben hatte ihn auf derartige Schicksalsschläge nicht vorbereitet.

»Deshalb nimmst du lieber die Glory Road, Junge«, fügte der Sergeant hinzu. »Deine Eltern würden das auch wollen. Flieg zurück und such dir einen netten Platz auf dem Land, die Städte dürften eine Zeit lang nicht sehr gesundheitsfreundlich sein.«

»Ich fliege nicht zurück zur Erde«, erklärte Don energisch. »Da gehöre ich nicht hin. Ich bin nicht auf Erde geboren.«

»Und welche Staatsbürgerschaft hast du? Obwohl das eigentlich unwichtig ist. Jeder, der kein Bürger von Venus ist, geht mit der Glory Road zurück zur Erde.«

»Ich bin Bürger der Föderation, aber ich habe auch ein Anrecht auf die Staatsbürgerschaft der Venus«, erklärte Don.

»Die Aktien der Föderation sind in letzter Zeit rapide gesunken«, meinte der Sergeant. »Was soll das Gerede von wegen Staatsbürgerschaft von Venus? Lass den Quatsch, und zeig mir deine Papiere.«

Don reichte sie ihm. Sergeant McMasters schaute

sich als Erstes die Geburtsurkunde an. »Im All geboren! Ich fress einen Besen. Viele von deiner Sorte gibt es nicht, was?«

»Ich schätze nein.«

»Aber was macht das aus dir?«

»Lesen Sie weiter. Meine Mutter wurde auf Venus geboren. Laut Abstammung bin ich Venerianer.«

»Aber dein Vater wurde auf Erde geboren.«

»Deshalb bin ich auch ein geborener Erdling.«

»Was? Das ist doch lächerlich.«

»So lautet das Gesetz.«

»Es wird neue Gesetze geben. Im Augenblick weiß ich nicht, welches auf dich zutrifft. Also – wohin willst du? Venus oder Erde?«

»Ich fliege zum Mars«, sagte Don halsstarrig.

Der Sergeant musterte ihn und reichte ihm die Papiere zurück. »Das geht über meine Vorstellungskraft. Ich bringe dich zu meinem Vorgesetzten. Komm mit.«

Er führte Don über einen langen Korridor in einen kleinen Raum, der als Wachstube diente. Zwei Soldaten waren dort. Der eine benutzte einen Fernschreiber, der andere saß nur da. Der Sergeant steckte den Kopf ins Zimmer und wandte sich an den, der untätig war. »He, Mike – behalt mal diesen Burschen hier im Auge. Pass auf, dass er nicht die Station klaut.« Er schaute Don an. »Gib mir noch mal die Papiere, Junge.« Er verschwand damit.

Der angesprochene Soldat musterte Don scharf, kümmerte sich dann aber nicht mehr um ihn. Don stellte die Taschen ab und nahm darauf Platz.

Nach mehreren Minuten kehrte Sergeant McMasters zurück, ignorierte aber Don. »Wer hat die Karten?«, fragte er.

»Ich.«

»Nicht deine gezinkten Exemplare, Mike. Wo sind die echten Karten?«

Der Mann am Fernschreiber schaltete das Gerät aus und holte ein Kartenspiel aus einer Schublade. Die drei setzten sich an den Tisch. McMasters mischte. Er wandte sich an Don. »Lust auf ein Spielchen, Junge?«

»Nein, danke.«

»Du kriegst keinen billigeren Unterricht.« Die Soldaten spielten ungefähr eine halbe Stunde. Währenddessen dachte Don nach. Offenbar wusste der Sergeant, wovon er redete. Er konnte nicht mit der Valkyrie zum Mars fliegen, weil das Schiff nicht dorthin flog. Auf ein späteres Schiff konnte er nicht warten, weil diese Station – ja, der Raum, in dem er jetzt saß – in die Luft fliegen würde.

Welche Möglichkeit blieb ihm? Erde? Nein! Auf Erde hatte er keine Verwandten, an die er sich hätte wenden können. Nachdem Dr. Jefferson tot oder vermisst war, hatte er auch keine erwachsenen Freunde. Vielleicht konnte er mit eingekniffenem Schwanz zurück zur Ranch …

Nein! Er war nicht mehr der grüne Junge. Die Schule war nichts mehr für ihn.

Es gab noch einen weiteren gewichtigen Grund. Die Sicherheitspolizei in New Chicago hatte einen Ausländer aus ihm gemacht. Er würde nicht mehr zur Erde zurückkehren, weil sie nicht mehr seine Heimat war.

Hobsons Wahl, sagte er sich. Ich muss zur Venus – dort kann ich Leute finden, die ich früher mal gekannt habe oder die Vater und Mutter kennen. Und wenn er sich umhörte, fand er womöglich eine Gelegenheit, doch zum Mars zu gelangen. Nachdem er diesen Entschluss gefasst hatte, war er beinahe zufrieden.

Aus dem Lautsprecher im Büro erklang eine Stimme: »Sergeant McMasters!« Der Sergeant legte die Karten weg, zog einen Sichtschirm vor und griff zum Telefon. Gleich darauf wandte er sich an Don. »So, Junge, der Alte hat deinen Status geklärt. Du bist jetzt Staatenloser.«

»Was?«

»Seit die Venus unabhängige Republik wurde, hast du überhaupt keine Staatsbürgerschaft mehr. Der Alte sagt, du wirst dorthin zurückgeschickt, woher du gekommen bist … zurück zur Erde.«

Don stand auf und straffte die Schultern. »Ich werde nicht gehen.«

»Ach ja?« McMasters lächelte mitleidig. »Na, dann setz dich wieder hin und mach's dir gemütlich. Wenn es Zeit ist, werden wir dich hinschleppen.« Er teilte wieder Karten aus.

Don setzte sich nicht. »Hören Sie, ich habe meine Meinung geändert. Wenn ich jetzt nicht zum Mars fliegen kann, will ich zur Venus.«

McMasters hielt inne. »Wenn Commodore Higgins eine Entscheidung fällt, ist daran nicht zu rütteln. Mike, bring diese Primadonna zu den anderen Erdschweinen.«

»Aber …«

Mike stand auf. »Komm! Los!«

Gleich darauf schob er Don in einen Raum, in dem Empörung brodelte. Die Erdlinge hatten keine Wachen, auch keine Passagiere aus den Kolonien. Sie machten ihrem Ärger Luft. »Das ist empörend! Wir sollten sie in die Luft jagen, ihre Städte dem Erdboden gleich machen.« – »Ich habe dir gleich gesagt, wir hätten nicht abreisen sollen!« – »Verhandeln? Das ist ein Zeichen von Schwäche.« – »Ist euch nicht klar, dass der Krieg bereits vorbei ist? Mann, wir sind hier nicht nur ein Verkehrsknotenpunkt, sondern die Hauptleitstelle der Fernlenkraketen. Von hier aus können sie jeden Punkt auf Erde bombardieren, wie Enten auf einem Teich abschießen.«

Don überdachte die letzte Bemerkung. Er war nicht gewöhnt, sich mit militärischer Taktik zu beschäftigen. Bis jetzt hatte er die Bedeutung einer Eroberung von Circum-Terra nicht begriffen. Er hatte nur an sich gedacht.

Würden sie tatsächlich so weit gehen? Die Städte der Föderation von der Landkarte löschen? Selbstverständlich hatten die Bewohner der Kolonien reichlich Grund, sich zu beschweren. Selbstverständlich hatte es in der Vergangenheit Kriege gegeben, aber das war doch Geschichte. Heutzutage waren die Menschen zivilisierter. Oder?

»Harvey! Donald Harvey!«

Alle drehten bei dem Ruf die Köpfe. Ein Venus-Gardist stand in der Tür und rief Dons Namen.

»Hier«, meldete sich Don.

»Mitkommen!«

Don nahm sein Gepäck und folgte ihm hinaus auf den Korridor. Dort musste er warten, während der Soldat die Tür abschloss. »Wohin bringen Sie mich?«

»Der Commodore will dich sprechen.« Er warf einen Blick auf Dons Taschen. »Nicht nötig, das Zeug mitzuschleppen.«

Don schüttelte trotzig den Kopf.

»Wie du willst. Aber nimm es nicht mit ins Büro des Commodore.« Er führte Don zwei Decks tiefer, wo die Schwerkraft sehr viel stärker war. Sie blieben vor einer Tür stehen, die von einem Posten bewacht wurde. »Hier ist der Bursche, den der Alte sehen wollte – Harvey.«

»Geh gleich rein.«

Don gehorchte. Der Raum war groß und luxuriös ausgestattet. Früher war es das Büro des Hotelmanagers gewesen. Jetzt saß ein Mann in Uniform darin. Er war noch jung, allerdings hatte sein Haar graue Strähnen. Er schaute auf, als Don hereinkam. Er sah müde aus, aber wachsam. »Donald Harvey?«

»Jawohl, Sir.« Don holte seine Papiere hervor.

Der Commodore winkte ab. »Die habe ich gesehen. Harvey, Sie machen mir Kopfschmerzen. Ich hatte Ihren Fall bereits entschieden.«

Don sagte nichts.

»Und jetzt sieht es so aus, als müsse ich ihn wieder aufnehmen. Kennen Sie einen Venerianer namens …« Er pfiff den Namen.

»Flüchtig«, antwortete Don. »Wir haben auf der Glory Road die Kabine geteilt.«

»Hmmm … da stellt sich die Frage, ob Sie das geplant hatten.«

»Was? Wie hätte ich das planen können?«

»Es könnte arrangiert worden sein … und es wäre nicht das erste Mal, dass man einen jungen Menschen als Spion einsetzt.«

Don wurde rot. »Sie halten mich für einen Spion, Sir?«

»Nein, es ist nur eine von mehreren Möglichkeiten, die ich in Betracht ziehen muss. Kein Militärkommandeur schätzt es, wenn man ihn politisch unter Druck setzt, Harvey, aber wir alle müssen uns beugen. Ich habe mich auch gebeugt. Sie fliegen nicht zurück zur Erde, sondern zur Venus.« Er erhob sich. »Aber ich warne Sie. Sollten Sie ein Maulwurf sein, den man mir unterschiebt, werden sämtliche Drachen auf Venus Ihre Haut nicht retten.« Er griff zum Schiffstelefon, drückte auf die Tasten und wartete. Als die Verbindung stand, sagte er: »Melden Sie ihm, sein Freund ist hier, und dass ich die Angelegenheit erledigt habe.« Dann wandte er sich an Don. »Hier, sprechen Sie.«

Don hörte die warme Cockneystimme. »Don, lieber Junge, bist du das?«

»Ja, Sir Isaac.«

Der Drache pfiff erleichtert. »Als ich mich nach dir erkundigt habe, stieß ich auf die wahnwitzige Idee, dich zurück an diesen grauenvollen Ort zu schicken, von dem wir entronnen sind. Ich erklärte, dass es sich um einen Irrtum handeln müsse. Ich fürchte, ich musste ziemlichen Druck ausüben. Scheiße!«

»Jetzt ist alles klar, Sir Isaac. Danke.«

»Keine Ursache. Ich stehe immer noch in deiner Schuld. Besuch mich, wenn es möglich ist. Versprichst du mir das?«

»Aber gern.«

»Danke und bis bald. Scheiße!«

Don legte den Hörer auf. Der Commodore betrachtete ihn neugierig. »Wissen Sie, wer Ihr Freund ist?«

Don pfiff den venerianischen Namen. »Er nennt sich ›Sir Isaac Newton‹.«

»Mehr wissen Sie nicht?«

»Nein.«

»Hmmm ...« Er machte eine Pause. »Sie können ruhig wissen, was mich bewogen hat, meine Entscheidung zu ändern. ›Sir Isaac Newton‹, wie Sie ihn nennen, kann seine Vorfahren bis zum Urei zurückverfolgen, welches am Tag der Schöpfung in den Schlamm der Venus gelegt wurde. Deshalb habe ich Sie jetzt am Hals. Ordonnanz!«

Wortlos folgte Don dem Soldaten. Wenige Erdlinge, wenn überhaupt, haben die auf der Venus vorherrschende Religion angenommen. Niemand lacht darüber, sondern nimmt sie ernst. Ein Erdbewohner auf Venus mag vielleicht nicht an das Göttliche Ei glauben und alles, was dazu gehört, hält es jedoch für klüger – und viel sicherer –, mit Respekt von ihr zu sprechen.

Sir Isaac ein Kind des Eis! Don spürte eine unwillkürliche Hochachtung, wie sie auch einen hartgesottenen Demokraten befällt, wenn er zum ersten Mal einem Mitglied eines königlichen Hauses begegnet. Und er hatte mit dem Drachen geredet, als hätte der einen Gemüsestand auf dem Markt!

Kurz darauf wandte Don seine Gedanken praktischen Dingen zu. Wenn jemand für ihn arrangieren konnte, zum Mars zu kommen, dann war es Sir Isaac. Ja – so würde er schließlich doch heimkommen!

Aber Don sah seinen venerianischen Freund nicht gleich. Man trieb ihn mit anderen Passagieren von der Glory Road an Bord der Nautilus. Als er herausfand, dass Sir Isaac auf die Valkyrie geschafft worden war, konnte er nichts mehr unternehmen.

Die Fahne des Kommandanten der Spezialeinheit, Commodore Higgins, wurde von Circum-Terra auf die Nautilus geschafft. Dann erledigte Higgins den Rest seiner Aufgabe. Die Erstürmung Circum-Terras war beinahe ohne Blutvergießen gelungen. Alles hatte vom richtigen Zeitpunkt und dem Überraschungsmoment abgehangen. Jetzt musste die Operation noch abgeschlossen werden, ehe man auf Erde die Änderungen der Flugpläne bemerkte.

Die Nautilus und die Valkyrie waren bereits für ihre Flüge vorbereitet worden. Die Besatzung der Spring Tide sollte zurück zur Erde fliegen. Sie war durch Angehörige der Spezialeinheit ersetzt worden. Das Schiff war voll getankt und für einen langen Flug ins All ausgerüstet. Obgleich eigentlich für den kurzen Sprung nach Luna gebaut, konnte sie die Fahrt zur Venus mühelos schaffen. In der Raumfahrt spielt die Entfernung eine untergeordnete

Rolle. Wichtiger sind die potenziellen Ebenen der Schwerkraft. Der Flug von Circum-Terra zur Venus erforderte weniger Energie als der harte Kampf, das Schwerkraftfeld der Erde zu durchbrechen, zum Beispiel von New Chicago nach Circum-Terra.

Die Spring Tide startete gemütlich in einer energiesparenden Parabel. Der gesamte Flug zur Venus wurde in Schwerelosigkeit zurückgelegt. Die Valkyrie jagte los, um einen flachen Orbit zu fliegen. Sie würde gleichzeitig oder noch früher als die Nautilus ankommen. Die Nautilus flog als letztes Schiff ab, denn Commodore Higgins musste noch eine abschließende Aufgabe erledigen, ehe er die Station zerstörte: Eine Fernsehansprache über ein globales Netz.

Sämtliche globalen Sendungen stammten aus dem Kommunikationszentrum auf Circum-Terra, oder wurden von dort weitergeleitet. Nachdem die Nautilus, ein kosmisches trojanisches Pferd, auf Circum-Terra angedockt hatte, waren die regulären Sendungen ungestört weitergelaufen. Der Stabsoffizier beim G-6 des Commodore (zuständig für Propaganda und Nervenkrieg) hatte als Zeitpunkt für die Ansprache des Commodore, in welcher er den gelungenen Militärcoup auf Erde verkünden wollte, die Sendung des global beliebtesten Nachrichtensprechers gewählt: Die Steve Brodie News. Direkt davor läuft die ungeheuer populäre Serie Kallikak Family, was weitere Zuschauer bringt.

Endlich war auch die Glory Road mit ihrer Ladung Flüchtlinge gestartet, allerdings mit zerstörten Funkgeräten. Die Nautilus lag hundert Meilen draußen im Weltall und wartete. Circum-Terra war praktisch leer, nur das Fernsehzentrum sendete weiter. Die Ansprache des Commodore war aufgezeichnet und würde automatisch gesendet werden, sobald die rührselige Seifenoper vorüber war.

Don schaute mit über hundert anderen Passagieren im Salon des Raumliners fern. Alle Augen hingen an dem großen Fernsehschirm. Ein Notaggregat war eigens eingeschaltet worden, um die Sendung von Circum-Terra zur Nautilus zu bringen. Der Funker vom Dienst leitete alles in den Salon, damit Passagiere und Besatzung zuschauen konnten.

Am Schluss der täglichen Seifenoper war Celeste Kallikak als mutmaßliche Mörderin ihres Mannes verhaftet worden. Buddy Kallikak war immer noch im Krankenhaus und würde wohl nicht überleben. Vater Kallikak wurde noch vermisst, und Mutter Kallikak stand unter dem Verdacht, mit Lebensmittelmarken betrogen zu haben, aber sie ertrug alles mit Fassung und der heiteren Gewissheit, dass nur die Guten jung sterben. Nach der üblichen Werbung (»Die einzige Seife mit garantiertem Vitamingehalt für Lebensfreude«) erschien auf dem Schirm Steve Brodies Logo; ein Jetstrahl verdichtete sich, sein Gesicht erschien, dazu ertönte eine Stimme: »Steve Brodie, schon heute mit den Nachrichten von morgen!«

Plötzlicher Schnitt, leerer Bildschirm. »Wir unterbrechen diese Sendung für eine Sondermeldung!« Anschließend war das Gesicht von Commodore Higgins zu sehen.

Seinen Zügen fehlte das synthetische Lächeln, das

für alle im öffentlichen Fernsehen obligatorisch war. Seine Miene und seine Stimme waren todernst. »Ich bin Commodore Higgins, Befehlshaber des Kommandounternehmens ›Befreiung der Venusrepublik‹. Die Hohe Garde hat die Satellitenstation der Erde, Circum-Terra, in ihre Gewalt gebracht. Sämtliche Städte auf Erde sind uns vollkommen ausgeliefert.«

Er machte eine Pause, um seine Worte einwirken zu lassen. Don gefiel diese Vorstellung überhaupt nicht. Alle wussten, dass es in Circum-Terra genügend Atombomben gab, um jede Streitmacht zu vernichten, die gegen die Föderation rebellierte. Die genaue Zahl der Raketen war ein militärisches Geheimnis. Die Schätzungen schwankten zwischen zweihundert und tausend. Einem Gerücht unter Zivilisten zufolge hatte die Hohe Garde in der Nautilus siebenhundertzweiunddreißig Bomben gefunden, die jederzeit abgeschossen werden konnten, ferner Komponenten zum Bau vieler weiterer Raketen, außerdem ausreichend Deuterium und Tritium zur Herstellung eines Dutzends Höllenbomben.

Ganz gleich, ob die Gerüchte stimmten, fest stand, dass Circum-Terra über genügend Bomben verfügte, um die Terraföderation in ein radioaktives Schlachthaus zu verwandeln. Da viele Städte unterirdisch gebaut waren, würde viele Einwohner überleben. Aber nach einer Bombardierung musste jede Stadt verlassen werden. Die militärische Wirkung war also dieselbe. Viele Menschen würden sterben. Wie viele? Vierzig Millionen? Fünfzig Millionen? Don wusste es nicht.

Der Commodore fuhr fort: »Aber wir werden Zurückhaltung üben. Keine Stadt auf Erde wird bombardiert. Die freien Bürger der Venusrepublik hegen keineswegs den Wunsch, ihre Vettern, die noch auf Terra sind, abzuschlachten. Unser einziges Ziel ist unsere Unabhängigkeit. Wir wollen unsere Angelegenheiten selbst regeln und das Joch der Kolonialherrschaft abschütteln, die uns ausgeblutet hat, ebenso die Steuerlast ohne Mitspracherecht.

»Indem wir die uns zustehende Stellung als freie Menschen einnehmen, rufen wir alle unterdrückten und verarmten Nationen auf, unserem Beispiel zu folgen und unsere Hilfe zu akzeptieren. Schaut zum Himmel empor! Dort oben schwimmt die Station, von der aus ich zu euch spreche. Die feisten und dummen Herrscher der Föderation haben aus Circum-Terra die Peitsche eines Sklavenaufsehers gemacht. Die Bedrohung dieser Militärbasis am Himmel hat ihr Imperium hundert Jahre lang vor dem Hass ihrer Opfer geschützt.

»Wir werden diese Bedrohung jetzt vernichten. In wenigen Minuten wird dieser Schandfleck am Himmel, diese Waffe, die gegen jeden Kopf auf eurem Planeten gerichtet ist, zu existieren aufhören. Kommt ins Freie und beobachtet den Himmel. Seht, wie für kurze Zeit eine neue Sonne aufflammt. Schaut das Licht der Freiheit, das die ganze Erde aufruft, sich zu befreien!

»Unterdrückte Völker von Erde, wir freien Männer der Venusrepublik grüßen euch mit diesem Zeichen!«

Der Commodore blieb sitzen und blickte ruhig in

die Augen seines riesigen Publikums, während die erhebende Melodie von »Morgenstern der Hoffnung« seinen Worten folgte. Don kannte die Hymne der neuen Nation nicht, aber er spürte unwillkürlich die Zuversicht, die sie einflößte.

Unvermittelt wurde der Bildschirm dunkel. Im selben Moment zuckte ein Lichtblitz auf, der so grell war, dass er durch die geschlossenen Bullaugen drang und den Sehnerv schmerzhaft traf. Don schüttelte noch immer den Kopf, als aus der Lautsprecheranlage die Anweisung ertönte: »Schutzschild von Bullauge entfernen!«

Ein Unteroffizier kurbelte das Metallschild vor dem Bullauge beiseite. Don drängte sich nach vorn, um etwas zu sehen.

Eine zweite weiße Sonne schwoll vor seinen Augen. Auf Erde wäre es – wie so viele schreckliche Male in der Vergangenheit – eine aufsteigende Pilzwolke, doch hier im All bildete sich eine perfekte Kugel, die unglaublich anwuchs und ständig größer wurde. Die Farbe änderte sich von grellem Weiß zu silbrigem Violett. Dann traten purpurne und rote Flammen auf. Die Kugel wurde immer gewaltiger, bis sie die Erde verdeckte.

Als Circum-Terra in eine radioaktive Wolke im All verwandelt wurde, flog sie gerade über den Nordatlantik. Die riesige Leuchtwolke war für die meisten Bewohner des Globus sichtbar – ein Flammensymbol am Himmel.

7.

UMLEITUNG

Unmittelbar nach der Zerstörung von Circum-Terra heulte die Warnsirene des Schiffes auf. Alle Mann wurden zu den Beschleunigungsstationen gerufen. Die Nautilus jagte los, machte sich auf ihre lange Fahrt zur Venus. Nachdem sie die volle Geschwindigkeit erreicht hatte, gab die Steuerzentrale Entwarnung. Don schnallte sich los und lief zur Funkstation. Zwei Mal musste er mit Wachen streiten, ehe sie ihn weiter vorließen.

Die Tür stand offen. Die Männer drinnen schienen sehr beschäftigt zu sein und schenkten ihm keine Aufmerksamkeit. Er zögerte kurz, dann trat er ein. Da packte ihn eine Hand am Kragen. »He! Wo willst du hin?«

»Ich wollte nur eine Nachricht schicken«, erklärte Don kleinlaut.

»Ach ja? Was sagst du dazu, Charlie?«, fragte der Soldat, der ihn erwischt hatte, seinen Kameraden, der sich übers Funkgerät beugte.

Der zweite Soldat schob die Kopfhörer hoch. »Sieht aus wie ein Saboteur. Wahrscheinlich hat er in jeder Tasche eine A-Bombe.«

Ein Offizier kam aus einem Nebenraum. »Was ist hier los?«

»Hat sich reingeschlichen, Sir. Behauptet, er wolle eine Nachricht senden.«

Der Offizier musterte Don von Kopf bis Fuß. »Tut mir Leid, das ist unmöglich. Funkstille. Nichts geht raus.«

»Aber ich muss meinen Eltern sagen, wo ich bin, Sir«, bat Don.

Der Offizier schüttelte den Kopf. »Selbst ohne die Funkstille könnten wir Mars nicht erreichen.«

»Verstehe, Sir, aber Sie könnten Luna anfunken und um eine Weiterleitung zum Mars bitten.«

»Ja, das könnten wir wohl – aber wir werden es nicht tun. Hören Sie, junger Mann, es tut mir Leid, dass Sie so viele Probleme haben, aber es besteht einfach keine Möglichkeit, dass der kommandierende Offizier erlaubt, die Funkstille zu unterbrechen, nicht einmal aus wichtigeren Gründen als die Ihren. Die Sicherheit des Schiffes kommt an erster Stelle.«

Don dachte kurz nach. »Ja, das verstehe ich«, sagte er entmutigt.

»Aber machen Sie sich keine Sorgen. Ihre Eltern werden herausfinden, wo Sie sind.«

»Wie denn? Sie glauben, dass ich auf dem Weg zum Mars bin!«

»Nein, das glauben sie nicht – jedenfalls nicht mehr lange. Jetzt ist es nicht mehr geheim, was geschehen ist. Das gesamte Sonnensystem weiß Bescheid. Sie werden erfahren, dass Sie bis Circum-Terra gelangt sind und dass die Glory Road Sie nicht zurück zur Erde bringt. Damit bleibt nur der Flug zur Venus. Ich nehme an, dass sie sich bei Interplanet bereits nach Ihnen erkundigen.«

Der Offizier wandte sich ab. »Wilkins, machen Sie ein Schild an die Tür: ›Funkstille – keinerlei Nachrichten akzeptiert.‹ Wir wollen nicht, dass jeder Zivilist dieses Schiffes hier reinstürmt und Grüße an Tante Hattie schicken will.«

Don war in der dritten Klasse untergekommen, mit drei Dutzend Männern und ein paar Jungs. Einige Passagiere, die für bessere Unterbringung bezahlt hatten, beschwerten sich. Auch Don hatte ein Ticket für die Erste Klasse – aber auf Valkyrie nach Mars. Als er sah, wie die Querulanten mit eingekniffenem Schwanz zurückkamen, war er froh, dass er den Mund gehalten hatte. Die Hohe Garde hatte die Kabinen Erster Klasse, weiter vorn, mit Beschlag belegt.

Dons Liege war recht bequem, und ein so langer Weltraumflug, der stets langweilig wurde, war leichter zu ertragen, wenn man sich in einer Mehrbettkabine unterhalten konnte und nicht abgeschieden in der Ersten Klasse war. Während der ersten Woche fragte der Schiffsarzt, ob jemand die Kälteschlafbehandlung in Anspruch nehmen wolle. Nach zwei Tagen war Dons Kabine zur Hälfte leer. Die fehlenden Passagiere hatten Drogen genommen, waren schockgefroren in Schlaftanks gelagert, um die bevorstehenden langen Wochen im Traum zu verbringen.

Don wollte den Kälteschlaf nicht. Er hörte sich eine angeregte Diskussion an, voller Halbwahrheiten, ob der Kälteschlaf die Lebensspanne eines Menschen verkürzte oder nicht. »Betrachten wir es mal von diesem Standpunkt aus«, dozierte ein Passagier. »Man hat eine gewisse Lebensspanne, die in den Genen festgelegt ist. Wenn kein Unfall geschieht, lebt der Mensch genau so lang. Wenn sie dich aber in die Kühltruhe stecken, verlangsamen sich die Körperfunktionen. Man könnte sagen, deine Uhr hört auf zu schlagen. Diese Zeit wird dir nicht angerechnet. Stehen dir achtzig Jahre zu, hast du nach dem Kälteschlaf achtzig plus die Monate, die du in der Kühltruhe verbracht hast. Deshalb will ich eingefroren werden.«

»Sie liegen total falsch«, widersprach ein anderer. »Sie schneiden damit drei Monate aus Ihrem Leben heraus. Nein, das ist nichts für mich!«

»Sie sind verrückt.«

»Wenn Sie meinen. Aber da ist noch etwas«, sagte der Passagier, der sich gegen den Kühlschlaf ausgesprochen hatte. Er senkte die Stimme; trotzdem konnten ihn alle verstehen. »Man erzählt sich, dass die Jungs mit den Streifen dich verhören, wenn du einschläfst. Und wissen Sie warum? Weil der Commodore glaubt, dass sich in Circum-Terra Spione an Bord geschlichen haben.«

Don war es egal, wer Recht hatte. Er lebte zu gern, um für eine gewisse Zeit »tot« zu sein; lieber ertrug er die Langeweile des Fluges. Die letzte Bemerkung jedoch hatte ihn aufgerüttelt. Spione? War es möglich, dass das IBI direkt unter der Nase der Hohen Garde Agenten eingeschleust hatte? Angeblich gelang es dem IBI, sich überall einzuschleichen. Er musterte die anderen Passagiere und fragte sich, welcher wohl unter falschem Namen reiste.

Aber dann verscheuchte er den Gedanken.

Schließlich war das I.B.I nicht mehr an ihm interessiert.

Hätte Don nicht gewusst, dass er in der Nautilus auf dem Weg zur Venus war, hätte er glauben können, in der Valkyrie zum Mars zu fliegen. Die Raumschiffe gehörten der gleichen Klasse an, und im leeren Weltraum sieht alles gleich aus. Die Sonne wurde täglich größer, aber man blickte nie direkt in die Sonne, nicht einmal auf Mars. Der Tagesablauf an Bord richtete sich nach der Greenwichzeit, wie auf allen Linern im All. Frühstück pünktlich nach dem Glockenzeichen. Die Position des Schiffes wurde jedes Mal zu »Mittag« verkündet. »Nachts« wurde das Licht gedämpft.

Selbst die Anwesenheit der Soldaten auf dem Schiff war nicht augenfällig. Sie hielten sich vorn auf, wohin Zivilisten nur ausnahmsweise durften. Das Schiff war zweiundvierzig Tage unterwegs, ehe Don wieder einen Grund hatte, nach vorn zu gehen. Er wollte sich einen Schnitt im Finger in der Krankenstation verbinden lassen. Auf dem Weg legte jemand ihm plötzlich die Hand auf die Schulter. Erschrocken drehte er sich um.

Da erkannte er Sergeant McMasters. Der Sergeant trug einen Stern am Ärmel, was ihn als Bordpolizist auswies. »Was schnüffelst du hier herum?«

Don hielt den Finger hoch. »Ich habe nicht geschnüffelt, ich muss verbunden werden.«

McMasters betrachtete den Finger. »Hübscher Schnitt. Aber du bist im falschen Korridor. Der hier führt zum Bombenspeicher. Sag mal, habe ich dich nicht schon früher gesehen?«

»Allerdings.«

»Jetzt erinnere ich mich. Du bist der Bursche, der zum Mars wollte.«

»Ich will immer noch zum Mars, und das werde ich auch schaffen.«

»Ach ja? Da hast du aber eine ziemlich lange Umleitung gewählt, ungefähr hundert Millionen Meilen. Aber das erklärt immer noch nicht, weshalb ich dich auf dem Weg zum Bombenspeicher erwischt habe.«

Don spürte, dass er rot wurde. »Ich habe keine Ahnung, wo die Bomben liegen. Wenn ich den falschen Korridor genommen habe, zeigen Sie mir den richtigen.«

»Komm mit.« Der Sergeant führte ihn zwei Decks tiefer, wo die Drehung des Schiffes sie schwerer machte, in ein Büro. »Setzt dich. Der Offizier vom Dienst kommt gleich.«

Don blieb stehen. »Ich will diesen Offizier nicht sehen. Ich will zurück in meine Kabine.«

»Setz dich, habe ich gesagt. Ich erinnere mich an deinen Fall. Vielleicht hast du dich tatsächlich verirrt, vielleicht aber bist du absichtlich in diesen Korridor gegangen.«

Don schluckte seinen Zorn hinunter und nahm Platz. »Nimm es nicht persönlich«, sagte McMasters. »Wie wär's mit einem Schluck?« Er ging zur Kaffeemaschine und schenkte zwei Tassen ein.

Don zögerte, dann nahm er eine Tasse. Es waren venerianische Bohnen, schwarz, bitter und sehr stark. Don fand den Sergeant eigentlich ganz sympathisch. McMasters trank einen Schluck und grinste. »Du bist ein echter Glückpilz. Eigentlich wärst du jetzt nämlich eine Leiche.«

»Was?«

»Planmäßig solltest du mit der Glory Road zur Erde fliegen, stimmt's?«

»Ich kann Ihnen nicht folgen …«

»Ist die Nachricht nicht nach hinten gedrungen? Die Glory hat es nicht geschafft.«

»Abgestürzt?«

»Nein! Die Erdschweine der Föderation haben die Nerven verloren und sie abgeschossen. Sie haben wohl angenommen, dass sie mit Sprengstoff gefüllt war. Auf alle Fälle haben sie das Schiff in die Luft gejagt.«

»Du liebe Zeit!«

»Deshalb bist du ein Glückspilz. Schließlich hättest du normalerweise drin gesessen.«

»Aber das habe ich nicht. Ich bin auf dem Weg zum Mars.«

McMasters schaute ihn an und lachte. »Junge, Junge, du denkst nur an das Eine! Du bist ja so schlimm wie ein ›Hauab‹.«

»Möglich, aber ich komme trotzdem auf den Mars.«

Der Sergeant stellte seine Tasse ab. »Warum nimmst du nicht Vernunft an? Dieser Krieg dauert zehn oder fünfzehn Jahre. Wahrscheinlich fliegt während dieser Zeit kein einziges Schiff zum Mars.«

»Ich schaffe es trotzdem. Und überhaupt … wie kommen Sie darauf, dass der Krieg so lang dauern wird?«

»Hast du dich je mit Geschichte befasst?«

»Ein bisschen.«

»Erinnerst du dich, wie die amerikanischen Kolonien sich von England gelöst haben? Acht Jahre lang haben sie herumgetrödelt, ab und zu mal ein Scharmützel – und England war so stark, dass es die Kolonien an einem Wochenende hätte besiegen können. Aber warum ist das nicht geschehen?«

Das wusste Don nicht. »Du bist offenbar kein Historiker, aber Commodore Higgins ist einer. Er hat diesen Coup geplant. Du kannst ihn zu jeder Rebellion befragen, die es je gegeben hat. Er kann dir genau erklären, weshalb sie Erfolg hatte oder warum sie scheitern musste. England hat die Kolonien nicht besiegt, weil es bis über beide Ohren anderweitig in Kriege verstrickt war. Die amerikanische Rebellion war lediglich eine ›Polizeiaktion‹ – nicht wichtig, deshalb schenkten sie ihr nicht die nötige Aufmerksamkeit. Nach einer gewissen Zeit wurde die Sache zu teuer und zu beschwerlich, deshalb gab England auf und erkannte die Unabhängigkeit an.«

»Und Sie teilen diese Auffassung?«

»Ja. Weil Commodore Higgins sie in die Praxis umgesetzt hat. Die Venusrepublik kann gegen die Föderation nicht siegen. Glaub mir, ich bin wirklich ein guter Patriot, aber ich verlasse mich auf Fakten. Venus verfügt nicht über den Bruchteil der Bevölkerung der Föderation und nicht einmal über ein Prozent ihres Reichtums. Venus kann nicht siegen, es sei denn, die Föderation ist zu beschäftigt, um zu kämpfen. Und dieser Fall ist eingetreten – oder wird bald eintreten.«

Don dachte nach. »Ich fürchte, das kapiere ich nicht.«

»Hast du nicht begriffen, wie wichtig es war, Circum-Terra in die Luft zu jagen? Mit einer einzigen Aktion hat der Commodore die Erde hilflos gemacht. Er hätte sämtliche Städte auf Terra bombardieren können. Aber was hätte das gebracht? Es hätte nur den gesamten Globus gegen uns aufgehetzt. Jetzt aber jubeln uns zwei Drittel der Erdbewohner zu. Sie jubeln nicht nur, sie fühlen sich wie neu geboren und sind bereit, ebenfalls zu rebellieren, nachdem Circum-Terra nicht mehr am Himmel hängt und beim ersten Zeichen von Unruhe Bomben werfen kann. Die Föderation braucht Jahre, um die anderen Nationen zu beschwichtigen – wenn überhaupt. Ja, der Commodore ist ein schlauer Fuchs!« McMasters hob den Kopf. »Achtung!«, rief er und sprang auf.

Ein Lieutenant der Hohen Garde stand auf der Schwelle. »Das war ein sehr interessanter Vortrag, Professor, aber Sie sollten ihn sich fürs Klassenzimmer aufheben«, sagte er.

»Nicht ›Professor‹, Lieutenant«, sagte McMasters ernst. »›Sergeant‹.«

»Also gut, Sergeant, wer ist das, und warum treibt er sich hier herum?«, fragte er und deutete auf Don.

»Wir haben auf Sie gewartet, Lieutenant«, erklärte McMasters.

»Verstehe.« Der Offizier wandte sich an Don. »Verzichten Sie auf Ihr Recht, die Aussage zu verweigern?«

Don schaute verwirrt.

»Er meint, ob du in den Bau wandern willst oder freiwillig mitspielst«, sagte McMasters.

»Mitspielen?«

»Lügendetektor.«

»Nur zu. Ich habe nichts zu verbergen.«

»Ich wünschte, das könnte ich auch von mir behaupten. Setz dich da drüben hin.« McMasters öffnete eine Schrankklappe, legte Elektroden an Dons Kopf und band ihm eine Art Luftpumpe, ein Messgerät, um den Unterarm. »Und jetzt erzähl mir den wahren Grund, warum du dich in der Nähe des Bombenspeichers herumgetrieben hast.«

Don blieb bei seiner Geschichte. McMasters stellte ihm weitere Fragen, während der Leutenant einen »Zitter«-Anzeiger an Dons Hinterkopf beobachtete. Schließlich sagte er: »Das reicht, Sergeant. Bringen Sie ihn dorthin zurück, wo er hingehört.«

»Jawohl, Sir. Komm mit!« Sie verließen den Raum. Sobald sie außer Hörweite waren, sagte McMasters: »Ich wollte dir gerade erklären, weshalb du mit einem langen Krieg rechnen kannst, als wir so abrupt unterbrochen worden. Der ›status‹ wird ›quo‹ bleiben, solange die Föderation zu Hause damit beschäftigt ist, Aufstände und Unruhen in der Bevölkerung niederzuschlagen. Ab und zu schicken sie einen Jungen, um die Arbeit eines Mannes zu tun. Dem schlagen wir auf die Finger und schicken ihn nach Hause. Nach einigen Jahren wird die Föderation feststellen, dass wir sie mehr kosten, als wir wert sind, und uns als freie Nation anerkennen. Bis dahin werden keine Schiffe zum Mars fliegen. Tut mir Leid, Junge.«

»Ich schaffe es zum Mars«, erklärte Don starrköpfig.

»Dann musst du zu Fuß gehen.«

Jetzt hatten sie das G-Deck erreicht. Don blickte sich um und sagte: »Von hier aus kenne ich den Weg. Offenbar bin ich ein Deck zu tief geraten.«

»Zwei Decks«, verbesserte McMasters ihn. »Aber ich bringe dich bis in deine Kabine. Übrigens gäbe es eine Möglichkeit, wie du zum Mars kommen könntest – wahrscheinlich die einzige Chance.«

»Bitte, sagen Sie es mir!«

»Überleg mal. Bis der Krieg vorbei ist, wird es keine Passagierflüge geben, aber ich bin sicher, dass sowohl die Föderation als auch die Republik Spezialeinheiten zum Mars schicken werden, die den Weg für die Hauptstreitkräfte ebnen sollen. Wenn ich du wäre, würde ich mich zur Hohen Garde melden. Nicht die Mittlere Garde, nicht die Bodenstreitkräfte, nur die Hohe Garde.«

Don dachte nach. »Aber groß wären meine Chancen nicht, oder?«

»Du hast wohl keinen blassen Schimmer, wie es beim Militär zugeht, was? Du musst dir einen Job in der Schreibstube besorgen. Wenn du es geschickt anstellst und die richtigen Stiefel leckst, bleibst du als Schreibstubenhengst im Hauptquartier. Damit bist du immer nahe an der Gerüchteküche und erfährst, wann sie ein Schiff zum Mars schicken. Leck wieder die richtigen Stiefel, und dann stehst du auf der Liste. Das ist deine einzige Chance, zum

Mars zu kommen. So, hier ist deine Kabine. Pass auf, dass du nicht wieder zu weit nach vorn wanderst.«

In den nächsten Tagen überdachte Don McMasters' Worte. Immer noch hielt er stur an der Idee fest, dass es ihm gelingen werde, eine Passage zum Mars zu ergaunern, wenn er erst einmal auf Venus wäre. McMasters zwang ihn, diesen Plan zu überdenken. Er konnte sich ausmalen, an Bord eines Schiffes zum Mars zu gelangen – sei es legal oder illegal, als zahlender oder als blinder Passagier. Aber was, wenn überhaupt kein Schiff zum Mars flog? Ohne Schiff führte kein Weg dorthin.

Aber dieser Gedanke, in die Hohe Garde einzutreten? Eine sehr drastische Maßnahme, und es stand nicht einmal fest, ob es funktionierte. Don hatte zwar nicht viel Ahnung vom Militär, aber er hegte den Verdacht, dass der Sergeant die Sache sehr vereinfacht dargestellt hatte. Mithilfe der Hohen Garde zum Mars fliegen zu wollen, könnte eine ebenso große Pleite werden, wie als Anhalter einen Tornade in Kansas zu benutzen.

Andererseits war er in dem Alter, in dem die Vorstellung des Militärdienstes verlockend erschien. Wären seine Gefühle für Venus stärker, könnte er sich durchaus einreden, dass es seine Pflicht sei, sich freiwillig bei den Kolonisten zu melden, ganz gleich, ob er auf diese Weise zum Mars gelangte oder nicht.

Es gab noch einen weiteren verlockenden Aspekt

des Militärdienstes: Er würde sein Leben in geordnete Bahnen lenken. Allmählich spürte er die Tragödie eines Staatenlosen: den Verlust der Wurzeln. Der Mensch braucht Freiheit, aber nur wenige sind stark genug, in völliger Freiheit glücklich zu sein. Ein Mensch muss Teil einer Gruppe sein, mit akzeptierten und geachteten Beziehungen. Manche Menschen treten aus Abenteuerlust in eine Fremdenlegion ein, andere unterzeichnen ein Schriftstück, mit dem sie in ein Rahmenwerk aus Pflichten, Sitten und Tabus eintreten, wo es eine Zeit für die Arbeit gibt und eine für die Freizeit, wo er einen Kameraden findet, mit dem er reden und einen Sergeant, den er hassen kann – kurz: ein Platz, an den er gehört.

Don war ein Verschleppter, ein Wanderer in der Geschichte. Er besaß nicht einmal einen Heimatplaneten. Es war sich dieses Bedürfnisses nicht bewusst, betrachtete aber die Soldaten der Hohen Garde und stellte sich vor, wie es wohl wäre, diese Uniform zu tragen.

Die Nautilus landete nicht, sie dockte nicht einmal an der Raumstation an. Stattdessen verringerte sie die Geschwindigkeit, als sie sich dem Planeten näherte, und sie ging auf eine Zwei-Stunden-Pol-zu-Pol-Parkbahn, nur wenige hundert Meilen außerhalb der silbrigen Wolkendecke. Die Venuskolonien waren zu jung und zu arm, um sich den Luxus einer großen Satellitenstation im All leisten zu können. Aber ein schneller Pol-zu-Pol-Orbit brachte das

Raumschiff über die gesamte sich drehende Kugel, mit jedem Überflug eine »Orangenscheibe«, als würde man eine Schnur um einen Ball wickeln.

Ein Shuttle-Schiff konnte von jedem Ort auf Venus aufsteigen und sich mit dem Schiff auf der Parkbahn treffen, dann zurück zum Heimathafen oder an jeden anderen Ort fliegen und dabei theoretisch ein Minimum an Treibstoff verbrauchen. Sobald die Nautilus auf dem Pol-zu-Pol-Orbit angelangt war, schwirrten Shuttles zu ihr hinauf. Eigentlich waren sie eher Flugzeuge als Raumschiffe, denn jedes war zwar abgedichtet und besaß Druckausgleich, um außerhalb der Atmosphäre operieren zu können, die meisten besaßen auch Flügel und waren mit Staustrahltriebwerken und Raketendüsen ausgestattet. Wie Frösche waren sie beiden Umwelten angepasst.

Man startete diese Shuttles von Katapulten, dann sprangen die Staustrahltriebwerke an, und sie stiegen mittels der Flügel hoch hinauf in die dünnen kalten Höhen der oberen Stratosphäre, bei Geschwindigkeiten von über dreitausend Meilen pro Stunde. Dort stellten die Staustrahltriebwerke aus Mangel an Sauerstoff den Betrieb ein, die Raketendüsen verliehen den kleinen Schiffen Geschwindigkeiten von ungefähr zwölftausend Meilen pro Stunde, wodurch sie am Raumschiff andocken konnten.

Ein kitzliges Manöver! Man brauchte dazu präzise mathematische Berechnung von Zeiten, Kreisbahnen, Treibstoffverbrauch und Wetterbeobachtungen. Der Pilot musste darüber hinaus ein Virtuose sein – aber man sparte damit Geld. War der Shuttle einmal beladen, brauchte man ihm nur einen kleinen Raketenstoß gegen die Kreisbahnrichtung zu geben, worauf er in eine niedrigere Flugbahn geriet, die schließlich die Atmosphäre schnitt, sodass der Pilot wie in einem Segelflieger praktisch gratis zur Oberfläche zurückkehrte. Dabei wird die wahnwitzige Geschwindigkeit durch das Eintauchen in die immer dichtere Luft aufgezehrt. Auch bei diesem Manöver musste der Pilot wieder ein Künstler sein, denn er musste gleichzeitig die Fluggeschwindigkeit verringern – aber nicht zu sehr, damit er ans Ziel gelangte. Wenn ein Shuttle draußen im Busch landete, tausend Meilen vom Flughafen entfernt, würde er nie wieder eine Reise antreten, selbst wenn Pilot und Passagiere die Bruchlandung überlebten.

Don ging mit der Cyrus Buchanan runter, einem schmucken kleinen Schiff mit höchstens hundert Metern Flügelspannweite. Durch ein Bullauge beobachtete Don, wie man die Rakete an eine Luftschleuse bugsierte. Dabei fiel ihm auf, dass man die drei Globen der Interplanetary Lines hastig und an der Spitze nicht vollständig übermalt hatte. Jetzt stand da: MITTLERE GARDE – VENUSREPUBLIK. Dieses verschandelte Firmenlogo machte ihm die Rebellion deutlicher als die Sprengung von Circum-Terra. Interplanet war so stark wie die Regierung – etliche behaupteten sogar, die Gesellschaft sei die Regierung. Jetzt hatten beherzte Rebellen gewagt, Schiffe dieses großen Transportkonzerns zu enteignen und die stolzen drei Globen zu übermalen.

Don spürte, wie ihm der Wind der Geschichte eiskalt ins Gesicht blies. McMasters hatte Recht. Jetzt glaubte er, dass kein Schiff von hier zum Mars flog.

Als er an der Reihe war, zog er sich durch die Luftschleusen in die Cyrus Buchanan. Der Steward trug noch die Uniform von Interplanet, aber das Firmenlogo war entfernt worden. Auf die Ärmel hatte man militärische Winkel genäht. Mit dieser Änderung war auch eine Änderung der Haltung eingetreten. Der Mann behandelte die Passagiere effizient, doch ohne die devote Haltung eines Angestellten.

Der Flug nach unten war lange, mühsam und heiß, wie es bei atmosphärischen Bremsmanövern immer der Fall ist. Über eine Stunde nach dem Ablegen fassten die Tragflächen zum ersten Mal wieder. Gleich darauf spürten Don und die anderen Passagiere ihr Körpergewicht, das sie in die Sitze presste. Dann steuerte der Pilot wieder nach oben, weil das Schiff zu heiß wurde, und ließ es im freien Fall dahinschweben. Immer wieder wechselte dieses Eintauchmanöver mit dem freien Fall ab, so wie man einen flachen Stein über das Wasser hüpfen lässt. Eine kosmische, selten unbequeme Achterbahn, in der einem übel wurde.

Don war es egal. Er war wieder ein echter Raumfahrer. Sein Magen war gegen die unterschiedliche Beschleunigung oder den freien Fall immun. Anfangs war er freudig erregt, weil er wieder in den Wolken von Venus war. Aber jetzt langweilte es ihn. Er schlief ein. Eine Veränderung in der Bewegung weckte ihn. Das Flugzeug sauste auf dem letzten Gleitflug hinab. Der Pilot richtete sich nach dem Radarstrahl. Und dann setzte die Cyrus Buchanan auf. Sie hüpfte über die Wellen unter dem Bug und zitterte. Dann kam sie zum Stillstand. Nach einer längeren Wartezeit schleppte man sie zum Liegeplatz. Der Steward stand auf und rief: »New London! Venusrepublik! Papiere bereithalten!«

8.

»Die Füchse haben ihre Höhlen und die Vögel ihre Nester …« Matthäus 8,20

Als Erstes wollte Don zum Büro von I.T. & T., um seinen Eltern ein Telegramm zu schicken, aber so schnell ließ man ihn nicht weg. Die Papiere der Passagiere wurden kontrolliert; außerdem mussten sie sich einer Leibesvisitation unterziehen. Anschließend wurden sie verhört. Don saß nach vielen Stunden immer noch vor dem Büro des Sicherheitsdienstes und wartete auf sein Verhör. Aufgrund seines ungeklärten Status hatte man ihn ans Ende der Schlange geschickt.

Er hatte Hunger, war müde und langweilte sich. Seine Arme juckten; sie waren von den Schultern bis zu den Handgelenken von Nadelstichen übersät, das Ergebnis ausgedehnter Tests auf Immunität gegen die seltsamen Krankheiten und pilzähnlichen Infektionen auf dem zweiten Planeten. Da Don hier früher gelebt hatte, war er gegen die der Venus eigenen Gefahren immun. Das war gut, denn sonst hätte er längere Zeit in Quarantäne zubringen müssen, um die entsprechenden Impfungen zu bekommen. Er rieb sich die Arme und überlegte, ob er nicht langsam Stunk machen sollte. Doch da öffnete sich die Tür. Sein Name wurde aufgerufen.

Er ging hinein. Ein Offizier der Mittleren Garde saß am Schreibtisch und musterte Dons Papiere. »Donald Harvey?«

»Jawohl, Sir.«

»Offen gesagt, gibt Ihr Fall mir Rätsel auf. Ihre Identifikation war kein Problem. Ihre Abdrücke stimmen mit denen von Ihrem letzten Aufenthalt überein. Aber Sie sind kein Bürger.«

»Doch, bin ich. Meine Mutter wurde hier geboren.«

»Hmmm …« Der Offizier trommelte auf der Tischplatte. »Ich bin kein Rechtsanwalt. Ich verstehe Ihren Standpunkt, aber zum Zeitpunkt der Geburt Ihrer Mutter gab es die Venusrepublik nicht. Für mich sieht es aus, als wären Sie ein Testfall ohne Präzedenz.«

»Und was geschieht nun mit mir?«, fragte Don.

»Keine Ahnung. Ich bin mir nicht sicher, ob Sie das Recht haben, hier zu bleiben.«

»Aber ich will gar nicht hier bleiben. Ich bin nur auf der Durchfahrt.«

»Wie bitte?«

»Ich bin auf dem Weg zum Mars.«

»Ach ja. Das habe ich Ihren Papieren entnommen. Tut mir Leid. Aber jetzt wollen wir uns mal vernünftig unterhalten.«

»Ich fliege zum Mars«, erklärte Don stur.

»Klar! Und ich fliege in den Himmel, wenn ich tot bin. Inzwischen halten Sie sich auf Venus auf, ob es uns gefällt oder nicht. Zweifellos werden die Gerichte irgendwann entscheiden, ob sie ein Bürger sind. Mr Harvey, ich habe beschlossen, Sie laufen zu lassen.«

»Wie bitte?« Don war verblüfft. Ihm war nie der Gedanke gekommen, dass seine Freiheit gefährdet sei.

»Ja. Sie scheinen keine Bedrohung für die Venusrepublik zu sein und ich habe keine Lust, Sie auf unbegrenzte Zeit in Quarantäne zu stecken. Bleiben Sie sauber und geben Sie uns sofort Ihre Adresse telefonisch durch, sobald Sie eine Unterkunft gefunden haben. Hier sind Ihre Papiere.«

Don dankte ihm, nahm sein Gepäck und ging schnell hinaus. Draußen kratzte er sich zunächst ausgiebig die Arme.

Am Dock vor dem Gebäude wartete ein Amphibienfahrzeug. Der Steuermann lehnte am Ruder.

»Entschuldigung«, sagte Don. »Ich möchte ein Telegramm aufgeben. Können Sie mir sagen, wo ich das kann?«

»Sicher. Beim I.T. & T., Buchanan Street, Hauptinsel. Gerade mit der Nautilus angekommen?«

»Ja. Wie komme ich da hin?«

»Steigen Sie ein. In fünf Minuten fahre ich hin. Kommen noch mehr Passagiere?«

»Ich glaube nicht.«

»Sie hören sich nicht an wie ein Nebelfresser.« Der Steuermann musterte ihn eindringlich.

»Bin mit dem Zeug groß geworden«, versicherte ihm Don. »Aber ich war mehrere Jahre fort, in der Schule.«

»Gerade noch reingerutscht, was?«

»Ja, scheint so.«

»Da haben Sie Glück gehabt. Aber am besten ist es doch zu Hause.« Der Steuermann betrachtete zufrieden den düsteren Himmel und das dunkle Wasser.

Kurz darauf startete er das Boot und machte die

Leinen los. Das kleine Boot flitzte durch enge Kanäle und um Inseln, die nur wenig über das Wasser herausragten. Wenige Minuten später stieg Don am Fuß der Buchanan Street aus, der Hauptverkehrsader von New London, der Hauptstadt des Planeten.

An der Anlegestelle trieben sich mehrere Leute herum, die Don scharf musterten. Zwei waren Laufburschen von Pensionen. Don schüttelte sie ab und marschierte die Buchanan Street hinauf. Die Straße war sehr belebt, eng, schlammig und gewunden. Auf jeder Seite der Straße war ein Leuchtschild, das durch den ständigen Nebel verkündete: MELDE DICH JETZT! DEINE NATION BRAUCHT DICH! Stand auf dem einen, auf dem anderen: Trink COCA COLA – New-London-Abfüllung.

Das Gebäude von I.T. & T. befanden sich ein Stück weiter unten, beinahe am anderen Ende der Hauptinsel, aber es war leicht zu finden, da es das größte Bauwerk auf der Insel war. Don kletterte über das Süll am Eingang und ging ins Büro der Interplanetary Telefone und Televideo Corporation. Eine junge Dame saß hinter einem Schalter.

»Ich möchte ein Telegramm schicken«, sagte Don.

»Deshalb sitze ich hier.« Sie reichte ihm einen Block und einen Stift.

»Danke.« Don schrieb mit gerunzelter Stirn die Nachricht. Sie sollte beruhigend und informativ sein – und das in möglichst wenigen Worten. Dann gab er den Block der jungen Frau.

Sie zog die Brauen hoch, als sie die Adresse las, sagte aber nichts dazu. Sie zählte die Wörter, schaute in einem Buch nach und nannte den Preis. Don blätterte das Geld hin und stellte schmerzlich fest, dass es ein großes Loch in seine Reisekasse riss.

Sie warf einen Blick auf die Banknoten und schob sie zurück. »Soll das ein Witz sein?«

»Wie bitte?«

»Mir Geld der Föderation anzubieten. Wollen Sie mich in Schwierigkeiten bringen?«

»Oh.« Dons Magen verkrampfte sich, wie so oft in letzter Zeit. »Hören Sie, ich bin gerade mit der Nautilus gekommen. Ich hatte noch keine Zeit, das Zeug zu wechseln. Kann ich das als R-Telegramm schicken?«

»Zum Mars?«

»Was soll ich denn machen?«

»Ein Stück weiter ist eine Bank. Wenn ich Sie wäre, würde ich es dort versuchen.«

»Ja, danke.« Er wollte sein Telegramm mitnehmen, aber sie hielt es fest.

»Ich wollte gerade sagen, dass Sie das Telegramm auch hier lassen können, wenn Sie wollen. Sie haben zwei Wochen Zeit es zu bezahlen.«

»Wie? Vielen Dank.«

»Danken Sie nicht mir. Das Telegramm geht während der zwei Wochen nicht hinaus, und Sie brauchen es erst zu bezahlen, wenn wir es senden können.«

»Zwei Wochen? Warum?«

»Weil Mars jetzt direkt hinter der Sonne ist. Da kommen wir nicht durch. Wir müssen warten, bis die er wieder zum Vorschein kommt.«

»Was ist mit dem Relaissatelliten?«

»Es ist Krieg – oder haben Sie das noch nicht gemerkt?«

»Oh …« Don kam sich dumm vor.

»Wir nehmen noch Privatnachrichten auf dem Terra-Venus-Kanal an, allerdings wird alles zensiert, aber wir können nicht garantieren, dass Ihr Telegramm von Terra zum Mars weitergeschickt wird. Könnten Sie jemanden auf Erde bitten, die weitere Beförderung zu bezahlen?«

»Ich fürchte nein.«

»Nicht schlimm. Wahrscheinlich würde man es selbst dann nicht weiterschicken, wenn jemand dafür zahlt. Die Zensoren der Föderation dürften es kassieren. Lassen Sie das Telegramm hier, ich hebe es auf. Zahlen können Sie später.« Sie las noch einmal den Text. »Sieht aus, als hätten Sie in letzter Zeit viel Pech gehabt. Wie alt sind Sie, Don Harvey?«

Don sagte es ihr.

»Hmmm … Sie sehen älter aus. Ich bin älter als Sie. Ich schätze, das macht mich zu Ihrer Großmutter. Sollten Sie mal Rat brauchen, kommen Sie und fragen Sie Großmutter Isobel – Isobel Costello.«

»Danke, Isobel.«

»Keine Ursache. Der übliche Service von I.T. & T.« Sie lächelte ihn an. Als Don das Gebäude verließ, war er leicht verwirrt.

Die Bank war nahe dem Zentrum der Insel. Don erinnerte sich, dass er daran vorbeigegangen war. Auf der Glastür stand: BANK OF AMERICA & HONGKONG. Darüber hatte jemand ein Kreppband geklebt. Darunter stand in weißer Farbe: New London Trust & Investment Company. Don ging hinein, stellte sich in der kürzesten Schlange an und erklärte seinen Wunsch. Der Mann an der Kasse deutete mit dem Daumen zu einem Schreibtisch hinter einer Absperrung. »Sprechen Sie mit ihm.«

Dort saß ein älterer Chinese in einem langen schwarzen Gewand. Als Don näher kam, erhob er sich und verbeugte sich tief. »Was kann ich für Sie tun, Sir?«

Don erklärte sein Anliegen und legte das Geldbündel auf den Schreibtisch. Der Chinese betrachtete es, rührte es aber nicht an. »Es tut mir sehr leid …«

»Was ist denn?«

»Das Datum, bis zu dem man legal Föderationsgeld in das der Republik umtauschen konnte, ist abgelaufen.«

»Aber ich hatte bis jetzt keine Gelegenheit. Ich bin gerade erst angekommen.«

»Tut mir wirklich sehr leid. Aber ich mache die Vorschriften nicht.«

»Was soll ich denn jetzt tun?«

Der Chinese schloss die Augen und öffnete sie wieder. »In dieser unvollkommenen Welt braucht man unbedingt Geld. Haben Sie irgendwelche Sicherheiten?«

»Nein, ich glaube nicht. Nur meine Kleidung und diese Taschen.«

»Keinen Schmuck?«

»Ich habe einen Ring, aber ich glaube nicht, dass er viel wert ist.«

»Zeigen Sie mal her.«

Don nahm den Ring ab, den Dr. Jefferson ihm

geschickt hatte, und reichte ihn dem Mann. Der Chinese steckte sich eine Uhrmacherlupe vors Auge und betrachtete das Schmuckstück. »Ich fürchte, Sie haben Recht. Nicht mal echter Bernstein. Nur Plastik. Aber dennoch – ein Symbol der Sicherheit bindet einen ehrlichen Menschen ebenso wie Ketten. Ich gebe Ihnen fünfzehn Credits dafür.«

Don nahm den Ring zurück und zögerte. Der Ring war höchstens ein Zehntel dieser Summe wert … sein Magen erinnerte ihn daran, dass er dringend etwas zu essen brauchte. Aber seine Mutter hatte doppelt so viel Geld ausgegeben, um sicher zu gehen, dass er diesen Ring erhielt (oder das Papier, in das er eingewickelt war). Und Dr. Jeffersons Tod stand auch in Zusammenhang mit diesem Ring.

Er steckte ihn zurück auf den Finger. »Das wäre nicht fair. Ich suche mir lieber Arbeit.«

»Ein Mann mit Stolz. In einer neuen und aufblühenden Stadt gibt es immer Arbeit. Viel Glück. Kommen Sie zurück, wenn Sie eine Stelle gefunden haben, dann können wir Ihnen eine Vorschuss auf Ihren Lohn geben.« Der Chinese holte aus den Falten seines Gewandes einen Ein-Credit-Schein hervor. »Aber zuerst müssen Sie etwas essen – ein voller Bauch festigt das Urteilsvermögen. Tun Sie mir die Ehre und nehmen Sie das als Willkommen für einen Neuankömmling.«

Sein Stolz sagte Nein, sein Magen sagte JA! Don nahm den Schein. »Äh … danke. Das ist schrecklich nett von Ihnen. Ich zahle es Ihnen zurück, sobald ich kann.«

»Geben Sie es lieber einem anderen Bruder, der

es nötig hat.« Der chinesische Bankier drückte auf einen Knopf unter der Tischplatte und stand auf.

Don verabschiedete sich und ging.

Am Eingang der Bank hing ein Mann herum. Er ließ Don ein paar Schritte vorausgehen, dann folgte er ihm. Don schenkte ihm keine Aufmerksamkeit, da er zu sehr mit seinen Sorgen beschäftigt war. Langsam dämmerte ihm, dass er den Boden unter den Füßen verloren hatte und es womöglich keine Chance gab, ihn zurückzugewinnen. Sein ganzes Leben hatte er in Sicherheit verbracht. Nie hatte er spüren müssen, dass die Menschheit immer nur mit knapper Not überlebte. Manchmal siegte man, oft verlor man – und musste sterben.

Aber nie und nimmer aufgeben! Auf den knapp hundert Metern der schlammigen Straße wurde er erwachsen und betrachtete seine Situation ganz nüchtern. Er war Millionen Meilen von seinem Zielort entfernt. Er hatte im Moment keine Möglichkeit, seinen Eltern mitzuteilen, wo er sich befand. Es ging auch nicht um zwei Wochen. Er war schlichtweg zu pleite, um das Telegramm zu bezahlen.

Pleite, hungrig, ohne ein Dach über dem Kopf, keine Freunde, nicht mal flüchtige Bekannte – es sei denn, man rechnete Sir Isaac dazu. Aber sein Freund, der Drache, konnte auf der anderen Seite des Planeten sein. Auf alle Fälle nicht nahe genug, um sein Hungerproblem zu lösen.

Er beschloss, dieses Problem mittels des Scheins zu lösen, den ihm der chinesische Banker gegeben hatte. Er sah weiter vorn ein Restaurant und blieb unvermittelt stehen. Ein Mann prallte gegen ihn.

»Entschuldigung«, sagte Don. Der Mann war auch ein Chinese. Das überraschte ihn allerdings nicht, da fast die Hälfte der Arbeiter, die während der Anfänge der Kolonien auf Venus herbei geschafft worden waren, Asiaten gewesen waren. Irgendwie kam ihm das Gesicht des Mannes bekannt vor – vielleicht ein Passagier auf der Nautilus? Nein, er hatte ihn am Dock gesehen.

»Meine Schuld«, meinte der Mann. »Ich hätte aufpassen müssen. Tut mir Leid, dass ich Sie angerempelt habe.« Er lächelte liebenswert.

»Nichts passiert«, sagte Don. »Es war meine Schuld. Ich wollte plötzlich umkehren.«

»Zurück zur Bank?«

»Wie bitte?«

»Geht mich ja nichts an, aber ich habe Sie aus der Bank kommen sehen.«

»Eigentlich wollte ich nicht zurück zur Bank, sondern zu einem Restaurant.«

Der Mann musterte sein Gepäck. »Gerade angekommen?«

»Ja, mit der Nautilus.«

»Aber in das Restaurant wollen Sie nicht, wenn Sie das Geld nicht zum Fenster rausschmeißen wollen. Es ist die reinste Touristenfalle.«

Don dachte an den Ein-Credit-Schein in der Tasche. »Und wo kann man billig und gut essen?«

Der Mann nahm ihm beim Arm. »Ich zeige es Ihnen. Unten beim Wasser. Gehört meinem Vetter.«

»Ich möchte Ihnen aber keine Umstände machen …«

»Das sind keine Umstände. Ich wollte ohnehin

selbst etwas essen. Übrigens, ich heiße Johnny Ling.«

»Freut mich, Sie kennen zu lernen, Mr Ling. Ich bin Don Harvey.«

Das Restaurant war in einer Sackgasse am Ende der Buchanan Street. Auf dem Schild stand: SPEISEN AUS ZWEI WELTEN – Damentische – RAUMFAHRER WILLKOMMEN. Am Eingang hingen drei Hauabs herum. Sie schnupperten und pressten die Schnauzen gegen die Tür. Johnny Ling schob sie beiseite und führte Don hinein.

Ein fetter Kantonese stand hinter der Theke. Er war Herr über Küche und Kasse. »Hi, Charlie«, rief Ling.

»Hallo, Johnny!«, antwortete der Fette. Dann fluchte er in einer Mischung aus Kantonesisch, Englisch, Portugiesisch und der Pfeifsprache. Ein Hauab hatte sich eingeschlichen, als die Tür offen war, und rannte zu den Pasteten. Seine kleinen Hufe klickten auf dem Boden. Trotz seiner Leibesfülle war Charlie verblüffend schnell. Er packte den kleinen Faun am Ohr und marschierte mit ihm hinaus. Immer noch fluchend kehrte Charlie zu den Pasteten zurück, nahm eine heraus, die schon bessere Zeiten gesehen hatte, und warf sie den Fauns vor die Hufe, die sich blökend daraufstürzten.

»Wenn du sie nicht füttern würdest, kämen sie nicht dauernd«, meinte Ling.

»Scher dich um deinen eigenen Kram!«

Mehrere Gäste aßen an der Theke. Sie kümmerten sich nicht um den Zwischenfall. Ling fragte seinen Vetter leise: »Hinterzimmer leer?«

Charlie nickte und drehte ihnen den Rücken zu. Ling führte Don durch eine Schwingtür in eine Nische dahinter. Don setzte sich und griff zur Speisekarte. Dabei überlegte er, wie er für seine bescheidenen Mittel möglichst viel zu essen bekam. Ling nahm ihm die Karte aus der Hand. »Lassen Sie mich bestellen. Charlie ist wirklich ein erstklassiger Koch.«

»Aber …«

»Sie sind mein Gast. Nein, kein Widerspruch. Ich bestehe darauf.« In diesem Moment tauchte Charlie auf. Ling und er unterhielten sich in einem rasend schnellen Singsang. Dann ging er wieder. Gleich darauf kam er mit knusprigen, warmen Frühlingsrollen zurück. Sie dufteten herrlich, und Dons Magen verhinderte jeden weiteren Protest.

Den Frühlingsrollen folgte die Hauptspeise, die Don nicht kannte. Es war auf keinen Fall das übliche chinesische Essen. Es war venerianisches Gemüse dabei, das Don vage aus der Kindheit kannte. Was immer es war, es schmeckte köstlich. Ein warmes, gutes Gefühl breitete sich in seinem Magen aus.

Beim Essen erzählte er Ling seine Lebensgeschichte, mit besonderer Betonung auf die jüngsten Ereignisse, die ihn unerwartet zur Venus gebracht hatten. Es erschien Don nicht höflich, das Essen, zu dem er eingeladen war, wortlos zu verschlingen.

Endlich lehnte Ling sich zurück und wischte sich den Mund ab. »Sie hatten wirklich Pech, Don. Und was haben Sie jetzt vor?«

Don runzelte die Stirn. »Ich wünschte, ich wüsste

es. Ich muss irgendeinen Job finden und einen Schlafplatz. Dann muss ich genug Geld zusammenkratzen oder borgen, um meine Eltern zu verständigen. Sie machen sich Sorgen.«

»Sie haben Geld mitgebracht?«

»Sicher, aber Föderationsgeld. Damit kann ich nichts anfangen.«

»Und Onkel Tom wollte es nicht wechseln. Er ist ein hartherziger alter Knacker, trotz seines Lächelns. Im Grunde ist er immer noch Pfandleiher.«

»›Onkel Tom‹? Der Banker ist Ihr Onkel?«

»Nein, nein, ist nur so eine Redensart. Vor langer Zeit hat er hier ein Leihhaus eröffnet. Schürfer haben bei ihm ihre Geigerzähler verpfändet. Als Nächstes hatte er sich ihre Claims unter den Nagel gerissen. Schon bald gehörte ihm die Hälfte der Gruben der Gegend, und er wurde Banker. Aber wir nennen ihn immer noch ›Onkel Tom‹.«

Don hatte das Gefühl, dass Ling die Verwandtschaft zu eifrig bestritt, aber eigentlich war es ihm egal. Ling fuhr fort: »Wissen Sie, Don, die Bank ist nicht die einzige Stelle, an der Sie Föderationsgeld wechseln können.«

»Was meinen Sie?«

Ling tunkte den Zeigefinger in eine Wasserpfütze auf der Tischplatte und malte das universale Credit-Zeichen. »Selbstverständlich ist es der einzige legale Ort, aber es gibt auch noch andere. Hätten Sie Probleme damit?«

»Nun ja …«

»Eigentlich ist nichts dabei, das Geld zu wechseln.

Es ist ein willkürliches Gesetz. Man hat keinen gefragt. Und schließlich ist es Ihr Geld. Das stimmt doch, oder?«

»Ja, schon.«

»Sie können mit Ihrem Geld machen, was Sie wollen. Aber die Sache muss streng unter uns bleiben – Sie verstehen?«

Don sagte nichts.

»Also, rein hypothetisch gesprochen«, fuhr Ling fort. »Wie viel Föderationsgeld haben Sie?«

»Ungefähr fünfhundert Credits.«

»Zeigen Sie mal.«

Don zögerte. »Machen Sie schon«, sagte Ling. »Trauen Sie mir nicht? So ist es doch nur gut für den Müll.«

Don holte sein Geld heraus. Ling betrachtete es, nahm seine Brieftasche hervor und blätterte Geldscheine auf den Tisch. »Es wird nicht leicht, einige der großen Scheine unter die Leute zu bringen«, meinte er. »Sagen wir … fünfzehn Prozent?« Die Scheine sahen genau wie die aus, die Don auf den Tisch gelegt hatte, aber auf jeder Banknote befand sich der Stempel VENUSREPUBLIK.

Don rechnete schnell. Fünfzehn Prozent von dem, was er hatte, waren fünfundsiebzig Credits – nicht einmal die Hälfte der Kosten des Telegramms zum Mars. Er nahm sein Geld auf und wollte es wieder einstecken.

»Was ist?«

»Das hilft mir nicht. Ich habe Ihnen doch gesagt, dass ich hundertsiebenundachtzig fünfzig für mein Telegramm brauche.«

»Na schön – zwanzig Prozent. Aber nur, weil ich Ihnen einen Gefallen tun will.«

Zwanzig Prozent waren nur hundert Credits. »Nein.«

»Seien Sie vernünftig. Mehr kann ich nicht bieten. Zurzeit bekomme ich acht Prozent Zinsen für mein Geld. Diese Scheinchen muss ich aber verstecken und verliere jedes Jahr acht Prozent. Wenn der Krieg lange dauert, ist es ein ziemlicher Verlust. Was wollen Sie?«

Die Hochfinanz überstieg Dons geistige Fähigkeiten. Er wusste nur, dass für ihn einzig und allein der Preis für das Telegramm interessant war. Er schüttelte den Kopf.

Ling zuckte mit den Achseln und sammelte sein Geld ein. »Ihr Verlust. Übrigens, das ist ein hübscher Ring.«

»Danke.«

»Wie viel Geld brauchen Sie?«

Don wiederholte die Summe. »Ich muss meine Familie benachrichtigen. Ansonsten brauche ich kein Geld. Ich kann arbeiten.«

»Darf ich mir den Ring mal ansehen?«

Don wollte den Ring nicht aus der Hand geben, aber alles andere wäre unhöflich gewesen. Ling streifte ihn über. Er war für seinen knochigen Finger viel zu groß. »Genau meine Größe. Und dazu meine Initiale.«

»Was?«

»Mein Taufname ist ›Henry‹. Wirklich, Don, ich möchte Ihnen gern helfen. Angenommen, wir sagen zwanzig Prozent für Ihr Geld, und ich nehme den Ring für den Rest, den Sie für das Telegramm brauchen. Okay?«

Don hätte nicht sagen können, weshalb er ablehnte. Aber allmählich missfiel ihm Ling, und er bedauerte, dass er ihm eine Mahlzeit schuldete. Die unvermittelte Sinnesänderung ließ ihn stur werden. »Es ist ein Familienerbstück«, erklärte er. »Das kann ich nicht verkaufen.«

»Ach ja? Sie sind kaum in der Situation, sich Sentimentalitäten erlauben zu können. Der Ring ist hier mehr wert als auf Erde, und ich biete Ihnen weit mehr als den echten Wert. Seien Sie kein Dummkopf.«

»Sie haben sicher Recht«, erwiderte Don. »Aber der Ring ist nicht zu verkaufen. Geben Sie ihn mir zurück.«

»Und wenn ich es nicht tue?«

Don holte tief Luft. »In diesem Fall muss ich mit Ihnen darum kämpfen.«

Ling schaute ihn an, dann zog er den Ring ab und ließ ihn auf den Tisch fallen. Ohne ein weiteres Wort verließ er das Hinterzimmer.

Don blickte ihm nachdenklich hinterher. Da schob der Wirt den Vorhang beiseite und knallte ihm die Rechnung auf den Tisch. »Eins sechs«, erklärte er seelenruhig.

»Hat Mr Ling nicht bezahlt? Er hat mich zum Essen eingeladen.«

»Eins sechs«, wiederholte Charlie. »Sie haben gegessen, Sie zahlen.«

Don stand auf. »Wo spült man hier die Teller? Am besten fange ich gleich an.«

9.

KNOCHENGELD

Ehe der Abend vorbei war, hatte Don eine feste Anstellung als Spüler. Der Lohn war gering – Dons Schätzung nach musste er praktisch ewig sparen, um seinen Eltern ein Telegramm zu schicken, aber es gab drei Mahlzeiten, und Charlie war ein hervorragender Koch und unter seiner barschen Art eigentlich ein netter Kerl. Er beurteilte Ling abwertend, wobei er dieselbe blumige Ausdrucksweise verwendete wie gegenüber den Hauabs. Er bestritt jegliche Verwandtschaft zu Ling und verdächtigte ihn höchst abartiger Beziehungen zum Tierreich.

Nachdem der letzte Gast gegangen und der letzte Teller abgetrocknet war, legte Charlie für Don eine Matratze auf den Boden des Hinterzimmers, wo Don gespeist hatte. Während Don sich auszog und ins Bett kroch, fiel ihm ein, dass er eigentlich den Sicherheitsoffizier hätte anrufen sollen, um ihm seine Adresse mitzuteilen. Das mache ich morgen, dachte er schläfrig. Außerdem hatte das Restaurant kein Telefon.

Er wachte in der Dunkelheit auf und hatte ein bedrückendes Gefühl. Panik überkam ihn, weil er glaubte, jemand würde ihn niederdrücken, um ihn auszurauben. Dann aber wurde er hellwach und sah den Grund: Hauabs! Zwei waren bei ihm im Bett. Der eine kuschelte sich an seinen Rücken und hielt sich an der Schulter fest, der andere lag zusammengerollt in seinem Schoß. Beide schnarchten leise. Offenbar hatte jemand die Tür einen Moment offen gelassen, und sie waren hereingehuscht.

Don lachte. Diesen liebebedürftigen kleinen Kreaturen konnte man nicht böse sein. Er kraulte den vor ihm zwischen den Hörnern und sagte: »Hört zu, das ist mein Bett. Und jetzt raus hier, ehe ich ungemütlich werde.«

Beide blökten kurz und kuschelten sich noch enger an ihn. Don stand auf, packte die beiden am Ohr und warf sie durch den Vorhang hinaus. »Und jetzt bleibt draußen!«

Sie waren vor ihm wieder im Bett.

Don gab auf. Das Hinterzimmer hatte keine Tür, die er hätte schließen können. Er hatte auch keine Lust, sie im Dunkeln vors Haus zu werfen, weil er sich darin nicht auskannte, nicht einmal wusste, wo die Lichtschalter waren. Außerdem wollte er Charlie nicht wecken. Schließlich war es nicht schlimm, Hauabs im Bett zu haben. Sie waren reinliche kleine Tiere. Hunde schliefen auch manchmal im Bett, und diese hatten zuweilen Flöhe.

Er schlief nicht gleich wieder ein. Der Traum, der ihn geweckt hatte, quälte ihn immer noch. Er setzte sich auf, tastete nach seinem Geld und steckte es unter die Matratze. Dann fiel ihm der Ring ein. Obwohl er sich leicht dämlich vorkam, steckte er ihn in eine Socke.

Gleich darauf schnarchten alle drei.

Lautes Blöken weckte ihn. Verwirrt setzte Don sich auf. »Haltet das Maul!« Er wollte seinen Bettgenossen einen Schlag verpassen, als eine Hand ihn am Handgelenk packte – eine menschliche Hand.

Er trat um sich und traf irgendetwas. Wieder war lautes Blöken zu hören. Dann das Klick-klick-klick kleiner Hufe auf dem kahlen Boden. Wieder trat er zu und brach sich beinahe einen Zeh. Dann ließ die Hand los.

Er sprang auf. Kampfgeräusche und Blöken. Dann trat Stille ein. Er bemühte sich, in der Dunkelheit zu erkennen, was vor sich ging, als ihn plötzlich Licht blendete. Charlie, ein Handtuch um die Hüften gewickelt, stand mit einem blitzenden Fleischerbeil auf der Schwelle. »Was ist denn los?«, wollte er wissen.

Don gab sich Mühe, die Hauabs, seinen Traum und die Hand zu erklären, aber alles klang sehr verworren. »Du hast abends zu viel gegessen«, meinte Charlie. Trotzdem kontrollierte er das Restaurant. Don folgte ihm.

Charlie fand ein Fenster, an dem der Riegel zerbrochen war. Schweigend ging er zur Registrierkasse. Nichts schien zu fehlen. Charlie nagelte den Riegel fest, schob die Hauabs in die Nacht hinaus und sagte zu Don: »Geh wieder ins Bett und schlafe.« Er verschwand ebenfalls.

Don versuchte zu schlafen, aber es dauerte eine Weile, bis er zur Ruhe gekommen war. Geld und Ring waren noch da. Er steckte den Ring an und schlief mit geballter Faust.

Am nächsten Vormittag hatte Don genügend Zeit

zum Nachdenken, während er die nie endenden Stapel schmutzigen Geschirrs abwusch. Dabei trug er den Ring nicht. Erstens wollte er ihn nicht ins heiße Wasser tauchen, zweitens hatte er Hemmungen, ihn zu zeigen.

War es möglich, dass der Dieb den Ring, nicht das Geld gesucht hatte? Unmöglich – billiger Klunker, höchstens einen halben Credit wert! Hier auf Venus, wo alles teurer war, vielleicht fünf Credits – verbesserte er sich. Draußen zehn.

Aber er machte sich Gedanken. Zu viele Menschen hatten sich zu auffällig dafür interessiert. Er erinnerte sich, wie er den Ring bekommen hatte. Dr. Jefferson hatte sein Leben aufs Spiel gesetzt – und es verloren –, um den Ring zum Mars zu bringen. Nein, das war absurd; deshalb war es nur logisch, dass das Papier, in welches der Ring eingewickelt war, zu seinen Eltern auf Mars kommen sollte. Diesen Schluss hatte das IBI bestätigt, denn dort hatte man das Papier beschlagnahmt.

Aber wenn er davon ausging, dass doch der Ring wichtig war? Wie konnte dann jemand hier auf Venus danach suchen? Er war gerade erst gelandet und hatte zuvor gar nicht gewusst, dass er hierher fliegen würde. Wie konnte sich da jemand für ihn interessieren?

Seine angeborene Sturheit meldete sich. Ja, er schwor einen heiligen Eid beim Spülwasser, dass er mit dem Ring zum Mars fliegen und ihn seinem Vater überbringen würde, wie Dr. Jefferson ihn gebeten hatte.

Am Nachmittag ließ das Geschäft ein wenig nach.

Don trocknete die Hände und sagte zu Charlie: »Ich möchte mal kurz in die Stadt.«

»Was ist los? Willst du dich von der Arbeit drücken?«

»Wir arbeiten doch abends wieder, nicht wahr?«

»Allerdings. Hier ist schließlich kein Teeraum.«

»Okay, ich arbeite vormittags und abends, nachmittags habe ich ein Weilchen frei. Sie haben genügend sauberes Geschirr für die nächsten Stunden.«

Charlie zuckte mit den Schultern. Don ging.

Er stapfte durch den Schlamm zum Gebäude von I.T. & T. In der Halle waren mehrere Kunden, aber die meisten benutzten automatische Telefone und warteten vor den Zellen. Isobel Costello war hinter ihrem Schalter und schien nicht allzu beschäftigt zu sein. Sie plauderte mit einem Soldaten. Don wartete.

Kaum sah sie ihn, fertigte sie den Soldaten ab und kam zu ihm. »Na, da ist ja mein Problemkind! Wir geht's denn, Sohn? Konntest du dein Geld wechseln?«

»Nein, die Bank hat es nicht angenommen. Ich schätze, Sie können wir mein Telegramm zurückgeben.«

»Nicht so eilig! Mars ist immer noch in Konjunktion. Vielleicht stößt du auf eine Goldmine.«

Don lachte. »Höchst unwahrscheinlich.« Er erzählte ihr, wo er arbeitete.

Sie nickte. »Du hättest es schlimmer treffen können. Der alte Charlie ist in Ordnung. Aber dieser Teil der Stadt ist übel, Don. Pass auf dich auf. Besonders, wenn's dunkel ist.«

»Mach ich. Isobel, würden Sie mir einen Gefallen tun?«

»Wenn es nicht unmöglich, illegal oder skandalös ist – ja.«

Don holte den Ring aus der Tasche. »Würden Sie den für mich aufbewahren, bis ich ihn abhole?«

Sie nahm den Ring und betrachtete ihn.

»Vorsichtig«, sagte Don. »Zeigen Sie ihn nicht.«

»Wieso?«

»Ich will nicht, dass jemand weiß, dass Sie ihn haben. Stecken Sie ihn weg.«

»Na schön.« Sie wandte sich ab. Als sie sich wieder umdrehte, war der Ring verschwunden. »Was für ein Geheimnis steckt dahinter?«

»Ich wünschte, das wüsste ich.«

»Was?«

»Mehr kann ich Ihnen nicht sagen. Ich möchte nur, dass der Ring in Sicherheit ist. Jemand versucht ihn mir wegzunehmen.«

»Gehört er dir wirklich?«

»Ja.«

Sie musterte Don scharf. »In Ordnung. Ich passe darauf auf.«

»Vielen Dank.«

»Komm bald wieder vorbei, Don. Ich möchte dich dem Manager vorstellen.«

»Mach ich.«

Sie musste sich wieder um einen Kunden kümmern. Don wartete vor einer Telefonzelle. Dann meldete er seine Adresse den Sicherheitsbehörden am Raumflughafen. Danach ging er zurück zum Abwasch.

Gegen Mitternacht, hundert Teller später, ließ Charlie den letzten Gast hinaus und schloss die Tür ab. Dann aßen die beiden, der eine mit Stäbchen, der andere mit Messer und Gabel. Vorher war dazu keine Zeit gewesen.

Don war beinahe zu müde zum Essen. »Charlie«, fragte er. »Wie haben Sie den Laden ohne Hilfe geführt?«

»Oh, ich hatte zwei Hilfen. Aber sie haben sich freiwillig beim Militär gemeldet. Heutzutage wollen junge Burschen nicht mehr arbeiten. Alle wollen Soldat spielen.«

»Dann mache ich die Arbeit von zwei Leuten. Stellen Sie lieber noch einen Mann ein, sonst melde ich mich auch zum Militär.«

»Arbeit ist gut für dich.«

»Vielleicht. Für Sie scheint die Arbeit jedenfalls wichtig zu sein. Ich habe noch nie jemand gesehen, der so hart geschuftet hat wie Sie.«

Charlie lehnte sich zurück und drehte sich eine Zigarette von dem einheimischen »verrückten Unkraut«. »Bei der Arbeit denke ich oft daran, nach Hause zu gehen. Ein kleiner Garten mit einer Mauer. Ein kleiner Vogel, der für mich singt ...« Er wedelte den Rauch vorm Gesicht davon. »Während ich koche, sehe ich nur meinen kleinen Garten.«

»Hmmm.«

»Ich spare Geld, um nach Hause zu fahren.« Er paffte wild. »Entweder fahre ich nach Hause – oder meine Gebeine.«

Don verstand. Er hatte als Kind oft vom »Knochengeld« gehört. Alle eingewanderten Chinesen hatten die Absicht, einmal nach Hause zurückzukehren. Zu oft aber war es nur ein Päckchen mit Knochen, das diese Reise machte. Die jüngeren, auf Venus geborenen Chinesen lachten über diese Vorstellung. Für sie war Venus das Zuhause und China nur eine ferne Fabel.

Don schüttete Charlie sein Herz aus, ließ aber den Ring weg und alles, was damit zusammenhing. »Sie sehen also, dass ich ebenso sehr zum Mars will wie Sie heim nach China.«

»Mars ist sehr weit weg.«

»Ja, aber ich muss hin.«

Charlie rauchte die Zigarette auf und erhob sich. »Bleib du bei Charlie. Arbeite tüchtig, dann beteilige ich dich am Gewinn. Eines Tages wird dieser blödsinnige Krieg vorbei sein, und dann fahren wie beide nach Hause. Gute Nacht.«

»Gute Nacht.« Don überzeugte sich persönlich, dass keine Hauabs hereingeschlichen waren, und legte sich auch schlafen. Er träumte, wie er einen Geschirrberg hinaufkletterte, ohne je den Gipfel zu erreichen. Dahinter schwebte Mars.

Don hatte Glück, bei Charlie eine Bleibe und ein Dach über dem Kopf gefunden zu haben. Die Stadt platzte aus allen Nähten. Selbst vor der politischen Krise, die aus New London die Hauptstadt einer neuen Nation gemacht hatte, war die Stadt ein belebter Markt für eine Million Quadratmeilen Hinterland und wichtigster Raumhafen des Planeten gewesen. Das derzeitige Embargo wegen des Kriegs gegen den Mutterplaneten konnte bei längerer Dauer der Stadt das Fett absaugen. Aber bis jetzt hatte der Krieg nur dazu geführt, dass es auf den Straßen von gestrandeten Raumreisenden wimmelte, welche die Lustbarkeiten der Stadt genossen.

Auffälliger als die Raumfahrer jedoch waren die viel zahlreicheren Politiker. Auf der Gouverneursinsel, von der Hauptinsel durch ein brackiges Altwasser getrennt, tagte die Generalversammlung der neuen Republik. Im einstigen Gouverneurspalast stritten sich der Regierungschef, sein Ministerpräsident und die Minister um Büroräume und Mitarbeiter. Die blühende Bürokratie schwappte bereits auf die Hauptinsel, die Südinsel, die Ostspitze und die Tombstone-Insel über. Es tobte ein Konkurrenzkampf um Raum, wodurch die Mieten himmelhoch stiegen. Im Kielwasser der Politiker schwammen die unzähligen Wichtigtuer. Beamte, die arbeiteten, und Sonderassistenten, die nicht arbeiteten, sowie Lobbyisten für und Lobbyisten gegen alles, was man sich nur vorstellen kann. Männer, die vorgaben, die Interessen der eingeborenen Drachen zu vertreten, aber nie die Pfeifsprache erlernt hatten, und Drachen, die durchaus fähig waren, für sich selbst zu sprechen – und es auch taten.

Dennoch versank die Gouverneursinsel nicht unter der Last.

Nördlich von New London wuchs auf der Buchanan-Insel eine neue Stadt heran, ein Ausbildungslager für die Mittlere Garde und die Bodentruppen. In der Generalversammlung gab es heftigen Protest gegen diese Ausbildungslager, da deren Nähe eine Aufforderung zum Selbstmord der Hauptstadt und der Nation darstellten, denn eine Atombombe könne den Großteil der Streitkräfte der Venus vernichten. Aber dieser Protest führte zu nichts. Die Soldaten mussten schließlich auch Gelegenheit haben, sich irgendwo erholen zu können. Hätte man die Ausbildungslager irgendwo im Hinterland angesiedelt, würden die Männer desertieren und zurück zu ihren Farmen und Minen gehen.

Viele waren dennoch desertiert. In New London wimmelte es von Soldaten. Das Restaurant »Zwei Welten« war von morgens bis tief in die Nacht überfüllt. Der alte Charlie verließ den Herd nur, wenn er zur Registrierkasse ging. Dons Hände waren vom heißen Wasser und dem Spülmittel stark gerötet. Zwischendurch heizte er den Wasserboiler hinter der Hütte mit öligen Chika-Scheiten, die ein Drache, der den Namen »Daisy« gewählt hatte, (obwohl er männlich war) heranschleppte. Das Wasser elektrisch aufzuheizen wäre billiger gewesen, denn Strom gab es fast kostenlos als Nebenprodukt des Atommeilers westlich der Stadt; aber Geräte, die elektrisch betrieben wurden, waren sehr teuer und kaum zu bekommen.

New London war voll von derartigen Neuland-Kontrasten. Die schlammigen Straßen wurden durch Atomstrom beleuchtet. Shuttles mit Raketenantrieb verbanden die Stadt mit anderen menschlichen Ansiedlungen, aber der Verkehr im Inland fand zu Fuß oder mittels der Gondeln statt, die es anstelle von Taxis oder U-Bahnen gab; einige davon hatten Motoren, andere wurden durch Muskelkraft betrieben.

New London war hässlich, ungemütlich und unfertig, aber ungemein anregend. Don mochte die quirlige Atmosphäre mehr als die luxuriöse Treibhausluft New Chicagos. Die Stadt war wie ein Korb voll Welpen, so belebend wie ein Tritt in den Hintern. Die Luft war erfüllt von neuen Hoffnungen, neuen Problemen.

Nach einer Woche im Restaurant kam es Don vor, als hätte er sein ganzes Leben dort verbracht. Aber er war nicht unglücklich darüber. Ja, die Arbeit war schwer, und er war immer noch fest entschlossen, irgendwann zum Mars zu fliegen, aber erst einmal schlief er gut, aß gut und war nicht untätig … und da waren immer Gäste, mit denen man quatschen und diskutieren konnte: Raumreisende, Soldaten, Politiker kleineren Kalibers, die sich die besseren Restaurants nicht leisten konnten. Das Lokal war ein politischer Diskutierclub und eine Nachrichtenbörse. Der Klatsch, den man bei Charlies Essen austauschte, war oft am nächsten Tag die Schlagzeile der New London Times.

Don behielt die nachmittägliche Pause bei, auch wenn er nichts zu erledigen hatte. Wenn Isobel nicht zu beschäftigt war, lud er sie auf eine Cola ein. Bis jetzt war sie außerhalb des Restaurants Dons einziger Freund. Als er sie wieder einmal vom I.T.&T. Gebäude abholte, sagte sie: »Komm herein. Ich möchte dich dem Manager vorstellen.«

»Was?«

»Wegen deines Telegramms.«

»Isobel, das hat jetzt keinen Sinn, weil ich noch nicht das Geld habe. Ich warte noch eine Woche, dann bitte ich Charlie um Vorschuss. Er findet so leicht keinen Ersatz für mich. Und er wird mir das Geld geben, um mich noch eine Weile zu behalten.«

»Du brauchst so bald wie möglich einen besseren Job. Komm mit.«

Sie öffnete die Tür des Schalters und führte Don zu einem Büro ganz hinten, wo sie ihn einem sorgenvoll dreinschauenden Herrn in mittleren Jahren vorstellte. »Das ist Don Harvey, der junge Mann, von dem ich dir erzählt habe.«

Der Mann schüttelte Don die Hand. »Ach ja. Da war irgendwas mit einem Telegramm zum Mars, sagte meine Tochter.«

Don schaute Isobel an. »Tochter? Sie haben mir nicht gesagt, dass der Manager Ihr Vater ist.«

»Du hast mich nicht gefragt.«

»Schon gut«, sagte Don und wandte sich wieder dem Mann zu. »Ich freue mich, Sie kennen zu lernen, Sir.«

»Ganz meinerseits. Und nun zu diesem Telegramm …«

»Ich habe keine Ahnung, weshalb Isobel mich hergebracht hat. Ich kann das Telegramm nicht bezahlen. Ich habe nur Föderationsgeld.«

Mr Costello betrachtete seine Nägel und machte ein betrübtes Gesicht. »Mr Harvey, laut Vorschrift muss ich für interplanetare Beförderung Bargeld verlangen. Ich würde ja Ihre Föderationsbanknoten akzeptieren, aber das kann ich nicht. Es verstößt gegen das Gesetz.« Jetzt blickte er zur Decke. »Selbstverständlich gibt es einen Schwarzen Markt für Föderationsgeld …«

Don lächelte traurig. »Habe ich schon versucht. Fünfzehn oder zwanzig Prozent ist ein zu niedriger Kurs. Ich könnte mein Telegramm trotzdem nicht bezahlen.«

»Zwanzig Prozent! Der Kurs beträgt zurzeit sechzig.«

»Ach ja? Ich muss wie der letzte Trottel ausgesehen haben.«

»Schon gut. Ich würde Ihnen ohnehin vom Schwarzen Markt abraten. Mr Harvey, ich bin in einer eigenartigen Position, denn ich repräsentiere eine föderative Gesellschaft, die nicht enteignet wurde, bin aber loyaler Republikaner. Wenn Sie jetzt fortgingen und kurz darauf mit republikanischem Geld zurückkämen, nicht mit Geld der Föderation, würde ich die Polizei rufen.«

»Oh, Daddy, das würdest du nicht!«

»Sei still, Isobel. Außerdem ist es nicht gut für einen jungen Mann, sich auf derartige Geschäfte einzulassen.« Er machte eine Pause. »Aber vielleicht können wir etwas tun. Ihr Vater würde für das Telegramm bezahlen, oder?«

»Ja, sicher.«

»Aber ich kann es nicht als R-Telegramm schicken. Geben Sie mir einen persönlichen Schuldschein auf Ihren Vater. Ich akzeptiere ihn anstelle von Bargeld.«

Don antwortete nicht sogleich, sondern dachte kurz nach. Im Namen des Vaters Schulden machen, ohne dass der davon wusste! »Schauen Sie, Mr Costello, Sie könnten eine solchen Schuldschein nicht kassieren – jedenfalls vorläufig nicht. Nehmen

Sie einen Schuldschein von mir! Ich zahle so schnell ich kann alles zurück. Ist das nicht besser?«

»Ja und nein. Ihr Schuldschein würde bedeuten, dass ich Ihr Telegramm interplanetarisch auf Kredit befördere, was verboten ist. Ein Schuldschein, auf Ihren Vater ausgestellt, wäre ein Geschäftsdokument und gleichbedeutend mit Bargeld, selbst wenn ich den Schuldschein nicht einlösen kann. Zugegeben, das klingt nach einem Winkeladvokaten, aber so es nun mal.«

»Danke«, sagte Don. »Aber ich will noch ein Weilchen warten. Vielleicht kann ich das Geld woanders borgen.«

Mr Costello schaute Don an, dann seine Tochter Isobel, und zuckte hilflos mit den Schultern. »Also gut, geben Sie mir Ihren Schuldschein«, meinte er dann. »Stellen Sie ihn auf mich aus, nicht auf die Gesellschaft. Rückzahlung wann immer es geht.«

Don schrieb den Schuldschein. Als er mit Isobel außer Hörweite ihres Vaters waren, sagte er: »Das war sehr großzügig von Ihrem Vater.«

»Ach was!«, erwiderte sie lächelnd. »Daran siehst du nur, wie weit ein liebender Vater geht, um seiner Tochter nicht alle Chancen zu verbauen.«

»Das kapiere ich nicht.«

Sie lächelte. »Schon gut. Großmutter Isobel hat bloß einen Scherz gemacht.«

Don erwiderte das Lächeln. »Wohin darf ich Sie ausführen? Zu Dutchman's auf eine Cola?«

»Überredet.«

Als er zurück ins Restaurant kam, gab es dort nicht nur die unvermeidlichen Stapel schmutzigen Geschirrs, sondern auch eine hitzige Diskussion über das Wehrpflichtgesetz, über das in der Generalversammlung beraten wurde. Don spitzte die Ohren. Sollte die Wehrpflicht kommen, war er mit Sicherheit ein gefundenes Fressen. Dem konnte er zuvorkommen, wenn er sich freiwillig für die Hohe Garde meldete. McMasters' Rat kam ihm in den Sinn. »Die einzige Möglichkeit, zum Mars zu kommen ...«

Die meisten schienen für die Wehrpflicht zu sein. Auch Don fielen keine triftigen Gegengründe ein, die dagegen sprachen, selbst wenn er davon betroffen wäre. Ein kleiner Mann hatte den anderen zugehört. Jetzt räusperte er sich. »Die Wehrpflicht wird nicht kommen«, erklärte er lakonisch.

Ein Copilot antwortete ihm. Er trug noch die drei Globen am Kragen. »Was weißt du schon, Kurzer?«

»Ziemlich viel. Darf ich mich vorstellen: Senator Ollendorf aus der CuiCui-Provinz. Erstens benötigen wir keine Wehrpflicht. Unsere Auseinandersetzung mit der Föderation braucht keine große Armee. Zweitens entspricht es nicht dem Wesen unserer Leute. Durch den drastischen Prozess selektiver Einwanderung haben wir hier auf Venus eine Nation hartgesottener Individualisten, beinahe schon Anarchisten. Sie mögen den Wehrdienst nicht. Drittens werden die Steuerzahler keine Riesenarmee unterstützen. Wir haben jetzt schon mehr Freiwillige, als wir bezahlen können. Und als Letztes werden meine Kollegen und ich mit drei zu eins dagegen stimmen.«

»Warum hast du dir die Mühe gemacht, die ersten drei Gründe aufzuzählen, Kurzer?«, fragte der Copilot.

»Ich habe nur die Rede geübt, die ich morgen halte«, erwiderte der Senator. »Und nun, Sir, da Sie sich für die Wehrpflicht so stark machen, sagen Sie mir doch bitte – weshalb sind Sie noch nicht in die Hohe Garde eingetreten? Offensichtlich sind Sie dafür qualifiziert.«

»Das will ich Ihnen sagen. Erstens bin ich kein Kolonist, demnach ist es nicht mein Krieg. Zweitens ist das mein erster Urlaub, seit man die Schiffe der Comet-Klasse still gelegt hat. Und drittens habe ich mich gestern verpflichtet und vertrinke mein Handgeld, ehe ich einrücke. Ist Ihre Neugier nun gestillt?«

»Voll und ganz, Sir. Darf ich Ihnen etwas zu trinken spendieren?«

»Der alte Charlie serviert nichts außer Kaffee – das sollten Sie wissen. Hier, nehmen Sie einen Becher und erzählen Sie, was die da drüben auf der Gouverneursinsel so auskochen. Plaudern Sie mal aus dem Nähkästchen.«

Don hielt die Ohren offen und den Mund (wie üblich) geschlossen. Unter anderem erfuhr er, weshalb der Krieg – abgesehen von der Zerstörung Circum-Terras – zu keinen weiteren militärischen Aktionen führte. Es lag nicht nur an den Entfernungen, die zwischen dreißig und über hundertfünfzig Millionen Meilen variierten und militärische Kommunikation erschwerten, sondern hauptsächlich an der Angst vor Rache. Das alles hatte zu einer Art Patt-Situation geführt.

Ein Sergeant im technischen Dienst bei der Mittleren Garde erklärte allen, die es hören wollten: »Mit Alarmübungen für einen Angriff aus dem All will man jetzt alle die halbe Nacht wach halten. So ein Blödsinn! Terra greift nicht an – die hohen Tiere, die in der Föderation das Sagen haben, sind zu klug dazu. Der Krieg ist vorbei.«

»Warum greifen sie Ihrer Meinung nach nicht an?«, fragte Don. »Wir sitzen hier doch wie Enten auf dem Teich.«

»Ja. Eine Bombe, und dieses Schlammloch ist weg vom Fenster. Ebenso Buchanan und CuiCui-Stadt. Aber was nützt ihnen das?«

»Keine Ahnung, aber ich möchte ungern von einer A-Bombe getroffen werden.«

»Das wirst du nicht. Benutze deinen Verstand. Sie erledigen ein paar Geschäftsleute und jede Menge Politiker – aber sie treffen nicht das Hinterland. Die Venusrepublik ist praktisch unzerstörbar, weil diese drei Punkte die einzigen auf dieser Nebelwelt sind, wo sich ein Bombardement lohnt. Und was passiert danach?«

»Sagen Sie's.«

»Eine kleine Vergeltungsmaßnahme, mehr nicht. Commodore Higgins hat all die Bomben von Circum-Terra in die Luft gejagt. Wir haben einige ihrer schnellsten Schiffe und die lohnendsten Ziele der Geschichte der Menschheit zu beschießen. Alles, von Detroit bis Bolivar – Stahlwerke, Kraftwerke, Fabriken. Sie werden es nicht riskieren, uns an der Nase zu ziehen. Sie wissen, dass wir sie dann in den Bauch treten. Sehen wir das Ganze doch logisch!«

Der Sergeant stellte den Becher ab und sah sich triumphierend um.

Ein stiller Mann am Ende der Theke hatte zugehört. Jetzt sagte er: »Ja, aber woher wissen Sie, ob die starken Männer der Föderation Logik benutzen?«

Der Sergeant schaute ihn verblüfft an. »Machen Sie mal 'nen Punkt, Mann! Der Krieg ist vorbei, sage ich. Wir sollten nach Hause gehen. Ich habe vierzig Morgen bester Reisterrassen. Jemand muss die Ernte einbringen. Ich sitze hier herum und spiele Weltraumalarm. Die Regierung sollte etwas unternehmen.«

10.

»Bei meinem Grübeln entbrannte ein Feuer ...«
Psalmen 39,4

Die Regierung tat etwas. Am nächsten Tag wurde das Wehrpflichtgesetz verabschiedet. Don erfuhr mittags davon. Kaum war der Ansturm der Mittagsgäste vorbei, trocknete er sich die Hände ab und ging zur Meldestation, vor der eine lange Schlange stand. Er reihte sich hinten ein und wartete.

Nach über einer Stunde stand er vor einem müde aussehenden Unteroffizier gegenüber. Er saß hinter einem Schreibtisch und schob Don ein Formular hin. »Mit Druckbuchstaben ausfüllen, unten unterschreiben und mit dem Daumenabdruck bestätigen. Danach heben Sie die rechte Hand.«

»Einen Moment«, sagte Don. »Ich möchte mich für die Hohe Garde melden, hier steht aber Bodentruppen.«

Der Unteroffizier fluchte leise. »Alle wollen zur Hohen Garde. Hören Sie zu, mein Junge, die Quote für die Hohe Garde war heute Morgen um neun Uhr schon erfüllt – jetzt nehme ich nicht mal mehr Namen für die Warteliste an.«

»Aber ich will nicht zu den Bodentruppen. Ich bin Raumfahrer.«

Wieder fluchte der Mann, diesmal deftiger. »So sehen Sie aber nicht aus. Ihr Patrioten der letzten Minute macht mich krank – unbedingt in die Raumgarde, damit ihr nicht im Schlamm kriechen müsst.

Gehen Sie nach Hause. Wenn wir Sie haben wollen, benachrichtigen wir Sie, aber es wird bestimmt nicht die Hohe Garde sein. Sie werden ein Plattfußsoldat und Dreck fressen.«

»Aber …«

»Raus, habe ich gesagt!«

Don ging. Als er wieder im Restaurant war, schaute Charlie auf die Uhr dann auf ihn. »Bist du jetzt Soldat?«

»Die wollten mich nicht.«

»Gut so. Hol mir ein paar Tassen.«

Beim Abwaschen hatte Don Zeit zum Nachdenken. Obgleich er sonst nicht dazu neigte, verpassten Gelegenheiten nachzutrauern, tat es ihm jetzt leid, Sergeant McMasters' klugen Ratschlag nicht befolgt zu haben. Wahrscheinlich hatte er sein einzige Chance vertan (so gering sie gewesen sein mochte), zum Mars zu kommen. Mit fast absoluter Sicherheit würde er den Krieg (Monate? Jahre?) als Plattfuß bei den Bodentruppen verbringen, ohne dem Mars näher zu kommen. Eher schickte man ihn in die Gegenrichtung – sechzig, siebzig Millionen Meilen entfernt, wahrlich nicht in Rufweite.

Er überlegte, ob er sich aufgrund seiner Terra-Staatsangehörigkeit drücken könnte, doch er verwarf den Gedenken sehr schnell. Schließlich hatte er auf seinem Recht bestanden, hierher zu kommen, da er Bürger der Venus sei. Es entsprach nicht seinem Charakter, mit demselbem Mund heiße und kalte Luft zu blasen. Und überhaupt lagen seine Sympathien bei der Venus, ganz gleich, wie die Anwälte die Frage seiner Staatsbürgerschaft klären würden.

Überdies hatte er keine Lust, als feindlicher Ausländer hinter Stacheldraht zu landen. Er wusste, dass es drüben an der Ostspitze solch ein Lager gab. Dort den Krieg aussitzen und warten, dass Isobel ihm sonntagnachmittags Päckchen brachte?

Mach dir nichts vor, Don, mein Junge – Isobel ist glühende Patriotin und würde dich wie eine Schlammlaus fallen lassen.

»Was du nicht kannst heilen, musst du erleiden«, sagte schon Konfuzius oder sonst jemand. Jetzt war er hier und musste sich durchschlagen. Die Föderation hatte eigentlich kein Recht, Venus anzugreifen. Wem gehörte der Planet?

Don lag sehr viel daran, mit seinen Eltern in Verbindung zu treten und sie wissen lassen, dass er Dr. Jeffersons Ring hatte. Er wollte nochmals zum Büro der I.T.& T. gehen und sich erkundigen, ob heute Kommunikation möglich sei, als ihm plötzlich einfiel, dass er eine mögliche Hilfsquelle noch nicht versucht hatte – »Sir Isaac«! Gleich nach der Landung hatte er vorgehabt, den Drachenfreund aufzusuchen, aber das hatte sich als schwierig erwiesen. Sir Isaac war nicht in New London gelandet. Don war es auch nicht gelungen, zu erfahren, wo der Drache sich befand. Wahrscheinlich in CuiCui Town oder Buchanan. Da Sir Isaac ein VIP war, hatte die Hohe Garde ihm vielleicht eine Sonderlandung ermöglicht. Er konnte überall auf diesem Planeten sein.

Natürlich konnte man eine so wichtige Person aufspüren, doch der erste Schritt war ein Besuch im Büro für die Angelegenheiten der Ureinwohner, drüben auf der Gouverneursinsel. Das war mit der Gondel eine Fahrt von zwei Stunden und mit Sicherheit jede Menge Bürokratie. Dafür hatte er jetzt nicht die Zeit …

Doch! Er musste sich die Zeit nehmen! Sir Isaac konnte ihn womöglich in die Hohe Garde bringen, Quote oder nicht. Die Regierung war sehr darauf bedacht, dass die Drachen dem neuen Regime freundlich gesonnen waren. Die Menschen waren nur auf Venus, weil die Drachen es duldeten. Das wussten die Politiker.

Don fühlte sich nicht ganz wohl dabei, dass er politische Beziehungen nutzte, aber es gab Zeiten, da half nichts anderes.

»Charlie!«

»Ja?«

»Mach langsam, ich muss noch mal in die Stadt.«

Charlie murmelte mürrisch vor sich hin. Don hing die Schürze auf und ging. Bei I.T. & T. war Isobel nicht an ihrem Platz. Don nannte einem Mitarbeiter seinen Namen und bat um eine Unterredung mit Isobels Vater. Mr Costello begrüßte ihn und sagte: »Ich bin froh, dass Sie gekommen sind, Mr Harvey. Ich wollte Sie sprechen.«

»Ist mein Telegramm durchgekommen?«

»Nein, ich wollte es Ihnen zurückgeben.«

»Wieso?«

»Leider konnte ich es nicht versenden und weiß nicht, wann ich dazu in der Lage bin. Sollte sich in absehbarer Zeit eine Möglichkeit ergeben, können Sie mir einen Schuldschein geben oder Bargeld, sofern Sie welches haben.«

Don beschlich das unangenehme Gefühl, abgewimmelt zu werden. »Einen Moment, Sir. Ich hatte Sie so verstanden, dass heute die früheste Gelegenheit sei, das Telegramm zu versenden. Sind morgen oder übermorgen die Chancen nicht noch größer?«

»Theoretisch ja. Heute hatten wir zwar einige Verbindungen, aber nicht mit Mars.«

»Und morgen?«

»Ich habe mich nicht klar ausgedrückt. Wir haben ein Signal zum Mars geschickt, aber keine Antwort bekommen. Dann haben wir es mit einem Radarstrahl versucht. Das Radarecho kam ganz planmäßig zurück. Zweitausendzweihundertachtunddreißig Sekunden. Daher wissen wir, dass unser Signal durchdrang, aber Schiaparelli Station hat nicht geantwortet – keine Verbindung.«

»Vielleicht ein Defekt?«

»Höchst unwahrscheinlich. Es ist eine duale Station. Sie wird auch zur Astrogation benutzt. Ich fürchte die Erklärung liegt auf der Hand.«

»Ja?«

»Die Streitkräfte der Föderation haben die Station für ihre Zwecke eingenommen. Wir können nicht mit dem Mars kommunizieren, bis sie es zulassen.«

Niedergeschlagen verließ Don das Büro des Managers. Vor dem Gebäude begnete ihm Isobel. »Don!«

»Oh ... hallo, Großmutter!«

Sie war ziemlich aufgeregt und bemerkte seine trübe Stimmung nicht. »Don, ich komme soeben von der Gouverneursinsel. Weißt du was? Sie stellen ein Frauencorps auf!«

»Wirklich?«

»Das Gesetz liegt dem Komitee vor. Ich kann es kaum erwarten. Ich bin selbstverständlich dabei. Ich habe bereits meinen Namen auf die Liste gesetzt.«

»Ja, ich glaube, dass Sie das schaffen«, sagte Don. »Ich habe heute Morgen auch versucht, mich zu melden.«

Sie schlang die Arme um seinen Hals, sehr zur Freude der Kunden in der Halle. »Don!« Sie errötete. »Das hat niemand von dir erwartet. Schließlich ist es nicht dein Kampf. Dein Zuhause ist auf Mars.«

»Ich weiß nicht. Mars ist nicht mein richtiges Zuhause. Außerdem haben sie mich nicht genommen – ich soll auf meine Einberufung warten.«

»Ich bin trotzdem stolz auf dich.«

Auf dem Weg zurück ins Restaurant schämte sich Don, weil er nicht den Mut gehabt hatte, ihr den wahren Grund zu beichten, weshalb er sich gemeldet hatte und warum er abgewiesen worden war. Morgen würde er nochmals zur Meldestelle gehen und sich als Plattfuß einschwören lassen. Er redete sich ein, dass zugleich mit dem Abbruch der Verbindungen zum Mars auch seine Verbindungen zum alten Leben abgebrochen seien. Jetzt musste er sein neues Leben akzeptieren. Besser sich freiwillig melden als eingezogen zu werden.

Doch nach kurzem Nachdenken beschloss er, vorher zur Gouverneursinsel zu fahren und Sir Isaac eine Nachricht zu senden – warum bei den Bodentruppen herumkriechen, wenn sein Freund ihn vielleicht in die Hohe Garde bringen konnte? Es stand jetzt praktisch fest, dass die Hohe Garde eine Mission zum Mars starten würde. Da wollte er dabei sein. Ja, er würde zum Mars kommen!

Und überhaupt konnte er auch noch ein oder zwei Tage auf Nachricht von Sir Isaac warten. Ja, das war am vernünftigsten. Aber leider fühlte er sich nicht besser.

Und an diesem Abend griff die Föderation an.

Selbstverständlich hätte der Angriff nie stattfinden dürfen. Der Sergeant, der auch Reisfarmer war, hatte vollkommen Recht gehabt. Die Föderation konnte ihre großen Städte nicht riskieren, um die Dorfbewohner auf Venus zu bestrafen. Von seinem Standpunkt aus hatte der Mann Recht gehabt.

Ein Reisfarmer hatte seine eigene Logik. Männer, die von der Macht und für die Macht leben, haben eine völlig andere Logik. Ihr Leben basiert auf dürftigen Annahmen, so brüchig wie ein guter Ruf. Sie können es sich nicht leisten, dass ihre Macht in Frage gestellt wird – und die Föderation konnte es sich nicht leisten, diese unverschämten Kolonisten nicht zu bestrafen.

Die Valkyrie, die im freien Fall Venus umkreiste, verpuffte ohne Warnung in einer Wolke aus radioaktivem Gas. Die Adonis, tausend Meilen weiter hinten auf derselben Bahn, sah die Explosion und meldete sie dem Hauptquartier in New London. Dann wurde auch sie zu einem Feuerball.

Don wurde von heulenden Sirenen aus dem Schlaf gerissen. Er setzte sich in der Dunkelheit auf, schüttelte den Kopf und begriff dann erst, was das

Geräusch bedeutete. Aufgeregt schalt er sich einen Dummkopf. In letzter Zeit war öfters die Rede von einem Probealarm gewesen, und genau der fand jetzt statt. Eine Übung.

Trotzdem stand er auf und drückte auf den Lichtschalter. Doch es gab keinen Strom. Er tastete nach seinen Kleidern, steckte das rechte Bein in die Hose und stolperte. Trotzdem war er angezogen, als Charlie ihm mit einer Kerze entgegen kam. In der rechten Hand hielt er das Fleischerbeil.

Das auf und abschwellende Heulen der Sirenen hielt an. »Was ist los, Charlie?«, fragte Don. »Glauben Sie, das die uns tatsächlich angegriffen haben?«

»Wahrscheinlich hat sich irgendein Idiot an den Schalter gelehnt.«

»Möglich. Ich schlage vor, ich gehe in die Stadt und finde heraus, was los ist.«

»Du solltest lieber hier bleiben.«

»Ich bin nicht lange weg.«

Beim Hinausgehen musste Don sich den Weg durch ein Rudel Hauabs bahnen, die alle vor Angst blökten und sich nach innen drängen wollten, zu ihrem Freund Charlie. Schließlich erreichte er die Straße. Zwei der kleinen Tiere begleiteten ihn und schienen in seine Taschen klettern zu wollen.

Im Vergleich zu den Nächten auf Venus sind die finstersten auf Erde wie Zwielicht. In der gesamten Stadt schien es keinen Strom zu geben. Bis zur Buchanan Street hätte Don seine eigenen Finger nicht zählen können, so stockdunkel war es. Auf der Buchanan Street flackerte ab und zu hinter den Fenstern ein Licht auf. Weiter oben hielt jemand eine starke Taschenlampe. Don nahm sie sich als Ziel.

Die Straßen waren überfüllt. Immer wieder stieß er gegen Menschen und hörte Gesprächsfetzen: »… total vernichtet.« – »Nur ein Routinealarm. Ich bin Luftschutzwart, ich weiß das.« – »Warum gibt es kein Licht? Ihre Detektoren können die Elektriziätswerke so oder so aufspüren.« – »He, runter von meinem Fuß.«

Irgendwo unterwegs verlor Don seine Begleiter. Zweifellos hatten die kleinen Faune jemanden gefunden, der wärmer war als er, und sich dort angekuschelt.

Vor dem Büro der New London Times war die Menge am dichtesten. Drinnen hatte jemand eine Notbeleuchtung aufgebaut, mit deren Hilfe man die Bulletins lesen konnte, die ins Schaufenster geklebt waren.

Ganz oben stand: BLITZMELDUNG (INOFFIZIELL) RAUMKREUZER ADONIS MELDET: RAUMKREUZER VALKYRIE UM 00:30 EXPLODIERT. URSACHE UNBEKANNT. NACH ANSICHT DER BEHÖRDEN IST EIN ANGRIFF AUSZUSCHLIESSEN. VERMUTLICH HANDELT ES SICH UM SABOTAGE. WEITERER BERICHT WIRD ERWARTET, KOMMANDANT DER ADONIS.

BERMUDA (AUFGEFANGEN) UNRUHEN IM WESTLICHEN AFRIKA WERDEN ALS »ZWISCHENFALL«, DER VON RELIGIÖSEN AGITATOREN AUSGELÖST WURDE, BEZEICHNET. DIE ÖRTLICHEN POLIZEIKRÄFTE, UNTERSTÜTZT DURCH DIE PATROUILLE DER FÖDE-

RATION, HABEN ANGEBLICH DIE SITUATION UNTER KONTROLLE.

BERMUDA (AUFGEFANGEN) EINE QUELLE AUS DER NÄHEREN UMGEBUNG DES AUSSENMINISTERS MELDET, DASS EINE BALDIGE LÖSUNG DES VENUSZWISCHENFALLS ERWARTET WERDE. ANGEBLICH FINDEN VERHANDLUNGEN ZWISCHEN DEN VERTRETERN DER AUFSTÄNDISCHEN KOLONISTEN UND DEN BEVOLLMÄCHTIGTEN DER FÖDERATION IRGENDWO AUF LUNA IN EINER ATMOSPHÄRE DER FREUNDSCHAFT UND DES GEGENSEITIGEN VERSTÄNDNISSES STATT. (ANMERKUNG: DIESE MELDUNG WURDE VON DER GOUVERNEURSINSEL INOFFiZIZIELL BESTRITTEN.)

NEW LONDON (HAUPTQUARTIER DER GARDE) STABSCHEF BESTÄTIGT DEN SCHADEN AN VALKYRIE, ERKLÄRT JEDOCH, DAS AUSMASS SEI STARK ÜBERTRIEBEN. EINE LISTE DER OPFER WIRD BIS NACH VERSTÄNDIGUNG DER ENGSTEN VERWANDTEN ZURÜCKGEHALTEN. AUSFÜHRLICHER BERICHT VOM KOMMANDANTEN DER ADONIS WIRD IN KÜRZE ERWARTET.

BLITZMELDUNG (INOFFIZIELL) CUI-CUI – NICHT IDENTIFIZIERTE SCHIFFE LAUT RADARMELDUNGEN NÖRDLICH UND NORDWESTLICH DER SIEDLUNG GELANDET. DIE ÖRTLICHE GARNISON IN ALARMZUSTAND. HAUPTQUARTIER DER GARDE LEHNT STELLUNGNAHME AB. WEITERE MELDUNGEN WERDEN ERWARTET.

Don drängte sich nach vorn, um die Bulletins zu lesen und hörte, was die Leute in seiner Umgebung sagten. Jemand meinte: »Die landen nie, das ist so überholt wie ein Bajonettangriff. Wenn sie tatsächlich unsere Schiffe abgeschossen haben – was ich bezweifle –, würden sie im Orbit bleiben und ein Ultimatum funken.«

»Und wenn sie doch gelandet sind?«, meinte jemand anders.

»Sind sie nicht! Diese Bulletins sind reiner Nervenkrieg. Nichts anderes. Unter uns müssen Verräter sein.«

»Das ist nicht neu.«

Drinnen erschien eine schemenhafte Gestalt und klebte ein neues Bulletin an.

BLITZMELDUNG – HAUPTQUARTIER DER GARDE (OFFIZIELL) INFORMATIONSOFFIZIER DES GENERALSTABS BESTÄTIGT MELDUNG, DASS VON NICHT IDENTIFIZIERTEN STREITKRÄFTEN DER FÖDERATION EIN ANGRIFF GEGEN EINIGE UNSERER SCHIFFE ERFOLGTE. DIE SITUATION IST ABER NICHT KRITISCH. ALLE BÜRGER WERDEN DRINGEND AUFGEFORDERT, IN DEN WOHNUNGEN ZU BLEIBEN. VERMEIDEN SIE PANIK UND VERBREITEN SIE KEINERLEI GERÜCHTE. UNTERSTÜTZEN SIE DIE ÖRTLICHEN BEHÖRDEN! WEITERE EINZELHEITEN IM LAUF DES TAGES. WIEDERHOLE: BLEIBEN SIE ZU HAUSE UND UNTERSTÜTZEN SIE DIE BEHÖRDEN.

Ein selbst ernannter Schreihals hatte das Bulletin laut vorgelesen. Die Menge hatte schweigend zugehört. Während er las, verstummten die Sirenen, und die Straßenbeleuchtung flammte auf. Dieselbe Stimme, die sich vorhin über die Dunkelheit beklagt hatte, rief jetzt: »Warum schalten sie das Licht ein? Das ist doch eine Einladung, uns zu bombardieren!«

Weitere Bulletins kamen nicht. Don zwängte sich zwischen der Menge hindurch und wollte zum Gebäude der I.T. & T. Er erwartete nicht, um diese Zeit Isobel dort zu anzutreffen, sondern hoffte, weitere Informationen zu bekommen. Er hatte das Gebäude noch nicht erreicht, als er auf eine Abteilung der Militärpolizei traf, die ihn zurückschickte und die Menge vor dem Nachrichtenbüro auseinander trieb. Nur ein Drache blieb dort und richtete die Stielaugen in verschiedene Richtungen. Er schien sämtliche Bulletins gleichzeitig zu lesen. Don hätte ihn gern gefragt, ob er Sir Isaac kenne, und wenn ja, wo er seinen Freund finden könne, doch ein Militärpolizist scheuchte ihn weiter. Aber den Drachen ließen sie unbehelligt. Er war unbestrittener Herr der Straße.

Der alte Charlie war noch wach. Er saß an einem Tisch und rauchte. Das Fleischerbeil lag vor ihm. Don berichtete, was er herausgefunden hatte. »Charlie, glauben Sie, dass sie landen werden?«

Charlie stand auf, ging zu einer Schublade, holte einen Wetzstein heraus und machte sich daran, die Schneide des Beils zu schärfen. »Schon möglich.«

»Und was sollen wir Ihrer Meinung nach tun?«

»Ins Bett gehen.«

»Ich bin nicht müde. Warum schärfen Sie das Ding?«

»Das ist mein Restaurant.« Er hob das Beil und wog es in der Hand. »Und es ist mein Land.« Er schleuderte das Beil. Es drehte sich zweimal in der Luft und bohrte sich in einen Holzpfosten auf der anderen Seite des Raums.

»Seien Sie vorsichtig! Sie könnten jemand verletzen.«

»Geh ins Bett.«

»Aber ...«

»Du musst schlafen. Morgen wirst du mir für diesen Rat dankbar sein.« Er wandte sich zur Seite. Don brachte nicht mehr aus ihm heraus. Er gab auf und ging ins Bett. Allerdings wollte er nicht schlafen, sondern über alles nachdenken. Noch lange hörte er das Scharren des Wetzsteins auf dem Stahl.

Wieder weckten ihn die Sirenen. Es war schon hell. Er ging nach vorn. Charlie stand am Herd.

»Was ist los?«

»Frühstück.« Mit einer Hand holte Charlie ein Ei aus der Pfanne und legte es auf eine Brotscheibe, mit der anderen knackte er das nächste Ei ins Fett. Er legte eine zweite Scheibe aufs Ei und reichte Don das Sandwich.

Don nahm es und aß einen großen Bissen, ehe er sich bedankte. »Warum lassen sie die Sirenen heulen?«

»Es gibt Kämpfe. Hör genau hin.«

Aus der Ferne waren Explosionen zu hören, dann vernahm man das Zischen eines Nadelstrahls. In den Nebel vor den Fenstern mischte sich der scharfe Geruch von brennendem Holz. »He, sie haben es tatsächlich getan!«, rief Don und biss ins Sandwich.

Charlie brummte etwas.

»Wir sollten abhauen«, sagte Don.

»Und wohin?«

Don wusste keine Antwort. Er aß das Sandwich auf und schaute weiter aus dem Fenster. Der Rauchgeruch wurde stärker. Am Ende der Straße tauchten Männer auf. Sie kamen im Laufschritt näher. »Charlie! Schauen Sie! Das sind nicht unsere Uniformen!«

»Natürlich nicht.«

Die Gruppe blieb stehen. Dann trennten sich drei Mann und kamen die Seitengasse herunter. Sie blieben an jeder Tür stehen und schlugen dagegen. »Rauskommen! Aufwachen! Alle raus!« Zwei kamen zum Restaurant der Zwei Welten. Einer trat gegen die Tür. Sie flog auf. »Raus! Wir stecken die Bude in Brand.«

Der Sprecher trug eine grün gefleckte Uniform mit zwei Winkeln. In den Händen hielt er einen Reynolds-Flammenwerfer und auf den Rücken den dazugehörigen Kanister. Er schaute sich um. »Mann, was für ein Glück!« Dann wandte er sich an seinen Kameraden. »Joe, pass auf, ob der Lieutenant kommt.« Dann blickte er Charlie an. »Und du, Jack, hau ein Dutzend Eier in die Pfanne. Und zwar schnell – wir müssen die Bude gleich abfackeln.«

Don war wie betäubt und brachte kein Wort über die Lippen. Gegen einen Flammenwerfer gab es keine Argumente. Charlie schien das auch so zu sehen, denn er wandte sich zum Herd, als wollte er gehorchen.

Dann aber drehte er sich plötzlich um, das Fleischerbeil in der Hand. Don vermochte kaum mit den Augen zu folgen – ein Aufblitzen, Stahl zischte durch die Luft, ein klatschendes Geräusch, dann steckte das Beil in der Brust des Soldaten.

Der gab keinen Laut von sich, schaute nur verblüfft und glitt langsam zu Boden. Mit den Händen hielt er immer noch den Flammenwerfer umklammert. Dann sank sein Kopf nach vorn, und die Waffe entglitt ihm.

Währenddessen hatte der andere Soldat wie angewurzelt dagestanden. Doch als der Unteroffizier die Waffe aus den Händen gleiten ließ, schien es auf ihn wie ein Signal zu wirken. Er riss seine Waffe hoch und schoss Charlie mitten ins Gesicht. Dann nahm er blitzschnell Don ins Visier. Don starrte genau in die dunkle Mündung des Projektors.

11.

»Du könntest zur Erde zurück ...«

Sie blieben einige Herzschläge lang stehen ... dann senkte der Soldat die Waffe ein wenig und brüllte: »Raus! Schnell!«

Don blickte auf die Waffe. Der Soldat schwenkte sie ungeduldig. Don ging hinaus. Sein Herz schlug wie rasend. Er wollte diesen Soldaten umbringen, der Charlie getötet hatte. Ihm war es egal, dass der Tod seines Arbeitgebers völlig korrekt den Gepflogenheiten der Kriegführung entsprach. Don hatte keinen Sinn für juristische Spitzfindigkeiten. Er stand wehrlos einer Waffe gegenüber, und deshalb gehorchte er. Beim Hinausgehen wedelte der Soldat mit dem Flammenwerfer. Don hörte Zischen, als der Strahl das trockene Holz traf.

Der Soldat setzte den Flammenwerfer ausgiebig ein. Das Restaurant schien zu explodieren. Don war kaum aus der Tür, als es an einem Dutzend verschiedener Stellen lichterloh brannte. Der Soldat sprang ins Freie und scheuchte Don mit vorgehaltener Waffe weiter. »Los, los! Geh zur Buchanan Street.« Don rannte durch die Seitengasse.

Die Straßen war von Menschen überfüllt. Soldaten in grünen Uniformen trieben sie in die Innenstadt. Zu beiden Seiten der Straße brannten Häuser. Die Invasoren zerstörten die gesamte Stadt, gaben den Bewohnern aber die Chance, dem Flammeninferno zu entrinnen. Don war Teil einer gesichtslosen Menge, die in eine Seitenstraße drängte, in der es noch nicht brannte. Kurz darauf waren sie außerhalb der Stadt, doch die Straße führte weiter.

Don war noch nie in dieser Gegend gewesen, bekam aber mit, dass sie zur Ostspitze getrieben wurden, in ein eingezäuntes Lager, das die neue Regierung für feindliche Ausländer gebaut hatte. Die meisten Menschen schienen zu benommen, sich zu widersetzen. Es schien ihnen egal zu sein. Nur eine Frau neben Don schrie verzweifelt. Ihre Stimme hob und senkte sich wie eine Sirene.

Das Lager war zehnfach überbelegt. In den Gebäuden war nicht einmal genügend Platz zum Stehen. Selbst draußen standen die Kolonisten Ellbogen an Ellbogen. Die Soldaten schoben sie hinein und ignorierten die Proteste. Über den Menschenmassen rieselte die weiche graue Asche der Häuser vom bleiernen Himmel.

Auf dem Marsch zum Lager hatte Don sich wieder in den Griff bekommen. Drinnen versuchte er Isobel Costello zu finden. Er bahnte sich einen Weg, fragte und schaute sich suchend um. Mehrere Male glaubte er, sie gefunden zu haben, wurde aber jedes Mal enttäuscht. Auch ihren Vater fand er nicht. Langsam bekam er Albträume, dass seine ungestüme Freundin im Feuer umgekommen war oder mit einem Loch im Kopf in einer Gasse lag.

Seine mühsame Suche wurde durch eine harte Stimme aus Lautsprechern unterbrochen. »Achtung, Achtung! Ruhe! Hier ist Colonel Vanistart von den Friedensstreitkräften der Föderation. Ich spreche im Namen des Militärgouverneurs von Venus. Allen Kolonisten wurde bedingte Amnestie gewährt, abgesehen von denen, die ein Amt in der Rebellenregierung hatten oder Offiziere, die in den Rebellenstreitkräften dienten. Sie werden entlassen, sobald Sie identifiziert werden konnten. Die vor der Rebellion bestehenden Gesetze gelten wieder, vorbehaltlich neuer Gesetze, die vom Militärgouverneur erlassen werden. Besonders zu beachten ist Notstandsgesetz Nummer Eins! Die Städte New London, Buchanan und CuiCui Town sind hiermit aufgelöst. Ab sofort sind keine Gemeinden von mehr als tausend Bewohnern mehr zugelassen. Ohne Erlaubnis des Ortskommandanten dürfen sich nicht mehr als zehn Personen versammeln. Es darf keinerlei militärische Organisation gebildet werden, und auf den Besitz von Energiewaffen steht die Todesstrafe.«

Die Stimme machte eine Pause. Don hörte jemand hinter ihm sagen: »Was erwarten die von uns? Wir haben kein Dach überm Kopf, nichts zum Leben …«

Die rhetorische Frage wurde sogleich beantwortet. Die Lautsprecherstimme fuhr fort: »Die Föderation wird den versprengten Rebellen keine Unterstützung gewähren. Flüchtlinge müssen bei jenen Kolonisten Aufnahme suchen, die ihren Besitz nicht verloren haben. Nach Ihrer Freilassung begeben Sie sich am besten in das umliegende Land und suchen bei Bauern und in kleineren Dörfern Unterschlupf.«

Eine verbitterte Stimme meinte: »Da hast du

deine Antwort, Clara. Denen ist es egal, ob wir leben oder sterben.«

»Aber wie kommen wir von hier weg?«, fragte Clara. »Wir haben nicht mal eine Gondel.«

»Wir werden wohl schwimmen müssen. Oder übers Wasser schreiten.«

Soldaten kamen herein und trieben sie wie Viehtreiber in Gruppen von fünfzig Personen zum Tor. Don hoffte, im Gedränge Isobel zu entdecken. Doch gegen seinen Willen steckte man ihn in die zweite Gruppe. Er zeigte seinen Ausweis, worauf es sofort Probleme gab. Sein Name stand nicht auf den Listen der Stadt. Er erklärte, dass er mit dem letzten Flug der Nautilus gekommen sei.

»Warum haben Sie das nicht gleich gesagt?«, fuhr der Soldat ihn unwirsch an und holte eine andere Liste heraus. »Hannegan ... Hardecker ... das ist es. Harvey, Donald J. Hoppla! Einen Moment – da steht ein Kreuz. Sergeant, dieser Vogel hat ein Politzeichen hinter dem Namen.«

»Rein mit ihm«, lautete die gelangweilte Antwort.

Gleich darauf befand sich Don, zusammen mit einem Dutzend anderer besorgt dreinschauender Bürger, in dem Wachraum am Tor. Doch man führte ihn sofort in ein kleines Büro weiter hinten. Ein großer fetter Mann erhob sich und sagte: »Donald James Harvey?«

»Ja.«

Der Mann trat näher und musterte Don. Dann verzog sich sein Gesicht zu einem fröhlichen Grinsen. »Willkommen, lieber Junge. Willkommen! Ich freue mich riesig, dich zu sehen.«

Don war verwirrt. Der Mann fuhr fort: »Ich nehme an, ich sollte mich vorstellen. Stanley Bankfield, zu deinen Diensten. Politoffizier Erster Klasse, IBI. Im Augenblick Spezialberater seiner Exzellenz, des Gouverneurs.«

Als Don »IBI« hörte, verkrampfte sich sein Inneres, was dem Mann nicht entging. Seine kleinen Augen in den Fettfalten schienen alles zu bemerken. »Ganz ruhig, Junge! Ich meine es gut mit dir. Ich freue mich riesig, dich zu sehen. Allerdings muss ich sagen, dass du mich ganz schön auf Trab gehalten hast. Ich habe dich halb um das System gesucht. Einmal dachte ich sogar, du seist in der Glory Road ums Leben gekommen. Ich habe dein Dahinscheiden bitterlich beweint. Jawohl! Echte Tränen. Aber das ist vorbei. Ende gut, alles gut. Also, her damit.«

»Her mit was?«

»Stell dich nicht dümmer als du bist! Ich weiß alles über dich – fast jedes Wort, seit du ein Baby warst. Ich habe sogar deinem Pferd Lazy Zucker gegeben. Also, gib schon her.«

»Was soll ich hergeben?«

»Den Ring, den Ring!« Bankfield streckte die fleischige Hand aus.

»Ich habe keine Ahnung, wovon Sie sprechen.«

Bankfield zuckte mit den Schultern. »Ich spreche von einem Plastikring, auf dem die Initiale H steht und den der verstorbene Dr. Jefferson dir gegeben hat. Wie du siehst, weiß ich genau, wovon ich rede. Ich weiß, dass du den Ring hast – und jetzt will ich ihn haben. Einer meiner Leute war so dumm, dich damit gehen zu lassen, und wurde deshalb degradiert. Du willst doch nicht, dass mir das auch passiert, oder? Also, gib mir den Ring.«

»Jetzt weiß ich, von welchem Ring Sie sprechen, aber ich habe ihn nicht«, erklärte Don.

»Was sagst du da? Wo ist er?«

In Dons Kopf überschlugen sich die Gedanken. Aber er war fest entschlossen, das IBI nicht nach Isobel suchen zu lassen. Lieber würde er sich die Zunge abbeißen. »Ich nehme an, er ist verbrannt.«

Bankfield legte den Kopf schief. »Donald, mein Junge, ich glaube, du beschwindelst mich – ja, das glaube ich tatsächlich. Du hast einen Sekundenbruchteil gezögert, ehe du geantwortet hast. Nur ein so argwöhnischer Mensch wie ich würde das bemerkt haben.«

»Es ist wahr«, sagte Don. »Jedenfalls glaube ich das. Einer der Affen, der für Sie arbeitet, hat das Haus in Brand gesteckt, als ich wegging. Meiner Meinung nach ist es völlig abgebrannt, und der Ring wurde natürlich vernichtet. Aber vielleicht auch nicht …«

Bankfield schaute ihn misstrauisch an. »Welches Haus?«

»Das Restaurant zu den Zwei Welten, am Ende der Paradiesgasse bei der Buchanan Street.«

Bankfield lief schnell zur Tür und erteilte Befehle. »Setzen Sie so viele Leute ein, wie nötig, und sieben Sie jede Hand voll Asche durch. Los!« Er wandte sich wieder an Don. »Wir dürfen keine Möglichkeit außer Acht lassen. Aber kommen wir noch einmal zu der Möglichkeit, dass du lügst. Warum solltest du den Ring im Restaurant abnehmen?«

»Um Geschirr zu spülen.«

»Was?«

»Ich habe für mein Essen und Quartier im Restaurant gearbeitet. Ich wollte den Ring nicht ins heiße Wasser stecken, deshalb habe ich ihn in meinem Zimmer gelassen.«

Bankfield schürzte die Lippen. »Beinahe hast du mich überzeugt. Deine Geschichte ist stimmig. Aber trotzdem – lass uns beide beten, dass du mich belogen hast und zu dem Ring führen kannst. Dafür würde ich mich sehr dankbar zeigen. Du könntest zurück zur Erde und dort dank einer großzügigen Abfindung ein bequemes Leben führen. Wir haben für derartige Zwecke einen Sonderfonds.«

»Von dem Geld werde ich wohl nichts sehen, es sei denn, Sie finden den Ring im Restaurant.«

»Du lieber Himmel! In dem Fall wird keiner von uns beiden zur Erde zurückkehren. Nein, dann wäre es für mich besser, hier zu bleiben und meine letzten Lebensjahre damit zu verbringen, dir das Leben zur Qual zu machen.«

Er lächelte. »Das war ein Scherz – ich bin sicher, mit deiner Hilfe finden wir den Ring. So, Don, und jetzt sagst du mir, was du damit gemacht hast.« Väterlich legte er den Arm um Dons Schultern.

Don wollte den Arm abschütteln, schaffte es aber nicht. Bankfield fuhr fort: »Wenn ich die richtige Ausrüstung hätte, könnten wir den Punkt sofort klären. Ich könnte aber auch das machen ...« Blitzschnell packte Bankfield Dons kleinen Finger und drückte ihn nach hinten. Don stöhnte vor Schmerz.

»Tut mir Leid. Ich mag solche Methoden eigentlich nicht. Dabei kommt es zu oft vor, dass der Ausführende im Übereifer den Klienten so sehr beschädigt, dass die Wahrheit gar nicht mehr zum Vorschein kommen kann. Nein, Don, wir warten ein paar Minuten. Inzwischen werde ich mit der medizinischen Abteilung sprechen. Ich glaube, Pentothalnatrium ist angezeigt. Das macht dich williger zur Zusammenarbeit.« Bankfield ging wieder zur Tür. »Ordonnanz! Legen Sie den Burschen auf Eis und schicken mir diesen Mathewson rein.«

Don wurde aus der Wache in eine Art Pferch für Gefangene geführt, ungefähr zehn Meter breit und dreißig Meter lang. Eine Längsseite bildete der Zaun, der das gesamte Lager umgab und ihn von der freien Welt abschnitt. Der einzige Zugang war der durchs Wachhaus.

In dem Pferch befanden sich mehrere Dutzend Gefangene, die meisten Männer in Zivil, aber auch Offiziere der Mittleren Garde und der Bodentruppen – noch in Uniform, aber ohne Waffen.

Don suchte sofort nach Isobel, aber sie war nicht zu sehen. Eigentlich hatte er nicht damit gerechnet, sie hier zu finden; trotzdem war er enttäuscht. Ihm lief die Zeit davon. Voller Panik wurde er sich bewusst, dass man ihn schon in wenigen Minuten holen und ihm eine Nadel in die Venen drücken würde. Danach würde er sich gegen das Verhör nicht mehr wehren können, sondern wie ein Kleinkind alles ausplaudern. Bis jetzt hatte man ihn noch nie unter Drogeneinfluss verhört, aber er wusste sehr wohl, was dieses Teufelszeug bewirkte. Selbst tiefe Hypnose konnte ihn gegen einen geübten Ermittler nicht schützen.

Don war sicher, dass Bankfield ein Experte war.

Er ging bis ans Ende des Pferchs, wie ein verängstigtes Tier, das sich hinten in den Käfig zurückzieht. Dort starrte er den Zaun an, der seinen Kopf um ein gutes Stück überragte. Der Drahtzaun war fest und engmaschig und schützte gegen alles – mit Ausnahme von Drachen –, aber man konnte die Hände und Füße in die Maschen stecken und so über den Zaun hinwegklettern. Aber über dem Geflecht liefen drei Drähte, und alle drei Meter hing am untersten Draht ein kleines rotes Schild: ein Schädel mit gekreuzten Knochen und das Wort HOCHSPANNUNG.

Don sah sich um. In dem allgegenwärtigen Nebel, den der Rauch der brennenden Stadt verstärkte, sah man kaum noch das Wachhaus. Don war ziemlich sicher, dass ihn außer den Mitgefangenen niemand sehen konnte.

Er versuchte, einen Fuß in die Maschen zu stellen, aber diese waren zu eng, deshalb zog er die Schuhe aus und versuchte es nochmals.

»Tu's nicht!«, sagte eine Stimme hinter ihm.

Don drehte sich um. Ein Major der Bodentruppen stand hinter ihm. Seine Mütze fehlte, und der linke Ärmel hing zerfetzt und blutig herunter. »Versuch es nicht«, sagte der Major. »Du bist sofort tot. Das weiß ich, weil ich die Installation beaufsichtigt habe.«

»Kann man den Strom nicht abschalten?«

»Sicher – von draußen.« Der Offizier lächelte gequält. »Dafür habe ich gesorgt. Ein Schalter ist unter Verschluss im Wachhaus und einer am Hauptverteiler in der Stadt. Sonst nirgends.« Er hustete. »Entschuldigung – der Rauch.«

Don blickte in Richtung der brennenden Stadt. »Der Hauptschalter im Elektrizitätswerk«, sagte er leise. »Ich frage mich …«

»Wie?« Der Major folgte seinem Blick. »Keine Ahnung. Das Elektrizitätswerk ist feuersicher.«

Eine Stimme klang aus dem Nebel: »Harvey! Donald J. Harvey! Vortreten!«

Blitzschnell kletterte Don den Zaun hinauf. Er zögerte nur kurz, ehe er den untersten Draht vorsichtig mit dem Handrücken berührte. Nichts passierte! Und schon war er darüber und ließ sich auf der anderen Seite fallen. Beim Aufprall verletzte er sich das Handgelenk, rappelte sich jedoch auf und rannte los.

Hinter ihm wurden Schreie laut. Ohne stehen zu bleiben, riskierte er einen Blick über die Schulter. Jemand war auf dem Zaun. Dann hörte er das Zischen eines Strahls. Die Gestalt zuckte zusammen wie eine Fliege, die von einer Flamme erfasst wurde.

Die Gestalt hob den Kopf. Don hörte die Stimme des Majors. »Venus und Freiheit!«, rief er triumphierend. Dann stürzte er nach hinten in den Pferch zurück.

12.

WASSERWÜSTE

Don rannte weiter, ohne zu wissen wohin, aber das war ihm egal. Hauptsache, er kam weg vom Lager. Wieder hörte er das bösartige tödliche Zischen. Er schlug einen Haken nach links und lief noch schneller. Dann zurück nach rechts hinter einen Ginsterstrauch. Er keuchte bereits. Sein Atem kam wie trockener Dampf aus der Kehle.

Dann sah er die Wasserfläche.

Er blieb einen Moment stehen und lauschte. Nichts zu sehen, nur grauer Nebel. Nichts zu hören, außer dem Pochen seines Herzens. Nein, nicht ganz – in der Ferne schrie jemand, und schwere Stiefel bahnten sich einen Weg durchs Gebüsch. Sie schienen von rechts zu kommen, deshalb wandte Don sich nach links und trabte am Wasserrand entlang. Er hielt die Augen offen und hoffte, eine Gondel, ein Skiff zu sehen – alles, was irgendwie schwamm.

Das Ufer bog nach links ab. Er folgte ihm, blieb jedoch stehen, als er bemerkte, dass es ihn zur schmalen Landzunge führte, welche die Hauptinsel mit der Ostspitze verband. Mit Sicherheit stand an der engsten Stelle ein Wachposten. Don glaubte sich zu erinnern, dass er dort einen Posten gesehen hatte, als man ihn mit den anderen Obdachlosen ins Lager trieb.

Er lauschte. Ja, sie verfolgten ihn noch immer. Sie

waren hinter ihm und in seiner Flanke. Vor ihm war nur das Ufer, das ihn aber mit Sicherheit zurück in die Gefangenschaft führte.

Einen Moment lang verzog sich sein Gesicht vor Schmerz und Enttäuschung, aber dann wurde seine Miene wieder zuversichtlich. Entschlossen trat er ins Wasser und watete hinaus.

Don konnte schwimmen, im Gegensatz zu den meisten Venuskolonisten. Auf Venus schwimmt niemand. Es gibt kein Wasser, in dem man schwimmen kann. Venus hat keinen Mond, der Gezeiten verursacht. Die von der Sonne erzeugten Gezeiten rühren die Wasser nur wenig auf. Das Wasser friert nie und nähert sich niemals den kritischen 4° Celsius, bei denen es umgewälzt und »ventiliert« wird. Auf dem Planeten gibt es kein Wetter im eigentlichen Sinne. Die Wasseroberfläche ist ruhig, darunter aber sammelt sich Schlamm an – Jahr für Jahr, Generation für Generation – seit Anbeginn der Zeit.

Don stapfte einfach geradeaus und bemühte sich, nicht an den schwarzen und schwefligen Schlamm zu decken, auf den er trat. Das Wasser war seicht. Er hatte sich bereits über vierzig Meter vom Ufer entfernt, doch es reichte ihm nur bis zu den Knien. Er warf einen Blick zurück und beschloss, sich noch weiter hinaus zu wagen. Wenn er das Ufer nicht sehen konnte, dann konnte man ihn von dort auch nicht ausmachen. Aber er musste aufpassen, dass er nicht im Kreis lief.

Plötzlich sank der Boden ungefähr einen halben Meter ab. Don verlor das Gleichgewicht und schlug wild um sich. Dann gelang es ihm, wieder auf der

Kante festen Fuß zu fassen. Er war froh, dass der Dreck nicht ins Gesicht und in die Augen gekommen war.

Er hörte einen Ruf, und im selben Augenblick zischte es laut, als würde man Wasser auf einen heißen Ofen gießen, nur war das Geräusch sehr viel lauter. Drei Meter vor ihm stieg eine Dampfwolke über dem Wasser auf und vermischte sich mit dem Nebel. Er zuckte zusammen und wollte ausweichen, aber es gab keine Möglichkeit. Die Stimmen vom Ufer wurden durch den Nebel gedämpft, aber dennoch verständlich. »Hierher! Hierher! Er ist ins Wasser gelaufen.«

Aus einiger Entfernung erklang die Antwort. »Ich komme.«

Don bewegte sich mit äußerster Vorsicht weiter. Er tastete mit dem Fuß die Kante ab und stellte fest, dass er auch dahinter noch stehen konnte, wenngleich ihm das Wasser bis zu den Achselhöhlen reichte. Langsam und so leise wie möglich stapfte er weiter. Es war nicht leicht, das Gleichgewicht zu wahren, als er das Zischen der Strahlen hörte.

Der Soldat am Ufer war einfallsreich. Statt wahllos in den Nebel zu feuern, bestrich er die Wasseroberfläche systematisch, als spritze er mit einem Gartenschlauch den Rasen. Don duckte sich, bis nur noch sein Gesicht herausschaute.

Der tödliche Strahl strich nur eine Handbreit über seinem Kopf hinweg. Er konnte den Ozon riechen.

Abrupt verstummte das Zischen. Don hörte einen Soldaten so grässlich fluchen, wie es immer schon beim Militär üblich war. »Aber Sergeant ...«, protestierte jemand.

»Nichts, Sergeant! Lebend! Kapiert? Du hast den Befehl gehört. Wenn du ihn umgebracht hättest, würde ich dich mit einem rostigen Messer in Scheibchen schneiden. Nein, würde ich nicht. Ich würde dich an Mr Bankfield weiterreichen, du hoffnungsloser Idiot.«

»Aber, Sergeant, er ist ins Wasser geflohen. Ich musste ihn aufhalten.«

»Sonst fällt dir nichts ein? Besorg ein Boot! Einen Sucher! Ein Funkgerät! Ruf die Station an und frage, ob sie einen Hubschrauber haben.«

»Woher soll ich denn ein Boot holen?«

»Besorg dir eins! Er kann nicht entkommen. Wir finden ihn – oder seine Leiche. Wenn es die Leiche ist, solltest du dir gleich die Kehle durchschneiden.«

Don hatte genug gehört. Vorsichtig bewegte sich fort von der Richtung, aus der die Stimmen zu kommen schienen. Dann hatte er die Orientierung verloren. Um ihn herum waren nur die schwarze Wasseroberfläche und Nebelschwaden. Eine Zeit lang blieb der Boden eben, dann fiel er wieder ab. Don musste stehen bleiben; weiter waten konnte er nicht.

Er kämpfte die aufsteigende Panik nieder. Immer noch war er in der Nähe der Hauptinsel, nur Nebel trennte ihn vom Ufer. Mit der entsprechenden Ausrüstung, mit Infrarot-Geräten oder solchen mit Radar, konnten sie ihn wie einen Käfer aufspießen. Es war lediglich eine Frage der Zeit, bis sie diese Geräte einsetzten.

Sollte er sich jetzt ergeben? Wenigstens käme er dann aus dieser giftigen Brühe heraus. Sich ergeben und Bankfield erzählen, dass er Isobel suchen müssen, wenn er den Ring finden wollte. Don ließ sich tiefer sinken, stieß sich ab und schwamm los, wobei er sich bemühte, das Gesicht über Wasser zu halten.

Brustschwimmen war nicht gerade seine Stärke, und es wurde zusätzlich erschwert, weil er das Gesicht trocken halten wollte. Der Nacken tat ihm weh. Die Schmerzen verteilten sich rasch auf die Schultern und den gesamten Rücken. Irgendwann später tat ihm alles weh, sogar die Augäpfel – dabei hatte er das Gefühl, in einer Badewanne mit grauen Nebelwänden zu schwimmen. Es schien ihm unmöglich, dass man in dieser Inselwelt, aus der die Provinz Buchanan bestand, so weit schwimmen konnte, ohne an irgendetwas zu stoßen … eine Sandbank, ein Schlickhaufen.

Er trat Wasser und vermochte die müden Beine kaum zu bewegen. Er glaubte, das Rauschen eines Schnellboots zu hören, aber sicher war er nicht. Doch in diesem Moment war es ihm egal. Gefangenschaft kam ihm wie eine Erlösung vor. Aber dann verstummte das Geräusch, und wieder war er allein in einer grauen gesichtslosen Wildnis.

Er drückte den Rücken durch, um weiter zu schwimmen. Da fand sein Zeh Grund. Vorsichtig tastete er umher – ja, Boden. Er blieb stehen und ruhte sich aus. Dann tastete er sich weiter. Der

Boden fiel an einer Seite ab, auf der anderen schien er anzusteigen.

Kurz darauf ragten seine Schultern aus dem Wasser. Wie ein Blinder watete er weiter, ohne etwas zu sehen. Mühsam wahrte er das Gleichgewicht.

Als ihm das Wasser nur noch bis über die Hüften reichte, entdeckte er im Nebel einen dunkleren Streifen. Er ging darauf zu – und steckte gleich wieder bis zum Hals im Wasser. Dann aber stieg der Boden steil an, und kurz darauf kroch er an trockenes Land.

Er hatte nicht den Mut, weiter als bis zu den Chika-Bäumen zu gehen, hinter denen er sich zu Boden warf. Damit war er gegen die Suche abgeschirmt, die von Booten aus durchgeführt wurde. Er blickte an sich herab. An den Beinen hingen über ein Dutzend Schlammläuse, jede so groß wie eine Kinderhand. Angeekelt entfernte er die Biester. Dann zog er das Hemd und die kurze Hose aus und pflückte auch dort ein paar Schlammläuse fort. Offenbar hatte er Glück gehabt, dass ihn nichts Schlimmeres erwischt hatte, denn die Drachen hatte viele Verwandte, ähnlich wie Menschen die Gorillas. Von diesen Geschöpfen waren viele amphibisch – ein weiterer Grund, weshalb Venuskolonisten nicht schwammen.

Zögernd zog Don die nasse und schmutzige Kleidung wieder an, setzte sich mit dem Rücken an einen Baumstamm und ruhte sich aus, aber nur kurz, dann hörte er wieder ein Schnellboot. Diesmal war er ganz sicher. Er verhielt sich so still er konnte und hoffte, die Bäume über ihm würden ihn schützen, bis die Gefahr vorbei sei.

Das Boot kam rechts von ihm nahe ans Ufer. Erleichtert hörte er, wie die Turbine zum Stehen kam. In der Stille vernahm er Stimmen. »Wir müssen diesen Schlammhaufen durchsuchen. Okay, Curly – du und Joe!«

»Wie sieht der Bursche aus, Corporal?«

»Das hat der Captain nicht gesagt. Aber er ist jung, ungefähr so alt wie ihr. Nehmt einfach alles fest, was sich bewegt. Bewaffnet ist er nicht.«

»Ich wünschte, ich wäre zu Hause in Birmingham.«

»Los, macht euch auf die Socken.«

Don machte sich ebenfalls auf den Weg, allerdings in die andere Richtung und so lautlos und schnell er konnte. Die Insel war ziemlich dicht bewaldet. Don hoffte, dass sie auch groß sei. Als Taktik fiel ihm nur ein gefährliches Versteckspiel ein. Nach knapp hundert Metern erschrak er sich beinahe zu Tode, als sich vor ihm etwas bewegte. Waren zwei Patrouillen mit dem Boot an Land gekommen?

Seine Panik legte sich, als er feststellte, dass er keine Menschen, sondern Hauabs vor sich hatte. Sie hüpften blökend zu ihm und drängten sich an ihn.

»Seid still!«, flüsterte er. »Ihr verratet mich.«

Die Hauabs hörten nicht auf ihm. Sie wollten spielen. Umringt von fünf Tieren schlich er weiter. Wie konnte er sich schützen, zu Tode geliebt zu werden? Oder ihretwegen wieder in Gefangenschaft zu geraten? Dann erreichte er eine Lichtung.

Hier war der Rest der Herde, über zweihundert Exemplare, von Babys, die sich gegen seine Knie schmiegten, bis zum graubärtigen alten fetten Patriarchen, der Don bis zur Schulter reichte. Alle begrüßten ihn begeistert und wollten, dass er eine Zeit lang bei ihnen bliebe.

Eine Sorge war von ihm genommen: Er war nicht im Kreis geschwommen und wieder auf der Hauptinsel gelandet. Die einzigen Hauabs auf der Hauptinsel waren halb domestizierte Aasfresser, wie die beim Restaurant. Keine Herden.

Unvermittelt kam ihm der Gedanke, wie er die überwältigende Freundlichkeit der Zweibeiner zu seinem Vorteil nutzen könne. Ungehindert gehen lassen würden sie ihn nicht, das stand fest. Wenn er die Herde verließ, würden einige blökend und schnaubend mit ihm ziehen und ihn verraten. Aber wenn er …

Er ging mitten auf die Lichtung, bahnte sich einen Weg ins Zentrum der Herde und setzte sich auf den Boden.

Prompt kletterten drei Babys auf seinen Schoß. Er ließ sie sitzen. Erwachsene und halbwüchsige Fauns drängten sich blökend an ihn und wollten ihm den Kopf ablecken. Er ließ sie gewähren – jetzt war er von einem lebenden Schutzwall umgeben. Ab und zu verdrückte sich einer aus dem innersten Kreis und verschwand, und etwas zu fressen, aber es waren immer genügend um Don herum, dass er die Umgebung nicht sehen konnte. Er wartete.

Nach geraumer Zeit hörte er vom Rand der Herde aufgeregtes Blöken. Einen Moment lang befürchtete er, seine Leibgarde würde weggelockt, aber die Tierchen wollten ihren privilegierten Platz nicht aufgeben. Der Schutzwall hielt. Jetzt hörte er Stimmen.

»Du meine Güte! Eine ganze Herde von diesen albernen blöden Ziegenviechern!« Dann: »He, runter! Hör auf, mir das Gesicht abzulecken.«

Curlys Stimme antwortete: »Ich glaube, das Vieh hat sich in dich verliebt, Joe. Sag mal, hat Soapy nicht gesagt, wie sollen alles verhaften, was sich bewegt? Sollen wir den hier mit nach Hause nehmen?«

»Vergiss es!« Kampfgeräusche. Dann das schrille, schmerzerfüllte Blöken eines Hauabs.

»Vielleicht sollten wir einen brutzeln und mitnehmen«, fuhr Curly fort. »Ich hab gehört, dass sie verdammt gut schmecken.«

»Wenn du das zu einem Jagdausflug machst, schleppt Soapy dich zum Alten. Los, wir müssen weitersuchen.«

Don hörte, wie die beiden Soldaten am Rand der Herde weitergingen und dabei die anhänglichsten Faune grob beiseite stießen. Er blieb noch lange sitzen, nachdem sie verschwunden waren, und kraulte das Baby unterm Kinn, das auf seinem Schoß eingeschlafen war. Er ruhte sich aus.

Langsam wurde es dunkel. Die Herde begab sich zur Ruhe. Als es ganz dunkel war, lagen alle da und schliefen, mit Ausnahme der Wachposten am Rand. Don war todmüde und hatte keine Ahnung, wie seine nächsten Schritte aussahen; also legte er den Kopf auf das weiche Fell eines Fauns, von denen etliche sich an ihn kuschelten.

Eine Zeit lang dachte er über seine schwierige Lage nach; darüber, was er essen sollte und – viel wichtiger – über Trinkwasser. Schließlich schlummerte er ein.

Die Herde wurde munter. Auch Don wachte auf. Schnauben und Stampfen, vermischt mit dem leisen Wimmern von Jungtieren, die noch nicht ganz wach waren. Don peilte die Lage und stand auf. Er hatte das Gefühl, dass die Herde weiterzog. Faune ästen selten zwei Tage hintereinander auf derselben Insel. Sie schliefen die erste Hälfte der Nacht und zogen vor Tagesanbruch weiter, wenn ihre natürlichen Feinde am wenigsten aktiv waren. Beim Übergang von einer Insel zur anderen benutzten sie Furten, die nur den Führern der Herden bekannt waren – vielleicht aufgrund ihres Instinkts. Die Faune konnten zwar schwimmen, taten es aber sehr selten.

Schön bald bin ich sie los, überlegte Don. Nettes Völkchen, aber zu viel ist zu viel. Dann kam ihm ein Gedanke. Wenn die Hauabs zu einer anderen Insel zogen, würde es bestimmt nicht die Hauptinsel sein, sondern eine, die noch weiter von der Hauptinsel entfernt war als diese hier. Was hatte er zu verlieren?

Irgendwie war ihm leicht schwindlig, aber die Logik schien zu stimmen. Er marschierte mit der Vorhut der Herde. Nach einer etwa einer Viertel Meile durch den Wald stieg der Anführer der Herde ins Wasser. Es war immer noch so dunkel, dass Don es erst merkte, als er bis über die Knöchel nass war. Don hatte Mühe, mit der Herde Schritt zu halten und nicht zurück bleiben, um in der Dunkelheit nicht ins tiefe Wasser zu geraten. Er hoffte, dass sie diesmal nicht schwimmen müssten.

Allmählich wurde es hell, und die Faune bewegten sich schneller. Plötzlich blieb der alte Faun, der die Führung übernommen hatte, stehen, schnaubte und schlug einen Haken. Don hatte keine Ahnung, weshalb, denn der Morgennebel war dicht, und eine Wasserfläche sah genauso aus wie die andere. Doch der eingeschlagene Weg führte zu einer Furt. Über eine Meile folgten sie dem sich windenden Pfad. Dann kletterte der Führer eine Uferböschung hinauf, dicht gefolgt von Don.

Kaum traten sie aus dem Bäumen, die das Ufer säumten, sah Don rechts einen Zaun. Am liebsten hätte er lauthals gesungen. »Lebt wohl, Freunde!«, rief er. »Hier trennen wir uns.« Er lief zum Zaun, während der Großteil der Herde weitertrabte. Nur wenige der putzigen Tierchen musste er gewaltsam verscheuchen. Dann ging er am Zaun entlang. Irgendwann musste er ja einen Eingang finden, der ihn zu Menschen führte. Es spielte keine Rolle, welche Menschen. Sie würden ihm etwas zu essen geben, ihn schlafen lassen und ihn vor den Invasoren verstecken.

Der Nebel war sehr dicht. Gut, dass Don sich an den Zaun halten konnte. Er stolperte voran und hatte das Gefühl, Fieber zu haben. Er war leicht verwirrt, aber bester Laune.

»Halt!«

Don blieb stehen, schüttelte den Kopf und versuchte sich zu erinnern, wo er sich befand. »Ich habe dich beobachtet«, sagte die Stimme. »Hände hoch und langsam weitergehen!«

Don strengte die Augen an, um durch den dichten Nebel etwas zu erkennen. Sollte er eine Flucht riskieren? Nein, er fühlte sich völlig zerschlagen und war kräftemäßig am Ende.

13.

NEBELFRESSER

»Beweg dich oder ich schieße!«, sagte die Stimme barsch.

»Okay«, antwortete Don niedergeschlagen und marschierte mit hoch erhobenen Händen los. Nach wenigen Schritten sah er die Umrisse eines Mannes. Noch ein paar Schritte weiter erkannte er, dass es sich um einen Soldaten handelte, der seine Waffe auf ihn richtete. Er trug eine Infrarotbrille, wodurch er wie ein glotzäugiges Wesen von einem anderen Planeten aussah.

Der Soldat forderte Don auf, sich langsam umzudrehen. Er schob die Brille hoch, sodass man die freundlichen blauen Augen sah. Dann ließ er die Waffe sinken. »Jack, du siehst echt beschissen aus«, sagte er. »Was hast du gemacht?«

Erst jetzt wurde Don klar, dass der Soldat nicht die grünsprenklige Uniform der Föderation trug, sondern die braune der Fußtruppen der Venusrepublik.

Der kommandierende Offizier des Soldaten, ein Lieutenant Busby, wollte Don in der Küche des hinter dem Zaun befindlichen Bauernhauses befragen. Doch erkannte er schnell, dass der Gefangene im Augenblick nicht fähig war, ein Verhör zu ertragen.

Er übergab Don der Frau des Farmers, damit diese ihm etwas zu essen gab, ein heißes Bad gab und ihm die Wunden notdürftig verband. Am späten Nachmittag hatte Don sich einigermaßen erholt. Die Wunden von den Schlammläusen waren verpflastert. Jetzt konnte er seine Geschichte erzählen.

Busby hörte ihm zu und nickte. »Ich glaube dir, weil es fast unvorstellbar ist, dass ein Spion der Föderation dort war, wo du warst, so bekleidet wie du und in solchem Zustand.« Dann befragte er ihn eindringlich darüber, was er in New London gesehen hatte, wie viele Soldaten wohl dort waren, wie sie bewaffnet waren und so weiter. Leider konnte Don ihm wenig sagen. Er zitierte das Notstandsgesetz Nummer Eins, so weit er sich daran erinnern konnte.

Busby nickte wieder. »Das haben wir über Mr Wongs Radio gehört.« Er deutete in eine Ecke und dachte kurz nach. »Sie sind sehr raffiniert vorgegangen. Sie haben ein Blatt aus Commodore Higgins' Buch genommen und befolgt. Sie haben nicht unsere Städte zerbombt, sondern unsere Schiffe – dann sind sie eingerückt und haben alles in Brand gesteckt.«

»Haben wir noch Schiffe?«, fragte Don.

»Keine Ahnung. Aber ich bezweifle es. Es spielt auch keine Rolle.«

»Was?«

»Sie waren zu raffiniert. Jetzt können sie uns nichts mehr anhaben und müssen den Nebel bekämpfen. Und wir Nebelfresser kennen diesen Planeten besser als sie.«

Den restlichen Tag und die Nacht durfte Don sich ausruhen. Er hörte den Gesprächen der Soldaten zu und kam zu der Überzeugung, dass Busby nicht einfach nur Optimist war. Die Situation war tatsächlich nicht völlig hoffnungslos. Zugegeben, es sah schlecht aus. Soweit man wusste, waren sämtliche Schiffe der Hohen Garde zerstört. Die Valkyrie, die Nautilus und die Adonis waren vernichtet, und mit ihnen Commodore Higgins und die meisten seiner Männer. Von der Spring Tide war nichts bekannt, was aber nichts bedeutete. Die spärlichen Informationen bestanden zu gleichen Teilen aus Gerüchten und der offiziellen Propaganda der Föderation.

Vielleicht hatte die Mittlere Garde ein paar ihrer Schiffe gerettet. Aber im Augenblick war die Nützlichkeit superstratosphärischer Shuttles, die feste Startkatapulte benötigten, fragwürdig. Von den Bodentruppen war mehr als die Hälfte auf dem Stützpunkt der Insel Buchanan gestorben und der Rest in Gefangenschaft geraten. Die einfachen überlebenden Soldaten hatte man entlassen. Die einzigen Offiziere in Freiheit waren Männer wie Lieutenant Busby, die beim Angriff an einem entfernten Ort Dienst getan hatten. Busbys Einheit hatte eine Radarstation außerhalb von New London bemannt. Er hatte seine Leute gerettet, indem er die inzwischen nutzlose Radarstation verlassen hatte.

Selbstverständlich war die Zivilregierung der jungen Republik aufgelöst. Fast jeder Beamte war festgenommen. Die Kommandostruktur der Streitkräfte war ebenfalls nicht mehr vorhanden. Zu Dons Verwunderung aber verhielt Busby sich so, als gäbe es seine kommandierenden Generäle noch, und als wäre er der Befehlshaber eine aktiven militärischen Einheit, in der Aufgaben und Funktionen klar festgelegt waren. Esprit de corps war bei seinen Leuten stark vertreten. Sie schienen mit Monaten, vielleicht Jahren eines Guerillakriegs zu rechnen, in dem sie die föderativen Streitkräfte immer wieder durch Scharmützel stören und letztendlich siegen würden.

Wie ein Soldat Don erklärte: »Sie können uns nicht fassen. Wir kennen diese Sümpfe, sie nicht. Sie können nicht mal zehn Meilen aus der Stadt raus, trotz Radar und Minensuchgeräten. Wir rücken nachts vor, schneiden ihnen die Kehlen durch, und sind zum Frühstück längst wieder weg. Wir werden ihnen nicht erlauben, auch nur eine Tonne Radioaktivität von diesem Planeten zu rauben und keine Unze Drogen. Wir machen es für sie so teuer an Geld und Menschen, dass sie bald die Schnauze voll haben und nach Hause gehen.«

Don nickte. »Ja, der Nebel wird ihnen den Rest geben, wie Lieutenant Busby es ausgedrückt hat.«

»Busby?«

»Ja, Lieutenant Busby – der kommandierender Offizier.«

»Ach, so heißt der? Das habe ich nicht gewusst.« Don blickte den Soldaten verblüfft an. Der Mann fuhr fort: »Weißt du, ich bin erst heute Morgen gekommen. Man hat mich mit den anderen Plattfüßen frei gelassen. Ich fühlte mich schlimmer als eine Schlammlaus. Trotzdem habe ich mich auf den Weg nach Hause geschleppt. Hier hab ich angehalten, um von Wong eine Mahlzeit zu ergattern. Und hier hab ich den Lieutenant getroffen – Busby, hast du gesagt? Er hat mich gleich in seine Einheit gesteckt. Ich sag dir, das hat mir richtig Mut gemacht. Hast du Feuer?«

Als Don sich an diesem Abend mit zwei Dutzend Soldaten in Mr Wongs Scheune schlafen legte, hatte er herausgefunden, dass die meisten Männer nicht zu Busbys ursprünglicher Einheit gehörten, die nur aus fünf Mann bestanden hatte, die alle Elektroniktechniker gewesen waren. Der Rest waren versprengte Soldaten, die jetzt einen Guerillahaufen gebildet hatten. Einige wenige hatten noch Waffen. Diese trugen zur allgemein verbesserten Moral bei.

Ehe Don einschlief, fasste er einen Entschluss. Am liebsten wäre er gleich zu Lieutenant Busby gegangen; dann aber hielt er es für besser, den Offizier so spät nicht mehr zu stören. Als er am nächsten Morgen aufwachte, waren die Soldaten verschwunden. Don lief hinaus. Mrs Wong fütterte ihre Hühner und schickte ihn ans Ufer. Dort überwachte Busby das Abrücken seiner Truppe. Don rannte zu ihm. »Lieutenant! Darf ich Sie etwas fragen?«

Ungeduldig fuhr Busby ihn an. »Ich bin beschäftigt.«

»Nur einen Moment, bitte!«

»Na schön, rede!«

»Eine Frage – wo kann ich mich als Soldat verpflichten?«

Busby runzelte die Stirn. Don erklärte hastig, dass er sich bereits hatte melden wollen, als der Angriff erfolgt war.

»Wenn du dich tatsächlich verpflichten wolltest,

hättest du es längst getan. Wie du mir sagtest, hast du den Großteil deines Lebens auf der Erde verbracht. Du bist keiner von uns.«

»Doch, bin ich.«

»Ich glaube, du bist ein junger Kerl, der den Kopf voller romantischer Ideen hat. Du bist nicht mal alt genug, um zu wählen.«

»Ich bin alt genug, um zu kämpfen.«

»Was kannst du denn?«

»Ich kann ziemlich gut schießen, jedenfalls mit einer Handfeuerwaffe.«

»Und was noch?«

Don überlegte angestrengt. Bis jetzt war er nie auf die Idee gekommen, dass man als Soldat mehr vorweisen musste als die Bereitschaft zu kämpfen. Reiten? Das war hier unwichtig. »Ich beherrsche die ›wahre Sprache‹ ziemlich gut.«

»Das ist nützlich – wir brauchen Männer, die mit den Drachen palavern können. Und was noch?«

»Ich kann Geschirr spülen.«

Busby rang sich ein Lächeln ab. »Das ist zweifellos eine Soldatentugend. Trotzdem bezweifle ich, Harvey, dass du geeignet bist. Es geht hier nicht darum, in schicker Uniform herumzustolzieren. Wir müssen uns vom Land ernähren und bekommen wahrscheinlich nie Sold. Das bedeutet Hunger, Dreck und ständiges Marschieren. Du riskierst nicht nur, im Kampf zu sterben. Wenn du gefangen wirst, röstet man dich wegen Hochverrats.«

»Jawohl, Sir. Das habe ich mir gestern Abend schon alles überlegt.«

»Und du willst dich trotzdem melden?«

»Jawohl, Sir.«

»Heb die rechte Hand!«

Don tat es. Busby fuhr fort: »Schwören Sie feierlich, die Verfassung der Venusrepublik gegen alle Feinde, im Lande und außerhalb, zu verteidigen und für die Dauer des Notstands treu in den bewaffneten Streitkräften der Republik zu dienen, sofern Sie nicht zuvor von den zuständigen Behörden entlassen werden, und den gesetzmäßigen Befehlen Ihrer Vorgesetzten zu gehorchen?«

Don holte tief Luft. »Ich schwöre es.«

»Also gut, Soldat – steigen Sie ins Boot.«

»Jawohl, Sir!«

Später bereute Don oft, Soldat geworden zu sein, aber das erging jedem so, der sich freiwillig gemeldet hatte. Die meiste Zeit war er halbwegs zufrieden, obwohl er dies heftig bestritten hätte. Er zeigte sich recht talentiert in den meisten soldatischen Aktivitäten: Fluchen über den Krieg, das Wetter, das Essen, den Schlamm und die Dummheit der Offiziere. Für einen alten Soldaten kann das Fluchen – diese weit verbreitete, harmlose poetische Betätigung – ein Ersatz für Erholung, sogar für Ruhepausen und Essen sein.

Don erlernte den Guerillakrieg: lautlos anschleichen, zuschlagen und in der Dunkelheit und im Nebel verschwinden, ehe Alarm gegeben werden kann. Wer das gelernt hatte, der überlebte. Wer nicht, der starb. Don überlebte. Er lernte auch andere Dinge: zehn Minuten zu schlafen, sobald sich eine Gelegenheit bot, und bei der geringsten Berührung oder dem leisesten Geräusch sofort hellwach zu sein. Er lernte, eine Nacht ohne Schlaf auszukommen, auch zwei Nächte, notfalls sogar drei. Tiefe Falten gruben sich um seinen Mund, und er wirkte viel älter, als er tatsächlich war. Außerdem hatte er am linken Unterarm eine weiße Narbe.

Lange blieb er nicht bei Busbys Haufen. Er wurde zu einer Kompanie der Gondelinfanterie versetzt, die zwischen CuiCui und New London operierte. Stolz nannten sich die Männer »Marstens Stürmer«. Don diente als Dolmetscher für die »wahre Sprache«. Die meisten Kolonisten vermochten ein paar Ausdrücke in der Drachensprache zu pfeifen – genug, um zu kaufen und zu verkaufen –, aber nur wenige konnten sich fließend unterhalten. Don hatte während der Jahre auf Erde wenig Übung gehabt, aber ein Drache hatte sich für ihn interessiert und ihn hervorragend unterrichtet. Seine Eltern beherrschten die Drachensprache ebenso gut wie Englisch. Bis Don elf war, hatten sie täglich mit ihm geübt.

Die Drachen waren für die Kämpfer im Widerstand eine große Hilfe. Zwar waren sie selbst nicht in die Kampfhandlungen verwickelt, aber ihre Sympathien lagen bei den Kolonisten – besser gesagt, sie verachteten die Soldaten der Föderation. Den Kolonisten war es gelungen, auf Venus ein Heim zu schaffen, weil schon Cyrus Buchanan weitblickend eine gute Beziehung zu den Drachen aufgebaut hatte. Jeder Mensch, der auf Venus geboren war, war sich voll und ganz bewusst, dass dort noch eine andere Rasse existierte und dass die Drachen ebenso intelligent und zivilisiert waren wie er selbst. Aber die Mehrzahl der Soldaten der Föderation, gerade erst auf dem Planeten angekommen, hielten die Drachen für hässliche, ungebildete Tiere, unfähig zu sprechen, welche sich ausgesprochen arrogant aufführten und auf Privilegien bestanden, auf die kein Tier einen Anspruch hatte.

Diese Einstellung war im Unterbewusstsein der Truppen der Föderation fest verankert. Kein Befehl, keine Disziplinarmaßnahme konnte etwas dagegen ausrichten. Dieses Vorurteil war stärker als gleich gelagerte Probleme auf Erde – Weiß gegen Schwarz, Christen gegen Juden, Römer gegen Barbaren oder alle sonstigen vergangenen und zukünftigen Konflikte. Selbst die Offiziere, die Befehle ausgaben, sahen die Sache nicht korrekt. Sie waren eben nicht auf Venus geboren. Selbst der oberste politische Ratgeber des Gouverneurs, der gerissene und fähige Stanley Bankfield, konnte nicht begreifen, dass man sich bei einem Drachen nicht beliebt machte, indem man ihm herablassend den Kopf tätschelte oder abschätzig mit ihm sprach.

Zwei ernsthafte Zwischenfälle hatten dieses Verhalten bereits am ersten Tag des Angriffs entscheidend beeinflusst. Ein Drache in New London – derselbe, den Don beim Lesen der Bulletins der Times gesehen hatte – war zwar nicht getötet, aber von einem Flammenwerfer ernsthaft verletzt worden. Er war stiller Teilhaber der örtlichen Bank und Verpächter vieler ergiebiger Thorium-Mienen. Ein zweiter Drache war in CuiCui durch eine Rakete getötet worden. Unglücklicherweise hatte er das Maul offen gehabt. Und dieser Drache war weitläufig mit den Nachkommen des Großes Eis verwandt.

Es ist nicht gut, hochintelligente Wesen zu verärgern, von denen jedes von der Masse her drei Nilpferden oder einem Panzer entspricht. Trotzdem hatten die Drachen nicht aktiv in die Kämpfe eingegriffen, da die konventionelle Kriegführung des Menschen nicht ihrer Kultur entspricht. Sie gehen anders vor, um ihre Ziele zu erreichen.

Wenn Don dienstlich mit Drachen sprechen musste, erkundigte er sich zuweilen, ob jemand seinen Freund »Sir Isaac« kenne – wobei er selbstverständlich Sir Isaacs richtigen Namen nannte. Diejenigen, die ihn nicht persönlich kannten, hatten zumindest von ihm gehört. Don stellte fest, dass seine Bekanntschaft mit Sir Isaac seine Stellung sehr verbesserte. Dennoch machte er nicht den Versuch, Sir Isaac eine Nachricht zu senden. Jetzt bestand keine Chance mehr, durch Fürsprache in die Hohe Garde zu kommen – die Garde existierte nicht mehr.

Wiederholt versuchte Don herauszufinden, was aus Isobel Costello geworden war – durch Flüchtlinge, Drachen und die wachsende Zahl geheimer Widerstandskämpfer, die sich ziemlich frei von einer Seite zur anderen bewegen konnten. Doch er fand Isobel nie. Einmal hörte er, dass sie in einem Gefangenenlager auf der Ostspitze sei. Dann wieder, dass sie und ihr Vater zur Erde deportiert worden seien. Weder das eine noch das andere Gerücht bestätigte sich. Don vermutete, dass sie bereits beim ersten Angriff ums Leben gekommen war.

Er trauerte ehrlich um Isobel – nicht um den Ring, den er bei ihr zurückgelassen hatte. Immer wieder hatte er Vermutungen angestellt, was es mit diesem Ring auf sich haben könnte, der die Ursache dafür war, dass man ihn auf beiden Planeten verfolgte. Ihm fiel keine Antwort ein. Wahrscheinlich hatte Bankfield, trotz seiner zur Schau getragenen Überlegenheit, sich doch geirrt. Wichtig musste das Papier gewesen sein, in das der Ring eingewickelt war – und das IBI war zu dumm gewesen, dies zu erkennen. Doch bald schon machte Don sich wegen des Rings keine Gedanken mehr. Der Ring war weg. Das Thema war erledigt.

Was seine Eltern und Mars betraf – eines Tages würde er zurückkehren, wenn der Krieg vorbei war und wieder Schiffe flogen!

In dieser Zeit operierte Dons Einheit auf vier Inseln südwestlich von New London. Drei Tage hatten sie schon an diesem Ort kampiert, länger als sie je zuvor an einem Ort geblieben waren. Don war beim Hauptquartier und auf derselben Insel wie Captain Marsten. In diesem Moment lag er in der Hängematte, die er zwischen zwei Bäumen im Ginster aufgehängt hatte.

Der Melder des Hauptquartiers kam zu ihm und weckte ihn, indem er aus sicherer Entfernung kräftig am Seil der Hängematte zog. Don war blitzschnell hellwach, das Messer in der Hand. »Ganz ruhig!«, beschwichtigte ihn der Melder. »Der Alte will dich sprechen.«

Don äußerte einen sehr unfeinen Vorschlag, was der Captain tun könne, glitt aus der Hängematte, rollte sie zusammen und verstaute sie in seiner Tasche – sie wog nur hundertachtundzwanzig Gramm und hatte die Föderation ein nettes Sümmchen gekostet. Don ging sehr sorgsam damit um. Der frühere Besitzer war nicht so sorgsam gewesen, aber jetzt brauchte er die Hängematte ohnehin nicht mehr. Don nahm auch seine Waffen mit.

Der Kompaniechef saß unter einem Blätterdach an einem provisorischen Schreibtisch. Don nahm Haltung an und wartete. Marsten schaute auf und sagte: »Ich habe einen Sonderauftrag für Sie, Harvey. Sie rücken sofort aus.«

»Eine Änderung der Pläne?«

»Nein, ein großkopfiger Drache will palavern. Sie gehen hin. Sofort.«

Don dachte nach. »Mist, Skipper, ich hatte mich so auf ein Scrabble-Spiel heute Abend gefreut. Ich breche morgen früh auf – die Drachen kümmern sich nicht um Zeit. Sie sind geduldig.«

»Das reicht, Soldat. Sie treten einen Urlaub an, und laut Meldung vom Hauptquartier könnte dieser Urlaub ziemlich lange dauern.«

Don musterte ihn scharf. »Wenn ich einen Marschbefehl bekomme, ist das kein Urlaub, sondern Dienst.«

»Mann, Harvey, Sie sind ja ein Winkeladvokat!«

»Jawohl, Sir.«

»Geben Sie Ihre Waffen ab, und nehmen Sie auch die Abzeichen ab. Den ersten Teil der Strecke legen Sie als fröhlicher Bauernbursche zurück. Holen Sie sich aus dem Warenlager ein paar Requisiten. Larsen wird Sie mit dem Boot fahren. Das ist alles.«

»Jawohl, Sir.« Don wandte sich um, fügte dann aber hinzu: »Waidmanns Heil, Skipper.«

Zum ersten Mal lächelte Marsten. »Danke, Don.«

Anfangs ging die Fahrt durch Kanäle, die so eng und tückisch waren, dass elektronische Suchgeräte nicht weiter als das bloße Auge reichten. Don schlief die meiste Zeit. Er machte sich wegen seiner Mission keine Sorgen – zweifellos würde der Offizier, für den er dolmetschen sollte, irgendwann zu ihnen stoßen und ihm sagen, was er tun solle.

Am frühen Nachmittag des nächsten Tages erreichten sie das Ufer der Großen Südsee. Don musste auf ein verrücktes Fahrzeug umsteigen, eine flache Untertasse mit Düsenantrieb und drei Metern Durchmesser. Sie wurde von zwei jungen Heißspornen gelenkt, die weder Feind noch Schlamm fürchteten. Die Decksaufbauten des Bootes wurden von einem niedrigen glänzenden Metallkegel verborgen, um die horizontalen Radarwellen nach oben oder nach unten zu lenken. Gegen die ebenfalls kegelförmige Station am Himmel konnte der Reflektor nicht schützen, aber das Boot verließ sich ohnehin hauptsächlich auf seine Schnelligkeit.

Don lag flach auf dem Bauch und hielt sich an Griffen fest. Dabei sinnierte er über die Vorteile eines Raketenflugs, während der Spezialflitzer über die Seeoberfläche sauste. Don versuchte nicht daran zu denken, was geschehen würde, wenn das Boot gegen einen schwimmenden Baumstamm oder eines der größeren Wasserwesen prallte.

In knapp zwei Stunden brachten sie nahezu zweihundert Meilen hinter sich, dann hielt das Boot. »Endstation«, verkündete der Bootsführer, dessen Wangen weicher Flaum bedeckte. »Halten Sie Ihre Gepäckscheine bereit. Frauen und Kinder benutzen den Aufzug im Zentrum.« Der Antiradar-Kegel hob sich.

Don stand auf, seine Knie waren weich. »Wo sind wir?«

»Drachenstadt-am-Schlamm. Da ist Ihr Begrüßungskomitee. Passen Sie auf, wohin Sie treten.«

Don spähte durch den Nebel. Am Ufer schienen mehrere Drachen zu warten. Er ging von Bord. Der Schlamm ging bis über seine Stiefelränder. Mühsam stapfte er zum festen Boden. Hinter ihm senkte der irre Flitzer den Kegel und brauste ab. »Sie hätten wenigsten winken können«, murmelte Don und ging zu den Drachen. Er war verwundert. Offenbar waren keine Menschen hier, und er hatte keinerlei Instruktionen. Hatte der Offizier, den er hier zu finden erwartet hatte, nicht kommen können?

Sieben Drachen kamen auf ihn zu. Wieder einmal stellte Don fest, dass Drachen irgendwie alle gleich aussehen. Er pfiff eine höfliche Begrüßung. Dann sprach ihn der mittlere Drache mit einem Akzent an, der ihn auf Anhieb an England erinnerte. »Donald, mein lieber Junge! Ich bin sehr glücklich, dich zu sehen. Scheiße!«

14.

STUNDE DER WAHRHEIT

Don schluckte und starrte den Drachen an. Beinahe hätte er seine Manieren vergessen. »Sir Isaac!«

Es ist nicht möglich, einem Drachen die Hand zu schütteln oder ihn zu küssen oder zu umarmen. Don gab sich damit zufrieden, Sir Isaacs gepanzerte Seiten mit den Fäusten zu bearbeiten, während er nach Fassung rang. Lang unterdrückte Gefühle keimten in ihm auf. Er vermochte weder zu sprechen noch klar zu sehen. Geduldig wartete Sir Isaac. Dann sagte er: »So, Donald, und jetzt möchte ich dir meine Familie vorstellen …«

Don riss sich zusammen. Die anderen Drachen hatten keine Sprachbox. Möglicherweise verstanden sie nicht mal Englisch. »Mögen alle einen schönen Tod haben.«

»Wir danken dir.«

Eine Tochter, ein Sohn, eine Enkelin, ein Enkel, eine Urenkelin, ein Urenkel – Sir Isaac eingeschlossen, hießen Don vier Generationen willkommen, laut Drachenprotokoll nur einer weniger als bei einem Staatsempfang. Don war überwältigt. Er wusste, dass Sir Isaac ihm wohl gesonnen war, aber eine derartige Zeremonie musste er als Kompliment für seine Eltern betrachten. »Mein Vater und meine Mutter danken Ihnen allen für die Freundlichkeit, welche Sie ihrem Ei erweisen.«

»Wie das erste Ei so auch das Letzte. Wir sind überglücklich, dich hier zu haben, Donald.«

War ein Besucher ein Drache, der durch eine Eskorte der Familienmitgliedern geehrt wurde, wäre er mühelos zum Familiensitz gelangt. Aber um das gemütliche Tempo eines Drachen zu halten, muss ein Mensch ziemlich schnell gehen. Deshalb senkte Sir Isaac den Kopf und fragte Don: »Warum leihst du dir nicht meine Beine, lieber Junge? Wir haben einen weiten Weg vor uns.«

»Ach, ich kann selbst gehen.«

»Bitte, ich bestehe darauf.«

»Na ja …«

»Gut. ›Alles an Bord!‹ Das ist doch der richtige Ausdruck, oder?«

Don kletterte hinauf und ließ sich direkt hinter den letzten Stielaugen nieder. Sie drehten sich um und musterten ihn. Sir Isaac hatte fürsorglich zwei Ringe an seinen Halspanzer anbringen lassen, damit er sich festhalten konnte. »Alles klar?«

»Ja.«

Der Drache erhob sich und trabte los. Don fühlte sich wie ein Maharadscha auf einem Elefanten.

Sie nahmen den uralten Drachenpfad, bei dem man nicht wusste, ob er künstlich angelegt war oder natürlichen Ursprungs. Eine Meile verlief der Pfad parallel zum Ufer. Sie kamen an Drachen vorbei, die auf den Wasserfeldern arbeiteten. Dann bog der Pfad landeinwärts ab zum trockenen Land. Nicht viel später endete er in einem Tunnel, der eindeutig künstlich war, nicht natürlich. Der Pfad glitt wie ein Laufband leise und schnell in die Richtung, in die man ging (vorausgesetzt, man war Drache oder hatte das Gewicht eines solchen). Don vermochte weder die Entfernung noch die Geschwindigkeit zu schätzen.

Schließlich erreichten sie eine Halle, die selbst für Drachen riesig war. Unmerklich ging der dahingleitende Boden in den festen der Halle über. Hier wartete der Rest der Sippe, der von den sieben symbolisiert wurde, die ihn begrüßt hatten. Aber Don musste sich den Kopf nicht nach Komplimenten zermartern, sondern wurde, ganz der Etikette gemäß, sofort in seine Gemächer geführt, um sich dort auszuruhen und frisch zu machen.

Nach venerianischem Standard waren die Räume lediglich angemessen, Don aber fand sie gigantisch. Der Suhltrog in der Mitte war nur am Rand weniger als zwei Meter tief und lang genug, um ein paar Stöße zu schwimmen – was er mit großem Vergnügen tat. Das Wasser war so rein, wie das von ihm soeben überquerte Meer schmutzig gewesen war. Man hatte wohl eigens für ihn das Wasser auf 37 Grad erwärmt, die Temperatur menschlichen Bluts.

Er legte sich auf den Rücken und ließ sich treiben. Dabei blickte er zum künstlichen Nebel empor, der die hohe Decke verhüllte. Ja, dachte er, das Leben kann wirklich herrlich sein! Es war das beste Bad, das er genommen hatte, seit jenem Luxusbad im Caravansary in New Chicago, aber wie lang lag das schon zurück? Plötzlich dachte Don mit einem Anflug von Wehmut daran, dass seine Klasse inzwischen die Abschlussprüfung hinter sich hatte.

Doch dann reichte es ihm mit diesem Luxus. Er

kletterte heraus, nahm seine Sachen und schrubbte den uralten Dreck heraus, so gut es ging. Er wünschte, er hätte ein Waschmittel oder die graue, selbst gemachte Seife, welche die Bauern benutzten. Dann blickte er suchend umher. Wo konnte er die nassen Sachen aufhängen? Im »kleinen« Ruheraum blieb er wie angewurzelt stehen.

Das Abendessen stand bereit. Jemand hatte den Tisch für ihn gedeckt, mit feinem Tischtuch und Servietten. Der Tisch war ein Falttisch, auf dem »Grand Rapids« stand; auch die Stühle trugen diese Kennzeichnung.

Der Tisch war nach menschlichen Bedürfnissen gedeckt. Gut, die Suppe war in einer Kaffeetasse und im Suppenteller war der Kaffee, aber Don war nicht in der Stimmung, sich über solche Kleinigkeiten aufzuregen – beides war heiß. Ebenso die getoasteten Sauerbrotscheiben und die Rühreier – aus der Schale, wie er schmeckte.

Er breitete die nassen Kleidungsstücke auf den warmen Bodenfliesen aus, zog sie glatt und ließ sich in einen Stuhl fallen. »Lange ist's uns nicht mehr so gut ergangen«, meinte er und begann zu essen.

In einer Nische im selben Raum lag eine grüne Matratze. Don sah auf den ersten Blick, woher sie stammte. Offiziersgut der Föderation. Es gab weder einen Bettrahmen, noch Decken oder Kissen, aber die brauchte er nicht. Er wusste, dass man ihn nicht stören würde und dass er sich erst dann wieder zeigen musste, wenn er Lust dazu hatte. Ihm wurde bewusst, wie müde er war, und legte sich hin. Er musste über viele Dinge nachdenken.

Das Wiedersehen mit Sir Isaac hatte begrabene Erinnerungen heraufbeschworen, die jetzt fröhlich und frech die Köpfe emporreckten. Wieder dachte er an die Schule und fragte sich, wo sein Zimmergenosse steckte. Hatte er sich auch freiwillig gemeldet – auf der gegnerischen Seite? Er hoffte nicht, aber tief im Herzen wusste er, dass Jack es getan hatte. Man tat, was man tun musste! Jack war nicht sein Feind, niemals. Guter alter Jack! Don hoffte, dass die Kriegswirren sie nicht von Angesicht zu Angesicht zusammenführten.

Ob Lazy sich noch an ihn erinnerte?

Er sah das Gesicht des alten Charlie vor sich, in Fetzen zerschossen ... sein Herz schlug wie verrückt. Aber er hatte Charlie gerächt, mit Zins und Zinseszins. Dann packte ihn wieder Trauer um Isobel.

Schließlich machte er sich Gedanken wegen des Befehls vom Hauptquartier, der ihn zu Sir Isaac geschickt hatte. Wartete hier tatsächlich eine militärische Aufgabe auf ihn? Oder hatte Sir Isaac lediglich herausgefunden, wo er war, und ihn zu sich bringen lassen? Letzteres schien wahrscheinlicher. Das Hauptquartier »musste« eine Bitte eines Drachen als Befehl auffassen, da Drachen für seine Operationen unabdingbar waren.

Er kratzte die Narbe am linken Unterarm und schlief ein.

Das Frühstück war ebenso zufriedenstellend wie das Abendessen. Diesmal erschien es nicht so geheimnisvoll. Eine junge Drachin schob den Tisch herein. Don sah, dass sie jung war, weil ihre hinteren Stielaugen noch Knospen waren. Sie war höchstens ein Venusjahrhundert alt. Don pfiff seinen Dank. Sie antwortete höflich und verschwand.

Don fragte sich, ob Sir Isaac menschliche Dienstboten beschäftigte, weil es warmes Essen gab, und Drachen kochten nicht. Sie bevorzugten frisches Futter, am liebsten mit ein bisschen Schlamm daran, weil es dann leckerer schmeckte. Don konnte sich vorstellen, dass ein Drache imstande war, ein Ei die richtige Zeit zu kochen, wenn man ihm genaue Anweisung gab, aber bei komplizierteren Gerichten versagte sein Vorstellungsvermögen. Die menschliche Küche ist eine esoterische und ausgesprochen rassenbezogene Kunst.

Trotz der vielen Fragen genoss er das Frühstück.

Anschließend war sein Selbstbewusstsein durch einigermaßen saubere Kleidung so gestärkt, dass er sich imstande fühlte, Sir Isaacs große Familie kennen zu lernen. Obgleich er als Dolmetscher für die »wahre Sprache« eine gewisse Übung hatte, war er bei dem Gedanken an den Umfang der Zeremonien, die von ihm erwartet wurde, da er eine zentrale Rolle spielte, ziemlich nervös. Er hoffte, alles so zu bewältigen, und dass er seinen Eltern Ehre machte und seinen Wohltäter nicht enttäuschte.

Er hatte sich flüchtig rasiert, da es keinen Spiegel gab, und wollte gerade gehen, als er seinen Namen hörte. Er war verblüfft, da er – als frisch eingetroffener Gast – nicht gestört werden durfte, selbst wenn er eine Woche, einen Monat oder für immer in seinen Gemächern bleiben wollte.

Sir Isaac schob sich herein. »Mein lieber Junge, verzeih einem alten Mann, der es eilig hat, dass er dich so formlos behandelt, wie sonst nur mit seinen eigenen Kindern.«

»Aber natürlich, Sir Isaac.« Don kam aus dem Staunen nicht mehr heraus. Wenn Sir Isaac ein Drache in Eile war, war er der Erste in der Geschichte seines Volkes.

»Hast du ausreichend geruht, um mit mir zu kommen?«

Don nickte und überlegte, ob man ihn beobachtet hatte. Sir Isaac war genau im richtigen Moment erschienen – zu genau. Der alte Drache führte ihn über einen Korridor in einen Raum, den ein Drache für gemütlich halten würde. Seine Breite betrug nicht einmal dreißig Meter.

Don vermutete, dass es sich um Sir Isaacs Arbeitszimmer handelte, denn die Regale an den Wänden waren mit unzähligen Buchrollen bedeckt, und die übliche rotierende Bank befand sich in der Höhe seiner Tentakel. Über einem Regal war ein großes Wandgemälde, allerdings sah er darauf nur bedeutungslose Farbkleckse. Die drei Farben, die Drachen im Infrarotbereich sehen – im Unterschied zu Menschen –, führten auch bei Don zur üblichen Verwirrung. Vielleicht war das Bild aber auch abstrakt; viele menschliche Kunstwerke sagten ja ebenfalls nichts aus.

Als wichtigster Punkt fiel ihm auf, dass in dem

Raum nicht ein Stuhl für Menschen stand, sondern zwei.

Sir Isaac forderte ihn auf, Platz zu nehmen. Das tat Don und stellte fest, dass der Stuhl ungemein bequem war, da er sich seinen Körperformen anpasste. Gleich darauf sah er, für wen der zweite Stuhl bestimmt war. Ein Mann kam herein, um die Fünfzig, schlank, mit drahtigem grauem Haar und Halbglatze. Er bewegte sich abgehackt und vermittelte den Eindruck, dass seine Befehle stets befolgt wurden. »Morgen, Gentlemen!« Er wandte sich an Don. »Sie sind Don Harvey. Ich heiße Phipps – Montgomery Phipps.« Er tat so, als würde das alles erklären. »Seit ich Sie das letzte Mal gesehen habe, sind Sie ein ganzes Stück gewachsen. Damals habe ich Ihnen die Hosen stramm gezogen, weil Sie mich in den Daumen gebissen haben.«

Don war der Mann wegen seiner arroganten Art auf Anhieb unsympathisch. Wahrscheinlich war er ein Bekannter seiner Eltern, den er irgendwann in der Kindheit kennen gelernt hatte, aber jetzt nicht mehr unterbringen konnte. »Hatte ich denn einen Grund, Sie zu beißen?«, fragte er.

Der Mann lachte bellend. »Das ist Ansichtssache. Aber wir sind quitt. Ich habe Ihnen tüchtig den Hintern versohlt.« Er schaute Sir Isaac an. »Kommt Malath?«

»Er müsste jeden Moment hier sein.«

Phipps ließ sich auf den anderen Stuhl fallen und trommelte auf die Armlehnen. »Dann müssen wir wohl warten, obwohl ich eigentlich nicht einsehe, weshalb er dabei sein muss. Wir haben schon zu viel

Zeit vertan – wir hätten diese Besprechung schon gestern Abend ansetzen müssen.«

Sir Isaac gelang es, seiner Sprachbox eine entrüstete Stimme zu entlocken. »Gestern Abend? Da ist mein Gast ja erst eingetroffen.«

Phipps zuckte mit den Schultern. »Schon gut.« Er wandte sich wieder an Don. »Wie hat Ihnen das Abendessen geschmeckt, junger Freund?«

»Hervorragend.«

»Meine Frau hat es gekocht. Sie ist jetzt im Labor, aber Sie werden sie später kennen lernen. Erstklassige Chemikerin – in und außerhalb der Küche.«

»Ich möchte mich gern bei ihr bedanken«, sagte Don und meinte es ehrlich. »Haben Sie ›Labor‹ gesagt?«

»Wie? Ja, ja – Sie können es später besichtigen. Einige der größten Talente von Venus sind hier. Der Verlust der Föderation ist unser Gewinn.«

Die Fragen, die Don stellen wollte, wurden verdrängt. Jemand – etwas – rollte herein. Dons Augen wurden groß, als er sah, dass es das »Wägelchen« eines Marsianers war, samt der lebenserhaltenden Kapsel, ohne die kein Marsianer auf Erde oder Venus überleben konnte. Das kleine Fahrzeug rollte herein und gesellte sich zu ihnen. Die Gestalt darin erhob sich dank des servounterstürzten Exoskeletts in eine sitzende Stellung, versuchte mühsam die Pseudoflügel zu spreizen und sprach mit dünnem Stimmchen, das durch ein Lautsprechersystem verstärkt wurde. »Malath da Thon grüßt Sie, meine Freunde.«

Phipps stand auf. »Malath, alter Junge, Sie sollten

wirklich in Ihrem Tank sein. Diese Anstrengung bringt Sie noch um.«

»Ich werde so lange wie nötig leben.«

»Das ist der junge Harvey. Sieht aus wie sein alter Herr, nicht wahr?«

Sir Isaac war über diese unkonventionelle Art schockiert und übernahm die formelle Vorstellung. Don versuchte fieberhaft, mehr als zwei Worte Hochmarsianisch zusammenzukratzen, gab es dann auf und sagte: »Ich freue mich, Ihre Bekanntschaft zu machen, Sir.«

»Die Ehre ist ganz auf meiner Seite«, sagte die müde Stimme. »›Ein großer Vater wirft einen langen Schatten.‹«

Don wusste nicht, was er antworten sollte. Die ungezwungene Art der Hauabs hatte offenbar auf ihn abgefärbt. Phipps erlöste ihn.

»Nun, dann wollen wir zur Sache kommen, ehe Malath zu erschöpft ist. Sir Isaac?«

»Sehr wohl. Donald, mein Junge, du weißt, dass du in meinem Haus stets willkommen bist.«

»Ja, danke, Sir Isaac.«

»Du weißt auch, dass ich dich gedrängt habe, mich zu besuchen, ehe ich mehr als deine Herkunft und dein gutes Herz kannte.«

»Jawohl, Sir. Sie haben mich eingeladen. Und ich habe versucht zu kommen, aber ich wusste nicht, wo Sie gelandet waren. Ich wollte mich gerade als Detektiv betätigen, als die Grünen landeten. Tut mir Leid.« Don fühlte sich irgendwie unbehaglich, weil er die Suche aufgeschoben hatte, bis er um einen Gefallen bitten wollte.

»Und ich habe mich bemüht, dich zu finden, Donald – und erlitt dasselbe Missgeschick. Erst vor kurzem erfuhr ich durch Gerüchte, welche der Nebel weiterträgt, wo du warst und was du machst.« Sir Isaac machte eine Pause, als fiele es ihm schwer, die richtigen Worte zu finden. »Jetzt, wo du weißt, dass dieses Haus auch deines ist und du immer willkommen bist, muss ich dich um Verzeihung bitten, dass ich dich auch aus einem sehr praktischen Grund hergeholt habe.«

Don entschied, dass die Antwort den Einsatz der »wahren Sprache« erforderte. »Wie können die Augen den Schwanz beleidigen? Oder der Vater den Sohn? Wie kann ich Ihnen helfen, Sir Isaac? Ich habe schon gemerkt, dass Sie etwas auf dem Herzen haben.«

»Wo soll ich beginnen? Sollte ich von Cyrus Buchanan sprechen, welcher fern von seinem Volk, aber dennoch glücklich starb, da er auch uns zu seinem Volk gemacht hatte? Oder soll ich direkt von den Ereignissen sprechen, welche sich hier zugetragen haben, seit ich mit dir zum ersten Mal im All den Schlamm teilten?«

Phipps rutschte unruhig hin und her. »Lassen Sie mich das machen, Sir Isaac. Schließlich gehören dieser junge Mann und ich derselben Rasse an. Wir brauchen nicht um den heißen Brei herumzureden. Ich kann ihn mit ein, zwei Worten unterrichten. So kompliziert ist es nicht.«

Sir Isaac senkte den mächtigen Kopf. »Wie Sie wünschen, mein Freund.«

Phipps wandte sich an Don. »Junger Mann, Sie

wissen nicht, dass Sie ein Kurier mit einer wichtigen Botschaft sein sollten, als Ihre Eltern Sie zurück zum Mars riefen.«

Don blickte ihn scharf an. »Das habe ich sehr wohl gewusst.« In seinem Kopf überschlugen sich die Gedanken. Er musste sich auf diese neue Situation einstellen.«

»Ach ja? Nun, das ist bestens. Dann geben Sie ihn her.«

»Was?«

»Den Ring – natürlich den Ring. Geben Sie ihn uns.«

15.

»Urteilt nicht nach dem Augenschein ...«
Johannes 7, 24

»Moment mal«, protestierte Don. »Sie irren sich. Ich weiß, welchen Ring Sie meinen, aber es geht nicht um den Ring, sondern um das Papier, in das er eingewickelt war. Und das hat das IBI.«

Phipps schaute ihn erstaunt an; dann lachte er schallend. »Ach ja? Dann hat das IBI denselben Fehler gemacht wie Sie. Der Ring ist das einzig Wichtige. Und nun geben Sie ihn schon her.«

»Nein, Sie irren sich«, beharrte Don. »Oder wir sprechen nicht von demselben Ring.« Er dachte kurz nach. »Es ist möglich, dass das IBI den Ring ausgetauscht hat, ehe ich das Päckchen bekam. Aber ich bin ganz sicher, dass der Ring, der mir übergeben wurde, keine Nachricht enthalten konnte. Er war aus durchsichtigem Plastik – wahrscheinlich Styren –, nicht einmal ein Fliegenschiss war darin. Keine Botschaft. Unmöglich, eine Botschaft darin zu verstecken.«

Phipps winkte unwirsch ab. »Streiten Sie nicht, ob eine Nachricht im Ring war oder nicht. Ich bin ganz sicher, dass es der richtige Ring war. Das IBI hat ihn nicht vertauscht – das wissen wir.«

»Wieso wissen Sie das?«

»Verflixt, Junge! Ihre Aufgabe war es, den Ring abzuliefern, das ist alles. Überlassen Sie es uns, sich den Kopf über die Nachricht zu zerbrechen.«

Don war allmählich sicher, dass es einen guten Grund gegeben hatte, dass er als Kind Phipps in den Daumen gebissen hatte. »Moment mal! Ich sollte den Ring abliefern, richtig, ja? Das hat Dr. Jefferson gesagt – den kennen Sie doch, oder?«

»Ich weiß, wer er war, habe ich aber nie persönlich kennen gelernt.«

»Dr. Jefferson hat mir klipp und klar gesagt, wem ich den Ring übergeben soll – meinem Vater, nicht Ihnen.«

Phipps schlug mit der Faust auf die Armlehne seines Stuhls. »Das weiß ich! Das weiß ich! Wäre alles regulär gelaufen, hätten Sie den Ring Ihrem Vater übergeben, und wir hätten uns eine Menge Ärger erspart. Aber diese Wichtigtuer in New London – nun, lassen wir das! Statt auf Mars sind Sie wegen dieser Rebellion hier gelandet. Ich bemühe mich um Schadensbegrenzung. Sie können den Ring nicht Ihrem Vater geben, aber, wenn Sie ihn mir geben, führt das auch zum Ziel. Ihr Vater und ich arbeiten an derselben Sache.«

Don zögerte, ehe er antwortete. »Ich möchte nicht unhöflich sein, aber Sie müssen mir dafür Beweise vorlegen.«

Sir Isaac produzierte mit dem Sprechapparat ein Geräusch, das wie Räuspern klang. »Vielleicht sollte ich mich in diese Diskussion einmischen«, sagte er. »Ich kenne Donald erst seit kurzem, lieber Phipps.«

»Ja, sprechen Sie weiter.«

Sir Isaac richtete die meisten Augen auf Don. »Lieber Donald, vertraust du mir?«

»Ja, Sir Isaac, ich glaube schon. Aber ich habe das

Gefühl, dass ich auf Beweisen bestehen muss. Es ist nicht mein Ring.«

»Ja, du hast gute Gründe. Wir wollen darüber nachdenken, was ein Beweis sein könnte. Wenn ich sage …«

Don unterbrach ihn, weil er das Gefühl hatte, das Ganze geriet außer Kontrolle. »Es tut mir Leid, dass ich solchen Wirbel mache. Es ist nämlich völlig unwichtig.«

»Was?«

»Ich habe nämlich den Ring nicht mehr. Er ist weg.«

Eine Minute lang herrschte betroffenes Schweigen. Dann sagte Phipps. »Ich glaube, Malath ist ohnmächtig geworden.«

Eilig wurde der Wagen des Marsianers in seine Gemächer geschoben. Alle warteten gespannt, bis berichtet wurde, dass er in seinem Spezialbett schwebte und sich ausruhte. Danach wurde die Konferenz von drei Teilnehmern fortgesetzt. Phipps funkelte Don an. »Das ist Ihre Schuld, ist Ihnen das klar? Ihre Worte haben ihm das Herz gebrochen.«

»Ich? Das verstehe ich nicht.«

»Er war auch ein Kurier – hier gestrandet, genau wie Sie. Er hat die andere Hälfte der Botschaft – der Botschaft, die Sie verloren haben. Und jetzt haben Sie ihm die letzte Chance geraubt, nach Hause zu kommen, ehe die Schwerkraft ihn umbringt. Er ist ein kranker Mann, und Sie haben den Boden unter den Füßen weggezogen.«

»Aber …«, sagte Don.

Sir Isaac schnitt ihm das Wort ab. »Donald trifft

keine Schuld. Man darf die Jungen erst nach reiflicher Überlegung und Prüfung aller Fakten tadeln, um der Familie Sorge zu ersparen.«

Phipps schaute den Drachen an, dann Don. »Es tut mir Leid. Ich bin müde und schlechter Laune. Was geschehen ist, ist geschehen. Wichtig ist jetzt nur eins: Was ist mit dem Ring passiert? Gibt es eine Chance, ihn wieder zu finden?«

Don schaute unglücklich drein. »Ich fürchte nein.« Hastig erklärte er, wie man versucht hatte, ihm den Ring wegzunehmen, und wie er kein sicheres Versteck gewusst hatte. »Mir war nicht klar, wie wichtig es war, aber ich war entschlossen, Dr. Jeffersons Wunsch zu erfüllen – vielleicht bin ich manchmal stur. Mir fiel nichts Besseres ein, als den Ring einer Freundin zu geben, bei der er sicher war, dass niemand bei ihr danach suchen würde.«

»Klingt vernünftig«, sagte Phipps. »Und wem haben Sie den Ring gegeben?«

»Einer jungen Dame.« Don schaute betrübt drein. »Ich glaube, sie kam beim Angriff der Grünen ums Leben.«

»Sicher sind Sie nicht?«

»Nein, aber ich habe mich häufig nach ihr erkundigt, und ich bin ziemlich weit herumgekommen. Aber niemand hat sie seit dem Angriff gesehen. Ich bin sicher, dass sie tot ist.«

»Sie könnten sich irren. Wie hieß sie denn?«

»Isobel Costello. Ihr Vater war Manager von I.T. & T.«

Phipps schaute ihn verblüfft an. Dann lehnte er sich zurück und lachte schallend. »Haben Sie das gehört, Sir Isaac? Haben Sie gehört? Den Vogel haben Sie im Haus!«

Don schaute die beiden verwirrt an. »Was soll das heißen?«, fragte er beleidigt.

»Was das heißt? Junge, Jim Costello und seine Tochter sind seit zwei Tagen nach dem Angriff hier.« Er sprang auf. »Rühren Sie sich nicht von der Stelle! Ich bin gleich zurück!«

Tatsächlich war er gleich wieder da. »Ich habe immer Probleme mit Ihren komischen Haustelefonen, Sir Isaac«, beschwerte er sich. »Aber die beiden sind schon auf dem Weg.« Er setzte sich und seufzte. »An manchen Tagen könnte ich mich selbst als Idioten anzeigen.«

Danach schwieg er. Sir Isaac schien seinen nicht existierenden Nabel zu betrachten. Auch in Dons Kopf schwirrten alle möglichen Gedanken umher. Er war zu erleichtert, um sich freuen zu können. Isobel lebte!

Nachdem sich alle ein wenig beruhigt hatten, sagte er: »Wird es nicht langsam Zeit, dass jemand mir erklärt, was los ist?«

Sir Isaac hob den Kopf, seine Tentakel glitten über die Tasten. »Verzeih, lieber Junge. Ich war in Gedanken woanders. Vor langer, langer Zeit, als meine Rasse noch jung war und deine Rasse noch nicht …«

Phipps unterbrach ihn. »Entschuldigung, alter Freund, aber ich kann das Ganze abkürzen. Die Details können Sie ihm ja später erzählen.« Er wandte sich an Don. »Harvey, es gibt eine Organisation – eine Kabale, Verschwörung, eine geheime Loge, nennen Sie es, wie Sie wollen – wir nennen es schlicht ›Die Organisation‹. Ich bin Mitglied, ebenso Sir Isaac, der alte Malath – und Ihre Eltern. Auch Dr. Jefferson gehörte dazu. Diese Organisation besteht hauptsächlich aus Wissenschaftlern, aber nicht ausschließlich. Aber uns allen ist der tiefe Glaube an die Würde und den Wert freier Intelligenz gemeinsam. Dafür haben wir auf unterschiedlichste Art gekämpft, aber erfolglos. Wir haben nichts ausgerichtet gegen den historischen Imperativ der letzten beiden Jahrhunderte, das Verkümmern individueller Freiheit unter größeren und immer allgegenwärtigeren Organisationen, seien es solche der Regierung oder die von Quasi-Regierungen.

»Auf Erde lässt sich unsere Bewegung auf Dutzende verschiedener Quellen zurückführen, bis weit zurück in der Geschichte – Vereinigungen von Wissenschaftlern, welche sich gegen Geheimnistuerei und geistige Zwangsjacken auflehnten, Künstler, die gegen die Zensur kämpften, Organisationen, die juristischen Beistand leisteten und viele andere. Die meisten waren erfolglos, manche sogar schlichtweg dumm. Ungefähr vor einem Jahrhundert wurden alle Bemühungen in den Untergrund verbannt. Die schwachen Schwestern verdrückten sich, die Schreihälse wurden verhaftet und liquidiert, und der Rest schloss sich zusammen.

»Hier auf Venus gehen unsere Ursprünge bis auf Cyrus Buchanan und seine Annäherung an die herrschenden Ureinwohner zurück. Auf Mars steht die Organisation, zusätzlich mit vielen Menschen – über diese später –, mit dem Teil der Bevölkerung in Verbindung, welche wir die ›Priesterklasse‹ nennen, eine schlechte Übersetzung, denn es sind keine Priester. ›Richter‹ wäre zutreffender.«

Sir Isaac unterbrach ihn. »Ältere Brüder.«

»Wie? Nun, das mag die poetische Bezeichnung sein. Ist ja egal. Kernpunkt ist, dass die gesamte Organisation, Marsianer, Venerianer, Terrestrier sich bemüht ...«

»Einen Moment«, warf Don ein. »Wenn Sie mir noch eine Frage beantworten könnten, würde das eine Menge klären. Ich bin Soldat der Venusrepublik, und wir befinden uns im Krieg. Sagen Sie, hilft diese Organisation – hier auf Venus – die Grünen zu verjagen?«

»Nicht direkt. Wissen Sie ...«

Don erfuhr nie, was er wissen sollte. Eine Stimme übertönte Phipps Worte: »Don! Donald!«

Ein etwas kleineres weibliches Mitglied seiner Rasse umarmte ihn und schien entschlossen, ihm den Hals zu brechen. Don war der Auftritt peinlich, aber zugleich war er unbeschreiblich glücklich. Behutsam löste er ihre Arme von seinem Hals und tat so, als wäre nichts geschehen, als er sah, wie ihr Vater ihn erstaunt musterte. »Hallo, Mr Costello.«

Costello kam zu ihm und schüttelte ihm die Hand. »Wie geht es Ihnen, Mr Harvey? Ich freue mich, Sie wiederzusehen.«

»Ich bin überglücklich, dass Sie beide gesund sind und leben. Ich hatte das Schlimmste befürchtet.«

»Na ja, wir sind mit knapper Not davongekommen.«

Isobel sagte: »Don, du siehst älter aus, viel älter. Und wie dünn du bist!«

Er grinste sie an. »Sie sehen unverändert aus, Großmutter.«

Phipps mischte sich ein. »Ich störe wirklich ungern die Wiedervereinigungsfreude, aber wir haben keine Zeit zu verlieren. Miss Costello, wir wollen den Ring.«

»Den Ring?«

»Er meint den Ring, den ich Ihnen gegeben habe«, erklärte Don.

»Ring?«, fragte Mr Costello. »Mr Harvey, haben Sie meiner Tochter einen Ring gegeben?«

»Nicht wie Sie meinen.«

Wieder mischte sich Phipps ein. »Es ist der Ring, Jim – der Ring mit der Botschaft. Harvey war der andere Kurier. Offensichtlich hat er deine Tochter zu einem Hilfskurier gemacht.«

»Wie? Was? Offen gestanden bin ich verwirrt.« Er schaute seine Tochter an.

»Sie haben doch den Ring?«, fragte Don. »Sie haben ihn nicht verloren, oder?«

»Deinen Ring verlieren? Selbstverständlich nicht, Don. Aber ich dachte … schon gut. Sie wollen ihn zurück?« Sie blickte allen in die Augen – vierzehn mit denen Sir Isaacs –, und wandte ihnen den Rücken zu. Dann drehte sie sich um und streckte die Hand aus. »Hier ist er.«

Phipps griff danach, doch Isobel zog die Hand zurück und gab Don den Ring. Phipps machte den

Mund auf, schloss ihn aber wieder. Dann sagte er: »Na schön, geben Sie ihn her, Harvey.«

Don steckte den Ring in eine Tasche. »Sie sind nie dazu gekommen, mir zu erklären, weshalb ich den Ring herausgeben soll.«

»Aber …« Phipps wurde rot. »Das ist doch nicht zu fassen! Hätten wir gewusst, dass der Ring hier ist, hätten wir uns nie die Mühe gemacht, Sie herzuholen. Dann hätten wir ihn auch ohne Ihre Erlaubnis.«

»O nein!«

Phipps schaute Isobel an. »Wie war das, junge Dame? Weshalb nicht?«

»Weil ich Ihnen den Ring nie gegeben hätte – niemals. Don hat mir gesagt, dass jemand versucht hatte, ihm den Ring wegzunehmen. Ich wusste nicht, dass Sie das waren.«

Phipps, dessen Gesicht hochrot war, schien einem Schlaganfall nahe. »Ich habe genug von diesem kindischen Gehabe, wo es sich doch um eine ernste Angelegenheit handelt. Ich kann es nicht ertragen.« Mit zwei großen Schritten trat er vor Don und packte ihn am Arm. »Jetzt lassen Sie den Blödsinn und geben Sie uns die Nachricht.«

Don schüttelte ihn ab und wich einen Schritt zurück. Phipps blickte auf eine Messerspitze dicht vor seinem Gürtel. Don hielt die Waffe ganz locker zwischen Daumen und zwei Fingern, wie jemand, der es gewohnt ist, damit umzugehen.

Phipps schien seinen Augen nicht zu trauen.

»Gehen Sie weg von mir«, sagte Don mit leiser Stimme.

Phipps trat zurück. »Sir Isaac!«

»Ja«, pflichtete Don ihm bei. »Sir Isaac, muss ich mir das in Ihrem Haus gefallen lassen?«

Die Tentakel des Drachen huschten über die Tasten, aber der Apparat brachte nur verwirrtes Quaken hervor. Er hielt inne und versuchte es erneut. »Donald, hier ist dein Haus«, sagte er langsam. »Hier bist du immer sicher. Bitte – um des Dienstes willen, den du mir geleistet hast – steck die Waffe weg.«

Don blickte Phipps an und steckte das Messer weg. Phipps entspannte sich und wandte sich an den Drachen. »Nun, Sir Isaac, was gedenken Sie zu unternehmen?«

Sir Isaac machte sich nicht die Mühe, die Sprachbox zu benutzen. »Entfernen Sie sich!«

»Was?«

»Sie haben Zwietracht in dieses Haus getragen. Ihr wart beide Teil meiner Familie. Doch Sie haben Donald bedroht. Bitte gehen Sie, ehe Sie noch mehr Unheil anrichten.«

Phipps wollte etwas sagen, ging aber dann wortlos. Don sagte: »Sir Isaac, es tut mir schrecklich Leid. Ich …«

»Mögen sich die Wasser darüber schließen und der Schlamm alles begraben. Donald, mein lieber Junge, wie kann ich dich überzeugen, dass das, weswegen wir dich hergebeten haben, genau das ist, was deine verehrten Eltern von dir verlangen würden, wenn sie hier wären.«

Don dachte darüber nach. »Ich glaube, genau da liegt das Problem, Sir Isaac – ich bin nicht Ihr ›lieber Junge‹. Meine Eltern sind nicht hier, und ich bin nicht sicher, ob ich ihre Anweisungen befolgen würde. Ich bin jetzt ein erwachsener Mann – nicht so alt wie Sie, da fehlen Jahrhunderte. Nicht einmal nach menschlichem Maßstab bin ich alt. Mr Phipps stuft mich sogar als Jungen ein, aber das ist falsch. Ich bin kein kleiner Junge mehr. Ich muss wissen, worum es geht, und dann meine eigene Entscheidung treffen. Bis jetzt habe ich eine Menge schöner Reden gehört, man hat mich mit Worten bedrängt. Das reicht mir nicht. Ich muss die Fakten erfahren.«

Ehe Sir Isaac antworten konnte, wurden sie von einem anderen Geräusch unterbrochen – Isobel spendete Beifall.

»Wie ist das mit Ihnen, Isobel?«, fragte Don. »Was wissen Sie über diese Angelegenheit?«

»Ich? Nichts. Ich könnte nicht mehr im Dunkeln tappen, wenn man mich in einen Sack gesteckt hätte. Ich habe nur deiner Einstellung applaudiert.«

»Meine Tochter weiß gar nichts«, erklärte Mr Costello entschieden. »Aber ich – und meiner Meinung haben Sie ein Recht auf die Wahrheit. Ich werde Ihre Fragen beantworten.«

»Allerdings.«

»Wenn Sie gestatten, Sir Isaac?« Der Drache senkte den Kopf. Costello fuhr fort. »Schießen Sie los. Ich werde Ihnen wahrheitsgemäß antworten.«

»Okay, welche Botschaft ist in dem Ring?«

»Nun, das vermag ich nicht zu beantworten, denn dann würden wie diese Botschaft ja nicht brauchen. Ich weiß, dass es sich um eine Auseinandersetzung mit gewissen physikalischen Problemen handelt –

Gravitation und Trägheit und dergleichen. Feldtheorie. Alles ist sehr kompliziert, und ich würde es nicht mal begreifen, wenn ich alles genau wüsste. Ich bin nur ein eingerosteter Kommunikationsingenieur, kein erstklassiger Wissenschaftler in theoretischer Physik.«

Don schaute ihn verblüfft an. »Das verstehe ich nicht. Jemand packt ein Physiklabor in einen Ring, und dann spielen wir durchs gesamte System Räuber und Gendarm. Das klingt irrwitzig.« Er holte den Ring heraus und betrachtete ihn. Das Licht leuchtete klar hindurch. Es war ein ganz gewöhnlicher Freundschaftsring – wie konnte eine größere Physikarbeit darin verborgen sein?

»Donald, mein Lieber, entschuldige. Scheiße!«, sagte Sir Isaac. »Du verwechselt das äußere Erscheinungsbild mit den Fakten. Lass dir versichern: Es ist drin. Theoretisch ist es möglich, eine Matrix anzufertigen, in der jedes einzelne Molekül eine Bedeutung hat – so wie die Erinnerungszellen im Gehirn. Hätten wir diese Matrix, könnten wir die Enyclopedia Britannica im Kopf einer Stecknadel unterbringen. Das ist doch nicht so schwierig.»

Wieder schaute Don auf den Ring, steckte ihn aber dann wieder in die Tasche. »Okay, wenn Sie es sagen. Aber ich weiß immer noch nicht, was das ganze Theater soll.«

Mr Costello antwortete: »Wir auch nicht. Diese Nachricht sollte zum Mars gehen, wo man darauf eingerichtet ist, sie auszuwerten. Ich hatte von dem Projekt nur ganz allgemein gehört, bis ich hierher kam. Aber die Hauptidee ist folgende: Die Gleichungen, die in der Nachricht enthalten sind, erklären, wie das All sich zusammensetzt – und wie man es manipulieren kann. Sämtliche Folgerungen vermag ich mir nicht vorzustellen, aber wir kennen einige Einzelheiten, mit denen wir rechnen müssen: Erstens, wie man ein Kraftfeld herstellt, das gegen alles abschirmt, sogar gegen eine Fusionsbombe, und zweitens die Bausteine eines Weltraumantriebs, demgegenüber die heutige Raketenfahrt wie ein Spaziergang aussieht. Fragen Sie mich nicht nach Einzelheiten – das ist für mich zu hoch. Da müssen Sie Sir Isaac fragen.«

»Frag mich, nachdem ich die Nachricht studiert habe», meinte der Drache.

Don sagte nichts. Schweigen breitete sich aus. Schließlich sagte Costello: »Und? Wollen Sie noch mehr wissen? Ich habe keine Ahnung, wie viel Sie wissen, deshalb weiß ich auch nicht, was ich erklären soll.«

»Mr Costello, wussten Sie von dieser Botschaft, als ich mit Ihnen in New London geredet habe?«

Costello schüttelte den Kopf. »Ich wusste, dass unsere Organisation große Hoffnung auf eine Studie auf Erde setzte. Ich wusste auch, dass diese Arbeiten auf Mars fertig gestellt werden sollten. Ich war die Schlüsselfigur, der ›tote Briefkasten‹ für die Kommunikation von und zur Venus, weil ich in der Lage war, interstellare Nachrichten zu übermitteln. Ich hatte keine Ahnung, dass Sie ein Kurier waren – und schon gar nicht, dass Sie eine Nachricht der Organisation meiner Tochter anvertraut hatten.« Er lächelte gequält. »Ich muss gestehen, dass mir auch entgangen ist, dass Sie der Sohn zweier Mitglieder unserer Organisation waren, sonst hätte ich fraglos Ihr Telegramm geschickt, ganz gleich, ob Sie es hätten bezahlen können oder nicht. Es gab Mittel, mit deren Hilfe ich Nachrichten der Organisation erkennen konnte – eine solche Identifikation fehlte bei Ihrem Telegramm. Und Harvey ist ein ziemlich verbreiteter Name.»

»Wissen Sie«, sagte Don, »ich habe den Eindruck, allen wäre eine Menge Ärger erspart geblieben, wenn Dr. Jefferson mir erklärt hätte, was ich überbringen sollte – und wenn Sie Isobel zumindest teilweise mitgeteilt hätten, worum es ging.«

»Möglich. Aber Menschen sind gestorben, weil sie zu viel wussten. Was man nicht weiß, kann man auch nicht verraten.«

»Das stimmt. Aber es müsste doch möglich sein, dass Menschen in Ruhe leben können, ohne mit Geheimnissen belastet zu sein oder Angst haben zu müssen, offen zu sprechen!«

Der Drache und der Mensch nickten. Mr Costello fügte hinzu: »Das ist unser Ziel – auf lange Sicht. Genau so eine Welt.«

Don wandte sich an seinen Gastgeber. »Sir Isaac, wussten Sie, dass Dr. Jefferson mich als Kurier benutzte, als wir uns auf der Glory Road trafen?«

»Nein, Donald. Allerdings hätte ich es vermuten müssen, als ich erfuhr, wer du warst.« Nach einer kurzen Pause fuhr er fort: »Gibt es noch etwas, das du wissen willst?«

»Nein, jetzt möchte ich nachdenken.« Zu viele Dinge waren zu schnell geschehen, zu viele neue

Ideen – jetzt, nach Mr Costellos Worten, begriff er, was es mit dem Ring auf sich hatte, falls Costello Recht hatte. Ein schneller Raumfahrtantrieb, der um die Schiffe der Föderation Ringe legte ... eine Möglichkeit, sich gegen Atombomben zu schützen, sogar gegen Fusionsbomben. Wenn die Republik über das alles verfügte, konnte sie mit der Föderation kurzen Prozess machen!

Aber dieser undurchsichtige Phipps hatte zugegeben, dass das Ganze nicht dem Zweck diente, gegen die Grünen zu kämpfen. Sie wollten das Zeug zum Mars schicken, was immer es war. Mars verfügte nicht mal über eine ständige menschliche Ansiedlung – nur wissenschaftliche Kommissionen und Expeditionen wie die, bei der seine Eltern mitarbeiteten. Dieser Ort war für Menschen völlig ungeeignet. Warum also Mars?

Wem konnte er trauen? Selbstverständlich Isobel – sein Vertrauen in sie hatte sich bereits bezahlt gemacht. Ihr Vater? Isobel und ihr Vater waren zwei sehr unterschiedliche Menschen, und Isobel hatte keine Ahnung, was ihr Vater tat. Don schaute sie an. Mit großen ernsten Augen blickte sie zurück. Er schaute ihren Vater an. Was sollte er bloß machen? Wem sollte er trauen?

Malath? Eine Stimme aus einem Tank? Phipps? Phipps war vielleicht nett zu Kindern und mochte auch ein Herz aus Gold haben, aber Don hatte keinen Grund, ihm zu trauen.

Eins stand fest: Alle diese Menschen wussten Bescheid über Dr. Jefferson und über den Ring und schienen seine Eltern zu kennen – aber das traf auch auf Bankfield zu. Er brauchte Beweise, nicht Worte. Er wusste jetzt, vor allem aufgrund der Geschehnisse, dass der Ring von größter Wichtigkeit war. Er durfte keinen Fehler machen.

Da fiel ihm eine Möglichkeit ein: Phipps hatte gesagt, Malath hätte die andere Hälfte der Nachricht, von welcher der Ring eine Hälfte in sich barg. Wenn sich herausstellte, dass Malaths Hälfte zu der im Ring passte, wäre das ein Beweis, dass diese Leute ein Recht auf die Nachricht hätten.

Aber, verflixt, für diese Probe musste er das Ei zerbrechen, um festzustellen, ob es schlecht war. Er musste Gewissheit haben, ehe er den Ring übergab. Er kannte dieses System der passenden Hälften. Es war ein Trick beim Militär der allerdings nur angewandt wurde, wenn eine Nachricht so ungemein wichtig war, dass man sie lieber gar nicht übergab, als sie in die falschen Hände fallen zu lassen.

Don schaute den Drachen an. »Sir Isaac?«

»Ja, Donald.«

»Was würde passieren, wenn ich mich weigerte, den Ring zu übergeben?«

Sir Isaac antwortete sehr nachdenklich: »Du bist auf alle Fälle mein eigenes Ei. Hier ist dein Haus – wo du in Frieden bleiben kannst, und das du in Frieden verlassen kannst, ganz wie du willst.«

»Danke, Sir Isaac«, pfiff Don, wobei er Sir Isaac mit seinem wahren Namen ansprach.

»Mr Harvey ...«, sagte Costello ungeduldig.

»Ja?«

»Wissen Sie, weshalb man die Sprache der Drachen die ›wahre Sprache‹ nennt?«

»Nein, eigentlich nicht.«

»Weil es die wahre Sprache ist. Schauen Sie, ich habe vergleichende Semantik studiert – die Pfeifsprache enthält nicht einmal ein Symbol für den Begriff der Falschheit. Und das, wofür jemand keine Symbole hat, kann er auch nicht denken. Fragen Sie ihn, Mr Harvey. Fragen Sie ihn in seiner eigenen Sprache. Wenn er überhaupt antwortet, können Sie ihm glauben.«

Donald schaute den alten Drachen an. In der Tat, Costello hatte Recht. In der Drachensprache gab es kein Symbol für »Lüge«; offensichtlich waren die Drachen nie auf diese Idee gekommen oder hatten sie nie benötigt. Konnte Sir Isaac lügen? Vielleicht war er zu sehr vermenschlicht, dass er wie ein Mensch denken und handeln konnte? Nachdenklich betrachtete Don Sir Isaac. Acht Stielaugenpaare blickten ausdruckslos zurück. Wie konnte ein Mensch wissen, was ein Drache dachte?

»Fragen Sie ihn!«, drängte Costello.

Phipps traute Don nicht. Logischerweise konnte er auch Costello nicht trauen, dazu hatte er keinen Grund. Isobel passte ohnehin nicht ins Bild.

Aber man musste doch jemandem trauen! Ein Mann konnte nicht alles allein tragen! Also gut, jetzt sollte es dieser Drache sein, der »mit ihm den Schlamm geteilt« hatte.

»Das ist nicht nötig«, erklärte Don. »Hier.« Er holte den Ring aus der Tasche und streifte ihn über einen Tentakel Sir Isaacs.

Der Fühler zog den Ring ins Innere. »Ich danke dir, Nebel-über-den-Wassern.«

16.

MULTUM IN PARVO

Donald schaute Isobel an. Sie lächelte nicht, doch sie schien seinen Entschluss zu billigen. Ihr Vater setzte sich schwer auf den Stuhl. »Uff«, seufzte er. »Mr Harvey, Sie sind eine harte Nuss. Sie haben mir Sorgen bereitet.«

»Tut mir Leid, aber ich musste nachdenken.«

»Das ist jetzt unwichtig.« Costello schaute Sir Isaac an. »Ich schätze, ich sollte Phipps herholen, ja?«

»Das ist nicht nötig.«

Die Stimme kam von hinten. Alle drehten sich um, mit Ausnahme von Sir Isaac, der nur die Augen drehen musste. Phipps stand neben der Tür. »Ich habe den Schluss deiner Bemerkung noch gehört, Jim. Hier bin ich.«

»Ja, gut.«

»Einen Augenblick. Ich bin aus einem bestimmten Grund zurückgekommen.« Er schaute Don an. »Mr Harvey, ich muss mich bei Ihnen entschuldigen.«

»Ach, schon gut.«

»Nein, lassen Sie es mich aussprechen. Ich hatte kein Recht, Sie wegen der Zusammenarbeit so unter Druck zu setzen. Verstehen Sie mich nicht falsch. Wir wollen den Ring, wir müssen ihn haben. Und ich werde dafür kämpfen, bis wir ihn haben. Aber ich war unter großer Anspannung und habe es falsch angepackt. Sehr große Anspannung – das ist meine Entschuldigung.«

»Nun, wenn ich es mir recht überlege, gilt das auch für mich«, sagte Don. »Lassen Sie uns das alles vergessen.« Er wandte sich an seinen Gastgeber. »Sir Isaac, gestatten Sie?« Er streckte die Hand aus. Der Drache senkte seinen Fühler und ließ den Ring in Dons Hand fallen. Dieser reichte ihn Phipps.

Einen Moment starrte Phipps stumm auf den Ring. Don war überrascht, als er sah, dass Tränen in den Augen des Mannes standen. »Ich werde Ihnen nicht danken«, sagte Phipps. »Denn wenn Sie sehen, was daraus wird, wird Ihnen das mehr bedeuten als der Dank von irgendjemandem. In diesem Ring liegen Leben und Tod vieler Menschen. Sie werden sehen.«

Don war die starke Gefühlsregung des Mannes peinlich. »Ja, das kann ich mir vorstellen«, sagte er. »Mr Costello hat mir erklärt, dass es Schutz gegen Bomben und schnellere Schiffe bedeutet – ich habe das Gefühl, dass über kurz oder lang Sie und ich auf derselben Seite stehen. Ich hoffe nur, dass ich keinen Fehler gemacht habe.«

»Einen Fehler? Nein, auf keinen Fall – und nicht nur über kurz oder lang, wie Sie gesagt haben, sondern gleich jetzt! Jetzt haben wir das ...« Er hielt den Ring hoch. »Und damit haben wir eine echte Chance, unsere Leute auf Mars zu retten.«

»Mars?«, wiederholte Don. »He, Moment mal! Was heißt hier Mars? Wer soll da gerettet werden? Und wovor?«

Phipps schaute ihn verdutzt an. »Wie? Hat Sie das denn nicht überzeugt, den Ring herauszugeben?«

»Was soll mich überzeugt haben?«

»Hat Ihnen Mr Costello nicht ... nun, ich dachte natürlich, Sie ...« Sir Isaacs Sprachbox unterbrach ihn. »Gentlemen, offensichtlich haben alle angenommen, dass ...«

»Ruhe!«, brüllte Don. Als Phipps den Mund aufmachte, fuhr Don schnell fort: »Offenbar haben wir schon wieder ein fürchterliches Durcheinander. Kann einer von Ihnen mir erklären, was hier vorgeht?«

Costello konnte es und tat es auch. Die Organisation hatte seit vielen Jahren auf Mars eine Forschungsstation errichtet – der einzige Ort im Sonnensystem, an dem der größte Teil der Menschen Wissenschaftler waren. Die Föderation unterhielt dort nur einen Außenposten mit knapper Besatzung. Man hielt Mars nicht für besonders wichtig – nur ein Ort, wo harmlose langhaarige Gelehrte in den Ruinen buddelten und die Sitten und Gebräuche der uralten sterbenden Rasse studieren konnten.

Die Sicherheitsoffiziere des IBI schenkten Mars wenig Beachtung. Es schien nicht nötig zu sein. Ab und zu erschien mal ein Agent. Man führte ihn herum und zeigte ihm Forschungen ohne militärische Bedeutung.

Die Gruppe auf Mars verfügte nicht über die gigantischen Möglichkeiten wie auf Erde – die riesigen Kybernetikapparate, die unbegrenzten Quellen der Atomenergie, die mächtigen Partikelbeschleuniger, die weitläufigen Laboratorien – aber sie hatte Freiheit. Die theoretischen Grundlagen für Fortschritte in der Physik waren auf Mars entwickelt worden, angespornt von geheimnisvollen Aufzeichnungen des Ersten Imperiums, dieser beinahe mystischen Epoche, als das Sonnensystem noch eine politische Einheit gewesen war. Don wurde es warm ums Herz, als er hörte, wie die Forschungsarbeiten seiner Eltern Wesentliches zu diesem Punkt des Problems beigetragen hatten. Es war bekannt – jedenfalls stand es so in den uralten marsianischen Dokumenten –, dass die Schiffe des Imperiums zwischen den Planeten nicht lange ermüdende Monate oder Wochen, sondern nur Tage unterwegs gewesen waren.

Die Beschreibung dieser Raumschiffe und deren Antriebsanlagen war ausführlich, aber die Unterschiede der Sprache, der Begriffe und der Technologie machten solche Schwierigkeiten, dass sie einem vergleichenden Semantiker einen Nervenzusammenbruch bescheren konnten – was tatsächlich mehrere Male geschehen war. Eine Abhandlung über moderne Elektronik in Sanskritversen, wobei die Hälfte der Gedanken als bekannt vorausgesetzt wird, wäre im Vergleich dazu ein Kinderspiel gewesen.

Es war schlichtweg unmöglich gewesen, die uralten Aufzeichnungen vollständig zu übersetzen. Was fehlte, musste mit Genie und Schweiß erarbeitet werden.

Nachdem die theoretischen Arbeiten so weit wie möglich abgeschlossen waren, hatte man sie durch

Mitglieder der Organisation zur Erde geschickt, damit sie dort sub rosa, also streng geheim, praktisch erprobt und in die gegenwärtige Technik umgesetzt werden sollten. Anfangs floss der Informationsstrom zwischen den Planeten ununterbrochen, doch als Geheimhaltung wichtiger wurde, waren immer weniger Mitglieder der Organisation gewillt, zu fahren, weil sie Angst hatten, man würde ihnen das Geheimnis entlocken. Zur Zeit der Venuskrise war es seit Jahren üblich, kritische Informationen durch Kuriere zu schicken, die selbst nichts wussten und daher auch nichts sagen konnten – wie Don –, oder durch Extraterrestrier, die körperlich gegen die Verhörmethoden der Geheimpolizei immun waren – bei einem Drachen von der Venus den Dritten Grad anzuwenden, war nicht nur praktisch unmöglich, sondern ausgesprochen lächerlich. Aus verschiedenen, ebenfalls offensichtlichen Gründen waren Marsianer auch vor der Geheimpolizei sicher.

Don war ein Kandidat der letzten Stunde gewesen, doch die Venuskrise hatte alles zunichte gemacht. Wie schlimm es stand, erkannte man erst nach Commodore Higgins' spektakulärem Einnehmen von Circum-Terra. Die auf Mars so dringend benötigten technischen Daten (Dons Hälfte) waren zur Venus gelangt und dort in den Wirren der Rebellion und des Widerstands verloren gegangen. Die aufständischen Kolonisten, die dasselbe Ziel anstrebten wie die Organisation, hatten ihre größte Chance, die Föderation zu besiegen, unwissentlich vereitelt.

Kommunikation zwischen den Mitgliedern der

Organisation auf Venus, Erde und Mars war unter gefährlichsten Bedingungen noch möglich, Reisen jedoch nicht mehr. Die einzige kommerzielle Linie, die wieder eröffnet wurde, war die zwischen Erde und Mond. Die Gruppe auf Venus versuchte das Unmögliche. Sie bemühte sich, das Projekt zu Ende zu führen, für das sämtliche Vorarbeiten auf Mars geleistet worden waren. Ganz unmöglich war es nicht – vorausgesetzt, sie fanden die fehlende Hälfte der Nachricht. Danach konnten sie ein Schiff ausrüsten, es zum Mars schicken und die Arbeit beenden.

So hofften sie – bis vor kurzem die Katastrophennachricht von Erde zu ihnen gedrungen war: Auf Erde hatte man ein prominentes Mitglied der Organisation, das zu viel wusste, verhaftet, noch ehe der Betreffende Selbstmord hatte begehen können.

Und ein Sonderkommando der Föderation war mit Schiffen bereits auf dem Weg zum Mars, um die Gruppe anzugreifen.

»Moment mal!«, sagte Don. »Mr Costello, haben Sie mir nicht schon in New London gesagt, dass die Föderation Mars bereits besetzt hätte?«

»Das stimmt nicht ganz. Ich hatte Ihnen gesagt, ich vermutete, dass die Föderation die Station Schiaparelli übernommen hätte, die dortige Zweigstelle der I.T. & T. Das war auch so – der gesamte Funkverkehr wurde zensiert und die Verbindung zu Venus abgebrochen. Das haben sie mit einer Abteilung Soldaten aus der winzigen Garnison geschafft, die sie schon immer dort unterhielten. Aber hier handelt es sich um einen groß angelegten Angriff. Sie wollen die gesamte Organisation liquidieren!«

Die Organisation liquidieren – Don übersetzte den Zungenbrecher in die wahre Sprache: sämtliche Menschen ermorden, die gegen sie waren. Das bedeutete, seine Eltern …

Er schüttelte den Kopf, um ihn frei zu machen. Im Innern berührte ihn der Gedanke nicht sehr. Zu viele Jahre waren vergangen, er vermochte sich nicht mal an ihre Gesichter erinnern – und tot konnte er sie sich schon gar nicht vorstellen. Er fragte sich, ob er innerlich abgestorben sei und nichts mehr fühlen könnte. Wie auch immer – jetzt musste etwas geschehen. »Was machen wir? Wie können wir sie aufhalten?«

»Wir hören auf, unsere Zeit zu vergeuden«, sagte Phipps. »Wir haben schon einen halben Tag verloren. Sir Isaac?«

»Ja, mein Freund. Beeilen wir uns.«

Der Raum war ein Laboratorium, aber mit Ausmaßen, die einem Drachen angemessen waren. Das war auch nötig, denn in dem Raum hielten sich rund ein Dutzend Drachen, über fünfzig Männer sowie etliche Frauen auf. Alle, die sich irgendwie frei machen konnten, wollten die Öffnung des Rings sehen. Selbst Malath da Thon war da. Er saß mithilfe seines Servokorsetts da. Seine Gefühle zeigten sich durch farbige Wellen, die seinen zerbrechlichen Körper durchliefen.

Don und Isobel waren auf die Rampe am Eingang

geklettert, von wo aus sie alles sehen konnten, ohne im Weg zu sein. Ihnen gegenüber war ein großer Stereobildschirm. Er war hell, aber ohne Bild. Unter ihnen war ein Mikromanipulator nach Drachenart. Den Rest der Raums füllten weitere Apparate und Energiewerkzeuge. Don hatte sie noch nie gesehen – nicht, weil sie von Drachen für Drachen konstruiert waren, sondern weil Laborausrüstungen für Laien immer exotisch aussehen. Drachenartefakte kannte er. Beide Technologien, die der Drachen und die der Menschen, hatten sich vermischt, deshalb fand ein Mensch, der auf Venus lebte, es nicht sonderbar, wenn Verbindungsstücke nicht verschweißt oder verschraubt, sondern mit eiförmigen Gebilden zusammengefügt waren.

Sir Isaac stand vor dem Mikromanipulator. Seine Tentakel betätigten die Knöpfe und Hebel. Auf seinem Kopf saß ein Gestell mit acht Okularen. Er berührte einen Knopf. Auf dem Bildschirm erschienen Wellenlinien, dann der Ring, farbgetreu und dreidimensional. Er schien einen Durchmesser von knapp zweieinhalb Metern zu haben. Die Initiale »H« in dem einfachen Kreis aus weißer Emaille.

Das Bild flackerte und veränderte sich. Jetzt war nur ein Teil der Initiale zu sehen, aber so vergrößert, dass die Emaille, welche die Rillen des Buchstabens ausfüllte, wie Pflastersteine wirkte. Ein schattenhaft aussehender Zylinder, der nicht ganz scharf gestellt war, nur vorn an der Spitze, glitt über das Bild. Ein großer öliger Tropfen bildete sich am Ende, löste sich und fiel auf die Emaille. Die »Pflastersteine« begannen sich aufzulösen.

Montgomery Phipps kletterte die Rampe herauf. Er sah Don und Isobel und setzte sich neben sie. Er schien das Bedürfnis zu haben, freundlich zu ihnen zu sein. »Davon werden Sie eines Tages Ihren Enkelkindern erzählen«, meinte er. »Der alte Sir Isaac bei der Arbeit. Der beste Mikrotechniker des Sonnensystems – er kann ein einziges Molekül herauspicken und Männchen machen lassen.«

»Ich bin ehrlich verblüfft«, sagte Don. »Ich hatte keine Ahnung, dass Sir Isaac ein Labortechniker ist.«

»Er ist weit mehr als das. Er ist ein begnadeter Physiker. Ist Ihnen die Bedeutung seines gewählten Namens nie aufgefallen?«

Don kam sich wie ein Dummkopf vor. Er wusste, wie Drachen ihre Namen wählten. Er hatte darin nie etwas Außergewöhnliches gesehen, so wie er seinen Venusnamen fraglos akzeptiert hatte. »Seine ganze Sippe hat eine Vorliebe für die Wissenschaft«, erklärte Phipps. »Ein Enkel nennt sich ›Galileo Galilei‹. Haben Sie ihn kennen gelernt? Und dann gibt es noch ›Dr. Einstein‹ und eine ›Madame Curie‹, außerdem eine reizende Chemikerin, die sich – nur das Ei weiß, weshalb – ›Kleine Butterblume‹ nennt. Aber der alte Sir Isaac ist der große Boss, das Superhirn. Er war eigens zur Erde gereist, um bei den Arbeiten am Projekt zu helfen. Aber das wussten Sie ja sicher.«

Donald gestand, dass er nicht gewusst hatte, weshalb Sir Isaac auf Erde gewesen war.

»Mr Phipps, warum weiß Sir Isaac nicht, was in dem Ring ist, ehe er ihn öffnet, wenn er auf Erde gearbeitet hat?«, fragte Isobel.

»Im Prinzip weiß er es schon. Er hat an den theoretischen Arbeiten mitgewirkt. Aber was wir hier finden – falls es nicht zu einer Riesenenttäuschung wird –, werden die detaillierten Baupläne für menschliche Werkzeuge und Maschinen sein. Das ist etwas ganz anderes.»

Don dachte nach. Für ihn waren Wissenschaft und Technik irgendwie eins. Ihm fehlte das Wissen, den tiefen Unterschied zu erkennen. Er wechselte das Thema. »Sie selbst arbeiten doch auch im Labor, Mr Phipps, richtig?«

»Ich? Du lieber Himmel, nein! Ich habe zwei linke Hände. Mein Gebiet ist die Dynamik der Geschichte. Ein weites Feld.« Seine Blicke waren auf den Bildschirm gerichtet. Dort hatte eine Lösung, die in der Vergrößerung ungefähr zweihundert Litern zu entsprechen schien, die Emaille aus einem Teil der Rille für das H herausgewaschen. Jetzt sah man den Boden der Rille: leer, bernsteinfarben und durchsichtig.

Phipps stand auf. »Ich kann nicht still sitzen – ich bin zu nervös. Entschuldigen Sie mich bitte.«

»Sicher.«

Ein Drache schob sich die Rampe empor und blieb vor Don und Isobel stehen, gerade als Phipps gehen wollte. »Hallo, Mr Phipps. Was dagegen, wenn ich hier parke?«

»Keineswegs. Kennen Sie die Herrschaften?«

»Nur die junge Dame.«

Don nannte bei der Vorstellung beide Namen. Der Drache hieß »Erfrischender Regen« und Josephus (Nennen Sie mich ›Joe‹). Joe war der erste

Drache, abgesehen von Sir Isaac, der mit einer Sprachbox ausgestattet war. Don betrachtete ihn interessiert. Eins war sicher: Joe hatte sein Englisch von einem anderen Meister gelernt als der Cockneylehrer Sir Isaacs. Don war sicher, dass Joes Lehrer Texaner gewesen war.

»Ich fühle mich geehrt, in Ihrem Haus zu sein«, sagte Don.

Der Drache ließ sich gemütlich nieder, seine Schnauze reichte Don und Isobel an die Schultern. »Nicht mein Haus. Diese Snobs würden mich hier nicht dulden, wenn ich kein so guter Arbeiter wäre. Ich bin besser als irgendein anderer hombre.«

»Ach ja.« Don wollte Sir Isaac gegen den Vorwurf verteidigen, ein Snob zu sein, aber es war unklug, bei Drachen Partei zu ergreifen. Er schaute wieder auf den Bildschirm. Jetzt hatte sich die Vergrößerung noch mal verändert. Man sah jetzt fünfzehn oder zwanzig Grad des Kreisbogens um das H. Dann vergrößerte sich das Bild enorm. Jetzt war nur noch ein winziger Sektor zu sehen. Wieder floss das Lösungsmittel auf die Emaille und löste diese auf.

»Jetzt kommen wir einen Schritt weiter«, bemerkte Joe.

Die Emaille schwand wie Schnee in einem Frühlingsregen. Aber statt den nackten Boden darunter bloß zu legen, sah man etwas Dunkles – wie ein Bündel von Stahlrohren, die in der flachen Rille lagen.

Völlige Stille herrschte im Raum; dann jubelte jemand. Jetzt erst wurde Don klar, dass er den Atem angehalten hatte. »Was ist los?«, fragte er Joe.

»Drähte. Was haben Sie denn erwartet?«

Sir Isaac verstärkte die Vergrößerung noch einmal und schaltete auf einen anderen Sektor. Langsam, wie eine Mutter ihren Erstgeborenen badet, spülte er die erste Schicht über dem Draht weg. Dann griff eine mikroskopisch kleine Klaue hinein, suchte ganz vorsichtig und zog ein Ende heraus.

Joe erhob sich. »Das ist mein Stichwort. Jetzt muss ich arbeiten«, sagte er über die Sprachbox. Don fiel auf, dass ihm steuerbords in der Mitte ein neuer Fuß wuchs. Da dieser noch nicht so lang wie anderen war, humpelte er leicht.

Langsam und behutsam wurde der Draht gereinigt und entrollt. Über eine Stunde später griffen die winzigen Mikroskophände nach dem Preis ihrer Arbeit – ein Meter zwanzig Stahldraht, so dünn, dass man ihn mit bloßem Auge nicht sehen konnte, selbst ein Drache nicht.

Sir Isaac zog den Kopf aus dem Okulargerüst. »Ist Malaths Draht bereit?«, fragte er.

»Alles klar.«

»Gut, meine Freunde. Lasst uns beginnen.«

Die beiden Drähte wurden parallel in einen Apparat mit zwei gewöhnlichen Mikrolautsprechern eingeführt. An der Schalttafel saß ein Mann mit Kopfhörer und besorgter Miene – Mr Costello. Die beiden Hälften der Nachricht auf den Drähten sollten synchronisiert werden. Ganz langsam setzten sich die stählernen Spinnenfäden in Bewegung, und ein schrilles Stimmengewirr drang aus den Lautsprechern. Dazwischen gab es für Sekundenbruchteile Unterbrechungen, die sich wie ein Hochfrequenzcode anhörten.

»Nicht synchron«, erklärte Mr Costello. »Zurückspulen.«

Der Techniker, der vor ihm saß, meinte: »Ich habe Angst, zuzurückzuspulen, Jim. Diese Drähte brechen, wenn man sie nur anhaucht.«

»Wenn ein Draht reißt, spleißt Sir Isaac ihn wieder. Zurückspulen!«

»Vielleicht haben Sie einen Draht verkehrt herum eingelegt.«

»Halten Sie den Mund und spulen Sie zurück.«

Gleich darauf ertönte wieder das Stimmengewirr. Für Don klang es genauso wie beim ersten Mal, völlig unverständlich. Aber Mr Costello nickte. »Das ist es. Wurde es von Anfang an aufgezeichnet?«

Don hörte Joe mit seinem texanischen Akzent antworten: »Alles in der Dose.«

»Okay, Aufnahme abspielen. Aber langsamer, schalten Sie zwanzig zu eins.« Costello legte einen Hebel um. Die Geräusche verstummten, obwohl der Apparat die unsichtbaren Fäden weiter abspielte. Dann ertönte eine Stimme. Sie war tief, gedämpft, schleppend und nahezu unverständlich. Joe hielt die Aufnahme an, drehte an einigen Knöpfen und ließ es noch mal von vorn laufen. Diesmal erklang eine angenehme Altstimme, die sehr klar und deutlich sprach.

»Titel«, sagte die Stimme. »Einige Bemerkungen zur praktischen Anwendung der Horst-Milne-Gleichungen. Inhaltsverzeichnis: Teil Eins – zur Konstruktion von Generatoren für spannungsfreie Mol-Translationen. Teil Zwei – die Erzeugung von Raum-Zeit-Diskontinuitäten. Geschlossen, offen und gefaltet. Teil Drei – über die Erzeugung temporärer Pseudobeschleunigung des Ortes. Teil Eins: Kapitel Eins – Konstruktionskriterien für ein einfaches Generatoren- und Kontrollsystem. Siehe auch Gleichung Siebzehn, Anhang A, dort steht …«

Die Stimme redete wie ein Wasserfall, ohne müde zu werden. Don war ungeheuer interessiert, begriff aber nichts. Langsam wurde er schläfrig, schreckte dann aber hoch, als die Stimme laut forderte: »Faksimile! Faksimile! Faksimile!«

Costello drückte auf einen Knopf, brachte die Stimme zum Schweigen und fragte: »Kameras bereit?«

»Heiß und ungeduldig.«

»Los!«

Alle schauten wie gebannt auf das Bild, das sich langsam zeigte: ein Schaltplan. Für Don sah es wie ein Teller Spaghetti aus. Als das Bild vollständig war, ertönte wieder die Stimme.

Nach weiteren zwei Stunden wandte sich Don an Isobel. »Ich nütze hier niemandem und lerne auch nichts. Was meinen Sie, gehen wir?«

»Gern.«

Sie gingen die Rampe hinunter zu einem Tunnel, der zu den Wohngemächern führte. Unterwegs trafen sie Phipps. Sein Gesicht strahlte vor Glück. Don nickte und wollte weitergehen, aber Phipps hielt ihn zurück. »Ich war auf der Suche nach Ihnen.«

»Nach mir?«

»Ja, ich habe gedacht, dass Sie das gern hätten – als Souvenir.« Er hielt Don den Ring entgegen.

Don nahm ihn und betrachtete ihn neugierig. An

einer Stelle des H war ein winziger Sprung, wo man die Emaille aufgelöst hatte. Der Kreis um die Initiale war jetzt leer, eine Rille, so schmal, dass Don kaum den Fingernagel hineinstecken konnte.

»Sie brauchen ihn nicht mehr?«

»Er ist leer gequetscht. Behalten Sie ihn. Eines Tages können Sie ihn für teures Geld an ein Museum verkaufen.«

»Nein«, erklärte Don. »Ich werde ihn meinem Vater geben – irgendwann.«

17.

DIE UHR ZURÜCKSTELLEN

Don verließ die riesenhaften Gemächer und zog zu den anderen Menschen. Sir Isaac hätte ihn in den einen Morgen großen Räumen bleiben lassen, aber Don fand es albern, dass ein Mensch so viel Raum in Anspruch nahm; außerdem war dort alles für Drachen gemacht und deshalb nicht unbedingt gemütlich für einen normalen Menschen, eher beklemmend.

Die menschlichen Gäste bewohnten eine Drachenwohnung, deren große Räume man in einzelne Kammern aufgeteilt hatte. Alle teilten sich den Suhltrog als Schwimmbad und aßen in einer gemeinsamen Messe. Don teilte sein Zimmer mit Dr. Roger Conrad, einem hoch gewachsenen, langhaarigen jungen Mann, der ständig grinste. Don war etwas überrascht, dass die anderen Wissenschaftler Dr. Conrad mit großer Hochachtung begegneten.

Er sah seinen Zimmergenossen nur selten, und auch die anderen bekam er kaum zu Gesicht – selbst Isobel nicht, weil diese mit Büroarbeiten beschäftigt war. Das Team arbeitete Tag und Nacht unermüdlich. Der Ring war geöffnet und die technischen Daten verfügbar geworden, aber das Sonderkommando war bereits auf dem Weg zum Mars. Niemand wusste – und konnte auch nicht wissen –, ob sie rechtzeitig fertig würden, um ihre Kollegen zu retten.

Conrad hatte es Don eines Abends vor dem Einschlafen erklärt: »Wir verfügen hier nicht über die richtigen Möglichkeiten. Die Instruktionen beziehen sich auf die Techniken für Terra und Mars. Die Drachen gehen die Dinge anders an. Wir haben herzlich wenig von unserem Zeug, und es ist sehr schwierig, mit dem Material der Drachen provisorische Anlagen in diese kleinen Sandhüpfer zu installieren, mit denen sich die Leute auf Mars fortbewegen.«

»Ja, ich habe Bilder davon gesehen.«

»In natura habe ich auch noch keins gesehen. Selbstverständlich sind sie als Raketenschiffe nutzlos, aber sie sind luftdicht und für unsere Zwecke groß genug. Jetzt müssen wir sie zu Shuttles umbauen.« Ein superstratosphärischer Shuttle »mit kupierten Ohren« – ohne die Gleitschwingen – wartete in einem überdachten sumpfigen Seitenarm vor Sir Isaacs Familiensitz. Wenn er rechtzeitig fertig wurde, konnte man damit zum Mars fliegen. »Noch haben wir eine Menge Kopfschmerzen«, gestand Dr. Conrad.

»Und können wir es schaffen?«, fragte Don.

»Wir müssen. Schließlich können wir die ganze Konstruktion nicht noch einmal machen. Wir haben die Maschinen nicht, selbst wenn wir Zeit hätten, noch mal von vorn zu beginnen – und die Zeit haben wir auch nicht.«

»Werden Sie denn rechtzeitig fertig?«

Conrad seufzte. »Ich wünschte, ich wüsste es.«

Der Zeitdruck lastete schwer auf allen. In der Messe hatten sie eine große Karte aufgehängt, auf der man Erde, Sonne, Venus und Mars in den jeweiligen richtigen Positionen sah. Beim Mittagessen wurden jedes Mal die Himmelskörper auf den eingezeichneten Bahnen verschoben. Erde um einen Grad, Venus ein bisschen mehr, Mars nur um einen halben Grad und einen Bruchteil.

Eine lange gepunktete Linie führte von einem Punkt im Erdorbit zum Rendezvous mit Mars – die bestmögliche Schätzung des Wegs und der Ankunftszeit des Sonderkommandos der Föderation. Einzig das Abflugdatum kannten sie mit Sicherheit. Die Flugbahn und das Datum für die Landung basierten auf den relativen Positionen der beiden Planeten und der vermutlichen Maximalleistung anderer Schiffe der Föderation, unter der Voraussetzung, dass auf der Parkbahn um Erde nachgetankt wurde.

Für Raketenschiffe sind manche Bahnen möglich, andere unmöglich. Ein Militärschiff, das es eilig hatte, würde natürlich nicht die ökonomischen Ellipsenbahnen nehmen, welche die Planeten doppelt berührten. Solch eine Fahrt würde von Erde zum Mars 258 Erdtage dauern. Doch selbst wenn man die hyperbolische Bahn fliegt und Treibstoff verschwendet, gibt es Grenzen für die Geschwindigkeit, mit der ein reaktionbetriebenes Schiff eine interplanetare Reise bewältigen kann.

Neben der Karte hingen ein Erdkalender und eine Uhr mit Greenwichzeit. Außerdem gab es eine Tafel, deren Zahlen jedes Mal wechselte, wenn die

Uhr zweitausendvierhundert anzeigte, und die Anzahl der Tage bis zum Tag »M« – ihrer besten Schätzung nach waren es nur noch neununddreißig.

Don fühlte sich nach der Soldatenzeit wie im Paradies – pünktlich warmes Esen, wohlschmeckend und reichlich, so viel Schlaf, wie er wollte, saubere Kleidung, saubere Haut, keine Pflichten, keine Gefahren. Das einzige Problem war, dass er das bequeme Leben allmählich hasste.

Die fieberhafte Tätigkeit um ihn herum bedrückte ihn. Er wollte helfen. Man gab ihm auch etwas zu tun, doch dann musste er feststellen, dass es reine Beschäftigungstherapie war, damit er Ruhe gab. Es gab nichts, wobei er tatsächlich helfen konnte. Der Schweißspezialist tat sein Bestes, um die Drähte der verrückten Schaltkreise zu verbinden. Er hatte keine Zeit für einen ungelernten Assistenten. Don gab es auf und widmete sich wieder dem Nichtstun. Er schlief bis in den Nachmittag hinein, aber dann lag er nachts wach.

Er fragte sich, weshalb er einen so angenehmen Urlaub nicht genießen konnte. Wegen seiner Eltern machte er sich keine Sorgen.

Nein, das stimmte nicht! Obwohl sie in seiner Erinnerung blasser geworden waren, plagte ihn das schlechte Gewissen, dass er nichts tat, um ihnen zu helfen. Deshalb wollte er weg von hier, zurück zu seiner Truppe und den Scharmützeln, die einem keine Zeit zum Grübeln ließen. Ringsum Dunkelheit, nur das Atmen der Kameraden rechts und links – das Anschleichen und die Sorge, welche schmutzigen Tricks die Grünen sich wieder ausgedacht hatten, um ungestört zu schlafen ... der blitzschnelle Zugriff, das atemlose Zurücklaufen zum Boot, mit keiner anderen Orientierungshilfe als die Ultraschallwellen im Kopf ...

Er wollte zurück und suchte deshalb Phipps in dessen Büro auf.

»Zigarette?«

»Nein, danke.«

»Echter Tabak, nicht Ihr ›Wahnsinnskraut‹.«

»Danke, ich rauche nicht.«

»Na, ist vielleicht besser so. Manchmal habe ich morgens einen Geschmack im Mund ...« Phipps steckte sich eine Zigarette an, lehnte sich zurück und wartete.

»Sie sind doch der Boss hier«, sagte Don.

Phipps ließ den Rauch entweichen und erwiderte vorsichtig: »Sagen wir mal, ich bin der Koordinator. Ich versuche nicht, mich in die technischen Arbeiten einzumischen.«

Don winkte ab. »Für meine Zwecke sind Sie der Boss. Mr Phipps, ich fühle mich nutzlos hier. Können Sie es arrangieren, dass ich zurück zu meiner Einheit gehen kann?«

Phipps blies einen Rauchring. »Tut mir Leid, dass Sie so fühlen. Ich könnte Ihnen Arbeit geben. Sie könnten mein Assistent sein.«

Don schüttelte den Kopf. »Ich hatte genug davon, Schreibstifte in Reih und Glied zu legen. Ich möchte richtige Arbeit, meine eigene Arbeit. Ich bin Soldat und es herrscht Krieg – dort gehöre ich hin. Wann kann ich ein Beförderungsmittel bekommen?«

»Gar nicht.«

»Wie ..?«

»Mr Harvey, ich kann Sie nicht weggehen lassen. Sie wissen zu viel. Hätten Sie den Ring übergeben, ohne Fragen zu stellen, könnten Sie schon in der nächsten Stunde zurück zu Ihrer Einheit. Aber Sie mussten ja alles ganz genau wissen. Jetzt können wir nicht riskieren, dass Sie in Gefangenschaft geraten. Sie wissen, dass die Grünen alle Gefangenen eingehend verhören. Das Risko können wir nicht eingehen – noch nicht.«

»Aber, Sir. Ich lasse mich nicht fangen! Das habe ich bereits vor langer Zeit beschlossen.«

Phipps zuckte mit den Schultern. »Sollten Sie getötet werden, ist das in Ordnung. Aber das ist nicht sicher, ganz gleich, wie entschlossen Sie sind. Wir können es nicht riskieren. Es steht zu viel auf dem Spiel.«

»Sie können mich hier nicht festhalten! Sie haben keine Autorität über mich.«

»Nein, aber Sie können nicht weg.«

Don machte den Mund auf, schloss ihn jedoch wieder und stapfte hinaus.

Am nächsten Morgen wachte er auf und war entschlossen, etwas zu unternehmen. Doch Dr. Conrad war schon vor ihm wach und machte ihm einen Vorschlag.

»Don?«

»Ja, Rog?«

»Wenn Sie sich von Ihrer Matratze erheben würden, könnten Sie heute Morgen mit ins Labor kommen. Ich glaube, Sie werden dort etwas sehen, das die Mühe wert ist.«

»Ja? Wirklich? Um wie viel Uhr?«

»Sagen wir – so gegen neun.«

Don erschien und mit ihm offenbar sämtliche Menschen und Sir Isaacs große Familie. Roger Conrad leitete die Demonstration. Er hantierte an einem Schaltbrett, das dem naiven Beobachter gar nichts sagte. Er drehte an Knöpfen, blickte auf und sagte: »Schauen Sie jetzt auf das Vögelchen, Leute, gleich über dem Tisch.« Er drückte auf einen Knopf.

Eine Silberkugel von etwa sechzig Zentimeter Durchmesser hing frei in der Luft über dem Tisch. Sie schien eine perfekte Kugel zu sein und ein perfekter Reflektor. Don erinnerte sie an Christbaumschmuck. Conrad lächelte triumphierend. »Okay, Tony – jetzt nimm die Axt!«

Tony Vincente, der kräftigste Bursche im Labor, nahm die bereitliegende Axt. »Wie soll ich sie spalten? Senkrecht oder waagrecht?«

»Ganz nach Lust und Laune.«

Vincente schwang die Axt über den Kopf und schlug mit aller Kraft zu.

Die Klinge prallte ab.

Die Kugel rührte sich nicht. Auf der perfekten spiegelnden Oberfläche war kein Kratzer zu sehen. Conrads jungenhaftes Lächeln wurde noch breiter. »Ende vom Ersten Akt«, verkündete er und drückte auf einen anderen Knopf. Die Kugel verschwand, ohne eine Spur zu hinterlassen.

Conrad beugte sich über die Schalttafel. »Zweiter Akt«, erklärte er. »Jetzt können wir die Hälfte abschneiden. Treten Sie ein Stück zurück.« Er schaute auf. »Achtung! Fertig! Los!« Wieder erschien ein perfektes Gebilde, diesmal eine Halbkugel. Die gekrümmte Außenfläche zeigte nach oben. »Stecken Sie die Requisiten rein, Tony!«

»Eine Sekunde.« Tony zündete sich eine Zigarette an, paffte wild, legte sie in einen Aschenbecher und stellte diesen unter die Halbkugel. Wieder hantierte Conrad mit den Knöpfen. Die Halbkugel senkte sich über der im Aschenbecher brennenden Zigarette auf den Labortisch. »Möchte jemand es mit der Axt oder sonst einem Gegenstand probieren?«, fragte Conrad.

Niemand schien besonders erpicht zu sein, die Kräfte gegen das Unbekannte einzusetzen. Conrad drückte wieder auf einen Knopf, und die silberne Halbkugel schwebte empor. Die Zigarette glühte weiter im Aschenbecher. »Wie würde es Ihnen gefallen, so einen Deckel über Bermuda zu stülpen, die Hauptstadt der Föderation, und ihn dort zu lassen, bis die auf unsere Forderungen eingehen?«, fragte er.

Diese Idee fand bei allen Zustimmung. Die anwesenden Mitglieder der Organisation waren fast ausnahmslos Bürger von Venus und als solche gefühlsmäßig in die Rebellion verstrickt, ganz gleich, was sie sonst taten. Phipps unterbrach die Begeisterung. »Dr. Conrad, könnten Sie uns eine allgemein verständliche Erklärung für das geben, was wir soeben gesehen haben? Ich meine, wie es funktioniert. Die ungeheuer Bedeutung können wir uns durchaus vorstellen.«

Conrads Miene wurde ernst. »Hmmm … Vielleicht ist es am deutlichsten, wenn ich sage, dass die Fasarta die Garbab in einer Phasenrelation moduliert, sodass das Thrimaleen gezwungen wird, sich zu teilen, oder anders ausgedrückt: Jemand lässt in einem Waschraum Mäuse los. Nein, ernsthaft, ich kann es nicht allgemein verständlich erklären. Wenn Sie bereit sind, fünf Jahre Mathematik zu studieren, könnte ich Sie vielleicht auf dieselbe Ebene der Ignoranz und Verwirrtheit bringen, in der ich mich befinde. Einige der beteiligten Spannungsgleichungen sind – vorsichtig ausgedrückt – einzigartig. Aber die Anweisungen waren so klar, dass wir es geschafft haben.«

Phipps nickte. »Danke. Ich frage lieber Sir Isaac.«

»Tun Sie das. Ich würde gern zuhören.«

Trotz des Beweises, dass die Labormannschaft fähig gewesen war, jenen Teil der Apparate zu bauen, der in den beiden Botschaften der Drähte beschrieben worden war, fühlte Don sich nicht besser. Jeden Tag erinnerte ihn die Tafel in der Messe, dass die Zeit unaufhaltsam verrann und dass er nur am Daumen lutschen konnte. Er dachte nicht mehr darüber nach, wie er die Erlaubnis bekommen konnte, zurück ins Kriegsgebiet zu gehen, sondern schmiedete eigene Pläne, dorthin zu gelangen.

Er hatte Karten der Großen Südsee gesehen und wusste ungefähr, wo er sich jetzt befand. Nach Norden lag ein Territorium, wo selbst Drachen sich nicht aufhielten – aber deren Fleisch fressende Verwandte. Es galt als unpassierbar. Der Weg nach Süden um den Südzipfel des Meeres war viel weiter, aber es war bis zu den ersten Farmen der Menschen Drachenland. Mit der Pfeifsprache und Proviant für eine Woche konnte er es bis zu einem Siedler schaffen, der ihn an den Nachbarn weiterreichen konnte. Außerdem besaß er sein Messer und seinen Verstand und hatte viel mehr Sumpferfahrung als damals, als er vor Bankfields Männern geflohen war.

Er begann Essen aus der Messe beiseite zu schaffen und in seinem Zimmer zu bunkern.

Einen Tag und eine Nacht vor der geplanten Flucht, ließ Phipps ihn holen. Er überlegte kurz, nicht hinzugehen, entschied dann aber, dass es weniger Verdacht errege, wenn er gehorchte.

»Nehmen Sie Platz«, sagte Phipps. »Zigarette? Ach ja – ich habe vergessen, dass Sie nicht rauchen. Was haben Sie denn so in letzter Zeit gemacht? Viel zu tun?«

»Nichts, absolut nichts.«

»Tut mir Leid, Mr Harvey. Haben Sie sich je Gedanken darüber gemacht, wie unsere Welt sein wird, wenn alles vorbei ist?«

»Nein, eigentlich nicht.« Don hatte darüber nachgedacht, aber seine Überlegungen waren so unklar, dass er sie nicht preisgeben wollte. Was ihn selbst betraf – nun, eines Tages würde der Krieg vorbei sein, jedenfalls ging er davon aus, und dann würde er endlich seinen Plan verwirklichen und die Eltern besuchen. Danach …

»Wie sollte die Welt Ihrer Meinung nach sein?«

»Keine Ahnung.« Don dachte nach. »Ich nehme an, ich bin nicht politisch orientiert, wie Sie es wohl nennen würden. Mir ist ziemlich egal, wie die Welt regiert wird, nur sollte alles irgendwie gelockert sein. Sie wissen schon – man sollte tun können, was man will, ohne herumgeschubst zu werden.«

Phipps nickte. »Sie und ich haben mehr gemeinsam, als Sie vielleicht denken. Ich bin auch kein Purist in theoretischer Politik. Jede Regierung, die zu groß und zu erfolgreich wird, wird lästig. Das war bei der Föderation so. Angefangen hatte sie ganz vernünftig, und jetzt muss sie wieder zurechtgestutzt werden, damit die Bürger – wie haben Sie es ausgedrückt? – ›gelockerter‹ leben können.«

»Vielleicht haben die Drachen die richtige Idee«, sagte Don. »Keine Organisation größer als die Familie.«

Phipps schüttelte den Kopf. »Was für Drachen das Richtige ist, ist nicht unbedingt richtig für uns. Übrigens kann auch in Familien Unterdrückung herrschen, genau wie mit einer Regierung – schauen Sie sich doch die jungen Drachen hier an. Sie müssen ungefähr fünfhundert Jahre warten, bis sie ohne Erlaubnis niesen dürfen. Ich habe Sie um Ihre Meinung gefragt, weil ich auch keine Antwort weiß. Ich habe die Dynamik der Historie länger studiert, als Sie leben. Aber ich weiß nur, dass wir im Begriff sind, Kräfte zu entfesseln, von deren Auswirkungen ich mir keine Vorstellung machen kann.«

Don blickte ihn erstaunt an. »Wir haben doch schon jetzt Weltraumfahrt. Ich sehe nicht, welchen wichtigen Unterschied es macht, wenn alles schneller geht. Und dieser andere Trick – ich finde die Idee großartig, über eine Stadt einen Deckel zu stülpen, damit sie nicht von Atombomben zerstört werden kann.«

»Zugegeben. Aber das ist nur der Anfang. Ich habe eine Liste mit den Dingen gemacht, die meiner Meinung nach kommen werden. Vor allem unterschätzen Sie die Bedeutung schnelleren Transports. Und was die anderen Möglichkeiten betrifft, bin ich einfach sprachlos. Ich bin zu alt, und meine Vorstellungskraft muss erweitert werden. Aber wie ist das hier als Vorspeise: Wir müssten imstande sein, Wasser zu bewegen, Unmengen von Wasser, von hier bis zum Mars.« Er runzelte die Stirn. »Vielleicht könnten wir sogar Planeten bewegen.«

Don schaute unvermittelt auf. Igendwo hatte er dieselben Worte gehört ... aber erinnerte sich nicht.

»Aber wie auch immer«, fuhr Phipps fort. »Ich wollte nur den Standpunkt eines Jüngeren hören. Vielleicht denken Sie mal über all das nach. Diese Labormenschen werden es sicher nicht tun, das steht fest. Diese Physiker produzieren Wunder, aber sie wissen nicht, welche Wunder ihre Wunder hervorbringen werden.« Er machte eine Pause und fügte hinzu: »Wir stellen die Uhr zurück, aber wir wissen nicht, welche Zeit es sein wird.«

Als Phipps verstummte, war Don froh, dass das Gespräch offensichtlich beendet war. Er wollte aufstehen. »Nein, nein, gehen Sie noch nicht», sagte

Phipps. »Ich habe noch ein Anliegen. Sie wollen weg von hier, stimmt's?«

Don stotterte. »Wie kommen Sie darauf?«

»Ich habe Recht, nicht wahr? Eines Morgens wachen wir auf und finden Ihr Bett leer. Und dann hätte ich furchtbar viel Ärger und Mühe gehabt, Sie zu finden und zurückzubringen.«

Don entspannte sich. »Conrad hat gepetzt«, sagte er niedergeschlagen.

»Conrad? Nein. Ich bezweifle, dass der gute Doktor je irgendwas bemerkt, das größer als ein Elektron ist. Nein, ein bisschen Verstand können Sie mir ruhig zutrauen. Menschenkenntnis ist mein Geschäft. Stimmt, bei Ihnen ist es nach Ihrer Ankunft schlecht gelaufen – als Entschuldigung kann ich nur anführen, dass ich todmüde war. Müdigkeit ist eine milde Form der Geisteskrankheit. Jetzt aber geht es um Folgendes: Wenn Sie weggehen, kann ich Sie nicht aufhalten. Ich kenne Drachen gut genug, um zu wissen, dass Sir Isaac nie zulassen würde, dass ich Sie aufhalte. Schließlich sind Sie ›sein Ei‹. Aber ich kann Sie nicht gehen lassen. Die Gründe sind zwingend. Also – anstatt Sie gehen zu lassen, muss ich Sie töten.«

Don beugte sich vor und machte sich sprungbereit. »Glauben Sie, Sie könnten das?«, fragte er leise.

Phipps lächelte. »Nein, das könnte ich nicht. Deshalb musste ich mir etwas anderes einfallen lassen. Sie wissen, dass wir die Schiffsbesatzung zusammenstellen. Wie würde es Ihnen gefallen, mit an Bord zu gehen?«

18.

LITTLE DAVID

Don fiel die Kinnlade herunter, und er ließ den Mund offen stehen. Zu seiner Ehrenrettung muss gesagt werden, dass ihm zwar der Gedanke gekommen war, dass er ihn aber nie ernsthaft in Betracht gezogen hatte. Er war nicht eingebildet genug, um zu glauben, dass man ihm erlaubte, diese Fahrt mitzumachen, nur weil es seinen persönlichen Wünschen entsprach.

Phipps fuhr fort: »Offen gesagt tue ich das, um Sie los zu werden, um Sie auf Eis zu legen, in Sicherheit vor den Inquisatoren der Föderation, bis Sie nicht mehr wichtig sind. Aber ich glaube, ich kann das rechtfertigen. Wir wollen auf diesem Flug so viele Leute ausbilden, wie die Little David mitnehmen kann, als Kader für weitere Schiffe. Aber meine Wahl ist begrenzt – die meisten Mitglieder unserer Gruppe sind zu alt oder zu kurzsichtig, schmalbrüstige junge Genies, nur für Laboratorien geeignet. Sie sind jung und gesund, mit schnellen Reflexen, wie ich weiß, und Sie haben seit der Kindheit Weltraumerfahrung. Gut, Sie sind nicht ausgebildet, ein Raumschiff zu führen, aber das ist im Grunde unwichtig. Diese Schiffe werden für alle neu sein. Mr Harvey, möchten Sie zum Mars fliegen und als ›Captain Harvey‹ zurückkehren, Master Ihres eigenen Schiffes? Eines Schiffes, das imstande ist, dieses föderative Ungeziefer zu vernichten, das Venus umkreist?«

»Zumindest als Erster Offizier«, schwächte Phipps ab, weil ihm klar war, dass Don in einem Schiff für zwei Mann kaum einen geringeren Rang einnehmen konnte.

Ob er Lust hatte? Liebend gern! Don biss sich auf die Zunge, um nicht sofort begeistert zu akzeptieren. Aber dann durchlief ihn eiskalt ein Gedanke, und Phipps sah an seiner Miene, dass etwas nicht stimmte. »Was ist los?«, fragte er. »Haben Sie Angst?«

»Angst?« Don schaute ihn verärgert an. »Selbstverständlich habe ich Angst – ich habe so oft Angst gehabt, dass ich mich jetzt nicht mehr fürchte, Angst zu haben. Das ist nicht das Problem.«

»Was ist es dann? Los, Mann, reden Sie!«

»Ich bin noch aktiver Soldat. Ich kann nicht einfach über hundert Millionen Meilen herumsausen. Genau genommen wäre das Fahnenflucht. Wenn sie mich in die Hände kriegen, würden sie mich erst hängen und hinterher Fragen stellen.«

Phipps entspannte sich. »Das kann man arrangieren. Das lassen Sie mal meine Sorge sein.«

Es ließ sich arrangieren. Bereits drei Tage später erhielt Don neue Befehle, diesmal schriftlich, und auf mysteriöse Weise überbracht. Sie lauteten:

An: Harvey, Donald J., Sergeant-Spezialist 1/c
Via: Dienstweg

Sie sind auf unbestimmte Zeit für Sonderaufgaben eingeteilt.

Bei Erfüllung Ihrer Aufgaben machen Sie sämtliche notwendigen Reisen.

Ihr Auftrag ist für die Republik von großem Interesse. Wenn Sie Ihrer Meinung nach den Auftrag abgeschlossen haben, werden Sie sich beim nächsten ranghöheren Offizier melden und um eine Transportmöglichkeit ersuchen, um persönlich beim Stabschef Meldung zu machen.

Für die Dauer Ihres Einsatzes wird Ihnen der Rang eines Lieutenants Zweiter Klasse verliehen.

J. S. Busby, Colonel,
im Auftrag des kommandierenden Generals

An dem Schreiben hing ein mit Bleistift gekritzelter Zusatz, der lautete:

P.S.: Lieber »Lieutenant«, das ist der dümmste Befehl, den ich je unterschrieben habe. Was haben Sie angestellt? Haben Sie eine Drachin geheiratet? Oder haben Sie ein hohes Tier beim Diebstahl ertappt? Jedenfalls wünsche ich Ihnen viel Spaß und Waidmanns Heil!

Marsten

Don steckte Befehl und Zettel in die Tasche. Hin und wieder fasste er hinein, um die Papiere zu berühren.

Die Tage verrannen. Die gepunktete Linie kam Mars immer näher. Die Gruppe wurde ständig nervöser. Dann stand ein neues Datum an der Wand in der Messe. Das Datum, an dem die Little David fertig sein musste, wenn sie rechtzeitig eintreffen wollten.

Endlich war der auf dem Kalender markierte Tag gekommen. Das Raumschiff wurde bemannt. Zwanzig Minuten vor dem Start war Don noch in Sir Isaacs Arbeitszimmer; sein Gepäck (viel war es ja nicht) war bereits an Bord. Er stellte fest, dass ihm der Abschied von Sir Isaac viel schwerer fiel, als er gedacht hatte. In seinem Kopf schwirrten keine Begriffe wie »Vaterbild«, doch ihm wurde bewusst, dass dieser Drache seine einzige Familie war und ihm näher stand als die beiden Menschen auf dem fernen Planeten, zu dem er jetzt aufbrach.

Er war beinahe erleichtert, als ihm ein Blick auf die Uhr verriet, dass er spät dran war. »Jetzt muss ich mich beeilen«, sagte er. »Noch neunzehn Minuten.«

»Ja, mein lieber Donald. Deine kurzlebige Rasse muss immer in hektischer Unrast leben.«

»Ja, dann – auf Wiedersehen.«

»Leb wohl, Nebel über den Wassern.«

Vor Sir Isaacs Arbeitszimmer musste Don sich schnäuzen. Dann riss er sich zusammen. Isobel trat hinter einer dicken Säule hervor. »Don, ich wollte mich von dir verabschieden.«

»Was? Aber Sie kommen doch sicher mit raus, um den Start zu sehen?«

»Nein.«

»Schön, wie Sie wollen, aber ich muss mich beeilen, Großmutter.«

»Ich habe dir gesagt, du sollst mich nicht Großmutter nennen.«

»Sie haben wegen Ihres Alters geschwindelt. Jetzt bleibt der Name – Großmutter.«

»Elender Dickschädel! Don, komm zurück! Hast du verstanden?«

»Klar, wir sind blitzschnell wieder da.«

»Hoffentlich! Du bist zu blöd, um allein auf dich aufzupassen. Also – freier Himmel!« Sie nahm ihn bei den Ohren und küsste ihn schnell auf den Mund. Dann eilte sie davon.

Don rieb sich den Mund und schaute ihr hinterher. Mädchen waren viel komischer als Drachen! Wahrscheinlich eine völlig andere Rasse. Schnell rannte er zum Startplatz. Die gesamte Kolonie schien dort versammelt zu sein. Er war der letzte Mann der Besatzung. Captain Rhodes, Kommandant der Little David, warf ihm einen schiefen Blick zu. Rhodes hatte früher für Interplanet gearbeitet und gehörte jetzt der Mittleren Garde an. Er war vor drei Tagen aufgetaucht, hatte sich in Schweigen gehüllt und die ganze Zeit mit Conrad verbracht. Don griff wieder in die Tasche und fragte sich, ob Rhodes vielleicht ähnlich seltsame Befehle erhalten hatte.

Man hatte die Little David ans Ufer geschleppt und auf einen Schlitten gehievt. Für ihren Start war kein Katapult nötig. Es war auch keins vorhanden. Die drei Shuttle-Katapulte auf Venus befanden sich im Besitz der Streitkräfte der Föderation. Man hatte das Schiff bisher unter den Zweigen großer Büsche verborgen. Diese wurden nun abgehackt, sodass sie offenen Himmel und genügend Platz zum Abheben über sich hatte.

Don betrachtete die Little David. Seiner Meinung sah sie eher wie ein übergroßer und ungewöhnlich hässlicher Betonmischer aus als wie ein Raumschiff. Die Stummel ihrer amputierten Flügel standen steuerbords und backbords traurig hervor. Die nadelförmige Nase hatte man ebenfalls abgesägt und durch ein birnenförmiges Radargehäuse ersetzt. An mehreren Stellen sah man noch die Narben von Schweißbrennern, wo man hastig Modifikationen durchgeführt hatte, ohne den Versuch zu machen, nach der Operation alles wieder zu verschönern.

Die Raketenrohre waren entfernt worden, und dort, wo früher die Treibstofftanks befestigt gewesen waren, hatte man jetzt einen Atommeiler angebracht. Der größte Teil des ehemaligen Passagierraums wurde nun von einem massiven Schott eingenommen, dem Anti-Strahlungsschild, um die Besatzung vor den tödlichen Strahlungen des Meilers schützen sollte. Auf der gesamte Außenfläche des Schiffes waren dicke Warzen, die das einst so elegante Aussehen verunzierten. Diese Auswüchse hatte Conrad »Antennen« genannt, mit deren Hilfe man das All absuchen konnte. Für Don sahen sie keineswegs wie Antennen aus.

Die Besatzung der Little David bestand aus neun Personen: Rhodes, Conrad, Harvey und sechs andere, alles junge Leute – ausgenommen Roger Conrad, der den boshaften Titel »Bastel-Offizier« verliehen bekommen hatte, weil das kürzer war als »Offizier für spezielle Geräte«. Es gab auch einen

Passagier, den alten Malath. Don sah ihn nicht und suchte auch nicht nach ihm. Die hintere Hälfte des verbleibenden Passagierraums war für den Marsianer abgeteilt worden. Eine eigene Klimaanlage sorgte für dünne, trockene und kalte Luft.

Als alle an Bord waren, wurde die Schleuse geschlossen. Don setzte sich. Obwohl die neuen Apparate viel Raum beanspruchten, gab es bequeme Passagiersitze. Captain Rhodes nahm auf seinem Pilotensitz Platz und rief: »Beschleunigungsstationen! Anschnallen!« Don gehorchte.

Rhodes wandte sich an Conrad, der immer noch stand. »Noch zwei Minuten, Gentlemen«, sagte Conrad lässig. »Da wir keine Zeit für einen Probelauf hatten, wird es ein höchst interessantes Experiment. Drei Dinge können passieren.« Er machte eine Pause.

»Nun reden Sie schon!«, fuhr Rhodes ihn an.

»Erstens: Es passiert gar nichts. Es ist ja immerhin möglich, dass wir im Schlamm versinken, weil wir irgendetwas übersehen haben. Zweitens: Es könnte funktionieren. Und drittens: Wir könnten in die Luft fliegen.« Er grinste. »Möchte jemand eine kleine Wette abschließen?«

Niemand antwortete. Er blickte zu Boden und sagte: »Okay, Captain – kneifen Sie sie in den Schwanz!«

Don hatte das Gefühl, als wäre es plötzlich Nacht geworden, und als wären sie unvermittelt in den freien Fall gegangen. Sein Magen, der sich inzwischen an die hohe Schwerkraft auf Venus gewöhnt hatte, zog sich zusammen und beschwerte sich. Conrad, der nicht angeschnallt war, schwebte umher. Mit einer Hand hielt er sich am Armaturenbrett fest. »Tut mir Leid, Gentlemen«, sagte er. »Das habe ich übersehen. Und nun wollen wir das Schiff mal auf normale Marsschwerkraft einstellen, um unserem Passagier den Aufenthalt angenehmer zu machen.« Er drehte an den Knöpfen.

Dons Magen nahm abrupt wieder den gewohnten Platz ein, als die Schwerkraft wieder etwas mehr als ein Drittel von einem g betrug.

»Captain, Sie können jetzt losschnallen lassen«, sagte Conrad.

Hinter Don fragte jemand: »Was ist los? Hat es nicht funktioniert?«

»Doch, alles bestens», antwortete Conrad. »Seit Verlassen der Atmosphäre ...«, er warf einen Blick auf eine Skala, »haben wir auf zwanzig g beschleunigt.«

Das Schiff blieb in Dunkelheit eingehüllt, abgeschnitten vom Rest des Universums durch das, was unzureichend als »Diskontinuität« bezeichnet wird, abgesehen von ein paar Minuten in jeder zweiten Wache, wenn Conrad das Feld ausschaltete, damit Captain Rhodes hinaussehen und sich an den Sternen orientieren konnte. Während dieser Zeit befanden sie sich im freien Fall, und die Sterne funkelten hart durch die Bullaugen. Wenn die Dunkelheit wieder einsetzte, kehrte die Little David in ihre eigene kleine Welt zurück.

Captain Rhodes fluchte nach jeder Positionsaufnahme und überprüfte seine Berechnungen mindestens dreimal.

Zwischendurch hielt Conrad »Bastelunterricht« für so viele Stunden ab, wie er konnte. Don fand den Großteil der Erklärungen ebenso unverständlich wie diejenigen, die Conrad Phipps gegeben hatte. »Ich kapiere nichts, Rog«, gestand er, nachdem sein Lehrer denselben Punkt drei Mal erklärt hatte.

Conrad zuckte mit den Schultern und grinste. »Lass dich nicht entmutigen. Wenn du die Geräte in dein eigenes Schiff eingebaut hast, kennst du sie, wie dein Fuß den Schuh kennt. Bis dahin machen wir noch mal einen Probelauf.«

Abgesehen von der Ausbildung gab es nichts zu tun. Außerdem war das Schiff zu klein und zu beengt. Fast ständig wurde Karten gespielt. Don hatte anfangs sehr wenig Geld, dann gar nichts mehr und konnte nicht mehr mitspielen. Er schlief viel und dachte viel nach.

Phipps hatte Recht gehabt. Wenn man mit dieser Geschwindigkeit reisen konnte, änderten sich viele Dinge – die Leute würden von Planet zu Planet ebenso selbstverständlich fliegen wie jetzt auf Erde von Kontinent zu Kontinent. Es würde wie der Wechsel von Segelschiffen zu Ozeanraketen sein, aber dieser Wechsel würde über Nacht kommen, nicht im Laufe von drei Jahrhunderten.

Vielleicht würde er eines Tages zur Erde zurückkehren. Erde hatte auch gute Seiten – Reiten zum Beispiel. Ob Lazy sich noch an ihn erinnerte?

Er würde gern Isobel das Reiten beibringen. Er

freute sich schon auf ihr Gesicht, wenn sie zum ersten Mal ein Pferd sah.

Aber eins stand für ihn fest: Er würde nicht auf Erde bleiben, selbst wenn er dorthin gelangen sollte. Auch nicht auf Venus oder Mars. Jetzt wusste er, wohin er gehörte: ins All, wo er geboren war. Jeder Planet war für ihn lediglich ein Hotel. Ja, der Weltraum war seine Heimat.

Vielleicht würde er mit der Pathfinder zu den Sternen fliegen. Er hatte eine ganz bestimmte Ahnung, dass er – wenn er dieses Abenteuer lebend überstand – als Mitglied der Besatzung der Little David gute Chancen hatte, für den langen Flug der Pathfinder ausgewählt zu werden. Die Pathfinder nahm zwar nur verheiratete Paare an Bord, aber das war kein Hindernis. Er war sicher, dass er rechtzeitig verheiratet wäre, um sich zu qualifizieren, obwohl er nicht wusste, woher er diese Gewissheit nahm. Und Isobel würde mitfliegen; sie ging mit ihm durch dick und dünn und würde ihn nicht zurückhalten. Außerdem startete die Pathfinder nicht in naher Zukunft. Zuvor musste man den Horst-Milne-Conrad-Antrieb einbauen, sobald man Näheres darüber wusste.

Auf alle Fälle wollte er sich noch ein wenig umschauen und reisen – sobald der Krieg vorbei war. Nach dieser Mission würden sie ihn bestimmt in die Hohe Garde versetzen. Und als Veteran der Hohen Garde würde er auch eine hübsche Pension bekommen. Wenn er sich es recht überlegte, war er bestimmt schon in der Hohen Garde.

McMasters hatte auf alle Fälle Recht gehabt. Es

gab nur eine Möglichkeit, zum Mars zu kommen – mit einem Raumfahrt-Sonderkommando.

Er schaute sich um. Das unausweichliche Kartenspiel war in vollem Gang. Zwei seiner Kameraden würfelten. Die Würfel drehten sich langsam in dem niedrigen Para-Schwerkraftfeld. Conrad hatte seinen Sitz flach gelegt und schlief mit offenem Mund. Don kam zu dem Schluss, dass es hier wirklich nicht wie bei einem Spezialkommando aussah, das die Welt retten wollte. Eher war es wie bei Hempels unterm Sofa.

Am elften Tag sollten sie in Marsnähe »herauskommen«, falls die Berechnungen stimmten, dicht beim Sonderkommando der Föderation, sozusagen um Nasenlängen, wie beim Pferderennen. Statt »Bastelstunden« wurden jetzt Gefechtsübungen abgehalten. Rhodes nahm Art Frankel als Copiloten, der einige Erfahrung im Umgang mit Schiffen hatte. Conrads Assistent war Franklyn Chiang, ein Physiker wie er. Von den restlichen vier Mann hatten zwei Dienst am Funkgerät und zwei am Radar. Dons Gefechtsstation war ein mittschiffs montierter Sattel hinter den Pilotensitzen – der »Himmelfahrtssitz«. Hier bewachte er einen bestimmten Sprengschalter mit einer Feder, der seit Jahrhunderten »Himmelfahrtsschalter« hieß, weil der Schalter nur funktionierte, wenn der zuständige Mann tot war.

Nach dem ersten Drill kam Conrad zu Don und fragte: »Don, hast du kapiert, was du tun musst?«

»Klar. Ich lege den Schalter um und mache die Bombe scharf, dann halte ich mich am Himmelfahrtsschalter fest.«

»Nein, nein! Erst den Himmelfahrtsschalter packen, dann den Hebel zum Scharfmachen der Bombe betätigen!«

»Ja, logisch. Ich habe es nur verkehrt herum gesagt.«

»Dann pass auf, dass du es nicht verkehrt herum machst. Immer daran denken, Lieutenant: Wenn du loslässt, ist alles im Eimer.«

»Okay. Sag mal, Rog, das Ding löst eine A-Bombe aus, richtig?«

»Falsch. Warum sollten wir so viel Geld verschwenden? Aber die Sprengladung reicht für einen kleinen Pott wie diesen, das kann ich dir versichern. Wir würden zwar dieses Schiff eher in die Luft jagen, als es dem Feind in die Hände fallen zu lassen, aber sonst darfst du diesen Schalter unter keinen Umständen loslassen. Und wenn du dich kratzen willst, vergiss es!«

Captain Rhodes kam nach hinten und schickte Conrad mit einer Handbewegung nach vorn. Dann sprach er mit Don, aber so leise, dass die anderen seine Worte nicht verstehen konnten. »Harvey, sind Sie mit Ihrem Auftrag einverstanden? Es macht Ihnen nichts aus?«

»Nein, alles bestens«, antwortete Don. »Ich weiß, dass die anderen technisch weitaus besser ausgebildet sind als ich. Nein, das ist genau mein Ding.«

»Das meine ich nicht«, erklärte der Captain. »Sie könnten alle anderen Stationen einnehmen, abgesehen von meiner und der Conrads. Ich möchte mich nur vergewissern, dass Sie dieser Aufgabe gewachsen sind.«

»Warum sollte ich es nicht sein? Den Schalter packen und den anderen umlegen – und unter allen Umständen festhalten. Dazu braucht man wirklich keine höhere Mathematik.«

»Auch das habe ich nicht gemeint. Ich kenne Sie nicht, Harvey. Ich weiß, dass Sie Kampferfahrung haben, die anderen dagegen nicht. Deshalb haben Sie hier diese Aufgabe. An höherer Stelle ist man der Ansicht, dass Sie dazu fähig sind. Ich mache mir keine Sorgen, dass Sie nicht festhalten. Ich muss aber eins wissen: Wenn es nötig ist, diesen Schalter loszulassen – sind Sie dazu imstande?«

Don antwortete ohne Zögern. Doch zuvor waren ihm einige Gedanken durch den Kopf gegangen – Dr. Jefferson, der fast sicher Selbstmord begangen hatte, nicht einfach gestorben war – der alte Charlie, das Beil fest in der Hand – und eine Stimme, die er nie vergessen würde und die durch den Nebel rief: »Venus und Freiheit!«

»Ich glaube schon, dass ich es schaffe.«

»Gut. Ich bin mir ganz und gar nicht sicher, ob ich es könnte. Aber ich verlasse mich auf Sie. Wenn es zum Schlimmsten kommt, werden Sie mein Schiff nicht dem Feind ausliefern.« Dann ging er wieder nach vorn.

Die Spannung nahm zu, das Nervenkostüm wurde dünner. Sie hatten keine Möglichkeit, sicher zu bestimmen, ob sie tatsächlich in der Nähe der Föderationsschiffe herauskommen würden. Vielleicht hatten diese nicht die Maximum-Leistungsbahn genommen, wie man an Bord der Little David annahm. Sie wussten nicht einmal, ob die Föderationsstreitkräfte nicht schon auf Mars gelandet waren, das Kommando übernommen hatten und nicht mehr zu verjagen waren. Die Wunderausrüstung der Little David war für einen Kampf im All zwischen Schiffen gemacht, nicht für Kämpfe auf der Oberfläche eines Planeten.

Conrad hatte eine Sorge, die er nicht offen aussprach: dass die Waffen des Schiffes nicht wie geplant funktionieren könnten. Mehr als den übrigen war ihm die Schwachstelle bewusst, wenn man sich nur auf theoretische Voraussetzungen verließ. Er wusste, wie oft die brillantesten Berechnungen durch vorher nicht vermutete Gesetze der Natur durchkreuzt werden. Es gab keinen Ersatz für einen Test – und diese Waffen waren nie getestet worden. Sein übliches Lächeln war ihm vergangen, und er geriet sogar mit Rhodes in einen Streit über die berechnete Zeit für das »Herauskommen«.

Schließlich wurde die Meinungsverschiedenheit beendet. Eine halbe Stunde später sagte Rhodes mit ruhiger Stimme: »Es wird langsam Zeit, Gentlemen. Auf Gefechtsstation.« Er schnallte sich selbst ebenfalls an und rief: »Vollzugsmeldung!«

»Copilot.«

»Funk.«

»Radar.«

»Spezialwaffen bereit.«

»Himmelfahrt«, meldete Don.

Endlos schlichen die Sekunden dahin. Rhodes warnte durchs Mikrofon Malath, sich auf den freien

Fall vorzubereiten. Dann befahl er: »Achtung!« Don packte den Sprenghebel fester.

Unvermittelt war er gewichtslos. Vor ihm und hinter den Bullaugen zu beiden Seiten standen die Sterne. Mars konnte er nicht sehen; der war wohl »unter« dem Schiff. Die Sonne war irgendwo achtern, jedenfalls schien sie ihm nicht in die Augen. Die Sicht nach vorn aber war hervorragend. Die Little David hatte ihr Leben als Shuttle mit weiten Schwingen begonnen, deshalb bot sie im Cockpit den Ausblick wie in einem Flugzeug. Don sah von seinem Sitz aus alles ebenso gut wie Rhodes und dessen Copilot, viel besser als die anderen.

»Radar?«, fragte Rhodes.

»Ruhig, Captain. Selbst die Lichtgeschwindigkeit ist … oh! Radarecho voraus!«

»Koordinaten und Entfernung?«

»Theta drei fünf sieben Komma zwo … phi minus null Komma acht. Entfernung Radius sechs acht …«

»Ich gebe alles automatisch ein«, unterbrach Conrad.

»Ziel erfasst?«

»Noch nicht.«

»In Reichweite?«

»Nein. Ich glaube, wir sollten abwarten und so nahe wie möglich heranfliegen. Wahrscheinlich haben sie uns noch nicht gesichtet.«

Sie hatten zuvor abgebremst, um besser manövrieren zu können. Dennoch näherten sie sich den Radarsignalen mit über neunzig Meilen pro Sekunde. Don strengte die Augen an, um die feindlichen Schiffe zu sichten. Falls das Radarecho

Schiffe anzeigte. Sinnlos – seine protoplasmischen Sucher vermochten mit den elektronischen nicht mitzuhalten.

Eine Zeit lang blieb die Lage unverändert. Die Nervenanspannung nahm zu. Der Abstand verringerte sich ständig. Dann schienen die Echosignale doch nicht von Raumschiffen zu kommen. Vielleicht waren es unbekannte Asteroiden? Da knackte es im Radio. Sämtliche Kommunikationsfrequenzen liefen durch. Dann ein klares Signal. »Schnell!«, rief Rhodes.

»Bin schon dran!« Kurze Wartezeit. »Sie verlangen, dass wir uns identifizieren. Das sind unsere Babys.«

»Schalten Sie zu mir.« Rhodes wandte sich an Conrad. »Wie sieht's aus?«

»Ich muss näher ran. Halten Sie sie hin.« Conrads Gesicht war grau und von Schweiß bedeckt.

Rhodes drückte auf einen Knopf und sprach ins Mikro. »Was für ein Schiff sind Sie? Identifizieren Sie sich.«

Die Antwort hallte aus dem Lautsprecher über dem Kopf des Captains. »Identifizieren Sie sich, oder wir schießen.«

Rhodes schaute wieder Conrad an, der zu beschäftigt war, um den Blick zu erwidern. »Hier ist der Zerstörer Little David, lizensiertes Kaperschiff der Venusrepublik«, sagte Rhodes ins Mikro. »Ergeben Sie sich! Sofort!«

Wieder strengte Don die Augen an. Er hatte den Eindruck, direkt vor ihm drei neue »Sterne« zu sehen.

Die Antwort erfolgte prompt aus dem Lautsprecher: »Föderationsflaggschiff Peacemaker an Piratenschiff Little David. Ergeben Sie sich, oder Sie werden zerstört.«

Auf Conrads Gesicht stand Unsicherheit. »Es ist noch ziemlich weit. Ich könnte das Ziel verfehlen.«

»Keine Zeit. Los!«

Jetzt sah Don die Schiffe. Sie wurden unglaublich schnell größer. Und dann, ganz plötzlich, war eines davon eine silberne Kugel, dann das Zweite – und jetzt das Dritte. Drei unfassbar gigantische Christbaumkugeln, wo soeben noch drei Kriegsschiffe gewesen waren. Und sie schwollen immer weiter an, sausten links an der Little David vorbei …

Die »Schlacht« war geschlagen.

Mars trieb unter ihnen dahin, rötlich und wunderschön. Die Staion Schiaparelli, die gewaltige interplanetare Radiostation von I.T. & T., trug bereits einen silbernen »Hut«, um das Geheimnis ihres Siegs zu bewahren. Captain Rhodes hatte mit einer kleineren Station gesprochen und ihre Ankunft angekündigt. In weniger als einer Stunde würden sie in der Nähe von da Thon landen. Malath war aus seinem Kühlschrank gekommen, nicht mehr krank und müde, sondern munter wie ein Fisch im Wasser und bereit, die warme, dicke und feuchte Luft der Kabine auf sich zu nehmen, um einen Blick auf seinen Heimatplaneten zu werfen.

Don kletterte wieder auf den Sattel seiner Gefechtsstation, um eine bessere Sicht zu haben. Die